青春 海の青

萱堂光徳

元就出版社

一

Yは祖父の顔を知らない。祖父はYがこの世に呱々《ここ》の声をあげたわずか一か月後に亡くなった。

祖父は早寝早起きの習慣が身についていて連れ合いとほとんど同時に床を離れた。妻が朝食の支度をしている傍らで煙草をふかしながら二つの新聞を丁寧に読んだ。地方紙と経済が売り物の中央紙である。朝ご飯をおえると濃い煎茶を飲み、煙草を一服して会社に出かけることを常とした。

その朝、彼は妻といっしょに布団を出なかった。祖母はたいして気にもせず朝食の用意をしていたが祖父があらわれないので部屋をのぞくと、「もうすこし寝かせとおいてくれ」と言った。「そお?」とこたえて祖母は朝食の準備をつづけた。朝食がととのっても彼は出てこなかった。Yを生んだばかりで、遅れて祖母のそばに立つ彼女の娘を見に行かせた。祖父は彼女に、「今日は会社を休むと電話してくれ」と告げた。それを聞いて祖母は煎茶を祖父の枕元にもって行った。彼女は両手をついて祖父の顔を子細に眺めた。変わったところがあるようには思えなかった。祖父は頑健には見えなかったが病気はしない人だった。「どこか身体の具合でも悪いの?」と彼女はたずねた。「心配いらん。ちょっと疲れとるだけだ。一日休めばだいじょうぶだ」と祖父はこたえた。

一

祖母と娘は手分けして朝食の後片付けや、いつものとおり家と家まわりの簡単な掃除をした。それが一段落したところで祖母は様子を見に部屋をのぞいた。祖父はすでに事切れていた。まだ命があるかのような穏やかな顔だった。が、彼女は即座に彼が息絶えていることを悟った。夫の顔を両手ではさんですこしゆすった。その手をとめて泣いた。死因は急性心不全だった。浅い春の風が庭の木々の葉にそよいでいた。

祖父は町で有力者だった。運送会社の副社長だったのである。その会社は町の突出した企業だった。会社は駅のちかくにあった。港湾のみならず鉄道貨物も独占的に扱っていた。戦中の混乱期を現社長と生き抜いてかえって会社を強固なものにした。待遇は社長扱いだった。穏やかな性格の人物だった。目配りの行き届いた苦労人でもあった。学歴はなかったが好奇心が強く物知りではあった。形式張ったことが万事につけて嫌いだった。副社長でありながら作業着同然の姿で出社した。たまに背広を着用することがあってもネクタイをしめるということはまずなかった。毎日自転車で会社にかよった。途中で顔見知りに出会えば自転車をとめて二こと三こと言葉をかわした。それを楽しみにもしていた。身体は小柄だった。血色のよい丸顔である。頭の形がとてもよかった。髪には白髪が相当にまじっていたがその量におとろえはなかった。八十歳くらいまでの長寿は間違いないように見えた。だが六十に手がとどかずにあっけなく逝ってしまった。

祖父母ともに土地に縁者がいなかった。祖父死後の葬儀その他の事後処理は会社の人々が積極的に手助けした。しかし基本的には祖母が気丈にその中心にいた。彼女の娘夫婦は彼女の陰でひっそりとしていた。

　当時としては晩婚だった祖母と祖父は夫婦仲のよいことで知られていた。二人の間には一人の娘がいた。体格は大柄である。祖母似なのだ。当時めずらしかったワンピースがよく似合う女だった。醜くはなかったが男心をそそる美人でもなかった。気立てのよさといおうか、悪意のなさが取り柄だった。祖母も祖父のように表面的には穏やかにみえた。女にしては無口だったからだ。が、気性の激しさがときどき態度にでた。Yの母となる娘もこの祖母の気性を引き継いでいたらしい。それが表面に出ることは祖母よりはるかにすくなかった。平凡ながら背筋のしゃんとしたところのある女である。一人娘なので婿取りだった。この国が戦争に負けたとき彼女は二十代半ばだった。男のすくない時代である。祖父と祖母はそれは無理か、と考えはじめていた。ところが不意に婿の話がもちあがった。その話がとんとんとすんだ。

　Yの父となる運命の人は農家の三男坊である。隣市の在の出身である。実家はかなりの農家だった。Yの父の父、つまり父方の祖父にあたる人は戦後間もなく村会議員にもなった。農業兼業の議員さんである。

　その祖父は五人姉妹のなかに生まれた、たった一人の男の子である。この子にたくす親の気持ちはおおきかった。彼もそれに応える人間として成長した。姉や妹にかこまれたやわな坊ちゃんとして成長しなかった。かえって気骨のある精悍な男として成長した。父が望んだ男になった。ただ父は彼が立派な跡取りとして農家を継いでくれること以上のことは望んで

一

いなかった。彼はいつのころからか「青雲の志」をいだくようになった。国民学校の担任の先生の思想が彼の気性にぴったりと一致したのだ。その先生は変わり者で有名だった。「敬してこれを遠ざく」の扱いを村民から受けていた。小学校を卒業するとき親との最初の軋轢《あつれき》が生じた。息子は旧制中学校にはいることを望んだ。その先の学校も視野にいれての選択である。親は百姓をするのに国民学校高等科で十分だ、という考えである。精悍なわりには親にさからわない子だった。初めて激しく自分の意見を主張した。母親や姉たちが間にはいった。彼のがわについてくれたのだ。父も彼の息子が中学出であることもまんざらわるくない、ということで妥協した。旧制中学が今日の生半可な大学よりはるかに重みがあった時代である。ただし中学を出たら農家を継ぐということを母と姉妹のまえで父に誓わされた。彼は約束どおりに片田舎に蟠踞《ばんきょ》することになった。悶々として楽しまぬ日々がつづいた。親ははやく結婚させた方がいいのではないかと考えた。本人もそう思った。二十《はたち》を過ぎるとさっさと結婚した。見合い結婚である。やがて三子もうけた。男子ばかり三人である。それでも、ときどき鍬《くわ》の手を休めて雲をあおいだ。そして「青雲の志か」とつぶやくのである。こころざしも空しくついえた。身を焼くような恋愛の経験もなかった。彼は六十歳になって村会議員に立候補した。誘いがあったからだ。立候補すれば当選は確実だった。それに必要なすべてを備えていたが、躊躇はあった。自分がいだいていた「青雲の志」に、あまりにも次元がひくい。担ぐ者たちの意図も見えすいていた。が結局彼らの誘いにのった。老後を単なる百姓よりはすこしばかり気分のいい身分で過ごしたいという単純な理由からだ。なによりも、ことの流れに逆らうまいとする深いあきらめがあった。

彼は自分の息子に夢をたくそうとした。三人の息子はそれぞれ三つ違いである。この息子たちは彼の期待にことごとく応えなかった。長男は国民学校の高等科にすすんだ。が高等科の二年は実質的には行っていないのと同然だった。朝夕牛の世話とか鶏の世話とか大人なみに働いていた。農家の手伝いがいそがしい。勉強どころではなかった。勉強の内容はほとんど理解できないままに卒業した。卒業すると当然のことのように農業についた。自分の将来についての煩悶などさらさらない。父としては自分のあとを継いでくれるのでうれしくもあった。がもし長男が「青雲の志」をいだいていればその望みをかなえてやりたい、という想いでそだててきた。長男にあまりにも迷いがないのに失望した。DNAに組み込まれた農民なのだ。次男は根っからの勉強嫌いである。学校というものを憎んでいた。国民学校高等科以上のいかなる学校にも断固として行くつもりはなかった。高等科を卒業するとO市で就職した。電力会社にはいったのだ。電柱のぼりに才能を開花させていたが兵隊に引っ張りだされて南方で戦死した。父は三男に夢をたくした。それとなくそのことをほのめかした。ときには「お前は兄《あん》ちゃんたちと違うところがあるからな」と言ったりもした。言った本人が自分の言葉を全然信じていない。聞いた息子は醒めたものである。二人の兄にくらべれば自分が一番劣っていると思っていた。父の白々しい嘘にふかい嫌悪を感じた。

三男は「夢」などという言葉とおよそ無縁な人物だった。無口でつかみどころがない。いつも冷静でかつ我をとおすところがあった。子供のときから本音が見えにくい人間である。

一

父は自分をかなりの野心家で熱血漢だと自負していた。三人の息子が三人とも性格的に自分の血をひいていない。そのことに合点がいかなかった。夕食のおりなど妻の顔にじっと見入ったりした。心になんのやましいところのない彼女は恬淡《てんたん》としたものである。

彼の妻は農家の三女である。同じ村の農家の出である。親たちは面識はあったが集落がはなれていたので親しいつい合いはなかった。本人たちはおたがいをよく知っていた。国民学校で一級上下の関係だったからだ。中肉中背、細目の顔の女性だった。ぴちぴちとした働きものである。徹底した現実家である。夫の「青雲の志」にはなんの理解も同情も示さなかった。いわゆるお偉方にたいして一片の尊敬感も持っていない。嫁ぎさきの農家を立派にもりたてること。そして、「あそこはええ嫁をもらった」と世間に言わせること。それが彼女の生きる目的だった。

三男に養子の話がでたとき当の本人は実家でぶらぶらしていた。戦地から復員したばかりだった。家の手伝いをして鋭気を養っていたという形である。それは文字通り形で、彼の語彙には鋭気という言葉はなかっただろう。実家の長男、彼の兄にあたる人物は戦前に結婚していてすでに二人の子供があった。三男とほぼ同時期に復員した。さっそく彼なりに農業経営に腐心していた。三男などまったくあてにしていないのだ。三男はなるべくはやく実家を離れたい。そのことしか脳中になかった。三十歳になっていた。Ｙの家への婿入り話に即座にのった。通常なら抵抗感のある婿養子になんの抵抗も感じなかった。物資の極度に乏しい時代だった。が、祖父は娘のために最大限に盛大な結婚式をしてやった。しばらく話題になったほどの結婚式だった。新婚旅行などない時節だった。式がおわるとすぐに婿は祖父の会社に勤めた。そこを二か月あまりで退職して町の役場に勤めはじめた。祖父が養子縁組みの裏取引に町役場の紹介を口約束していたらしい。同じ職場に身内同士がいることも避けたかったのだろう。

その彼、つまりYの父となる男は商業学校出である。商業学校を選んだのも自身の意志からではない。もともと勉強は好きではない。それは次男と同じである。この世に学校というものがなければどんなにすっきりするだろうと思っていた。彼もできれば高等科以上の学校には行きたくなかったが農家を継げないという事情は次男と同じである。理系はまったく苦手だった。そこで商業学校に、ということになった。彼を商業学校に行かせた一番のおおきな理由は父との妥協点がそこにあったということだろう。ちいさい時から父の中途半端な期待の目を背中に受けてそだった。子供心にもそれがうるさくてしかたなかった。彼に言わせれば大志をいだいて前進する資質をあなた方にいただいていない、ということになる。しかし父母を完全に落胆させ怒らせることも本意ではなかった。

身長は相当にたかい。手足がすっとのびていた。日本人にしてはちいさめの顔がついている。スタイルが非常にいいのである。これがまた父の癪の種である。これだけの身体なら村会議員のみならずどこに出しても恥ずかしくない。器のよさにくらべて中身の腑抜けさが情けない。スポーツが得意そうに見える体形である。スポーツはからきし駄目だった。学科のなかでこの科目を一番きらっていた。憎んでさえいた。そもそもこんな科目が授業のなかにあることが理解できなかった。彼の唯一の特技はソロバンである。それも国民学校時代には嫌っていた。商業学校にはいってからにわかに熱中しだした。一つには、これに熟達すれば将来役にたつと世間知が教えたのかもしれない。また一つには、小憎らしいほど冷静な少年ではあった。が彼も人の子である。ソロバンをはじいていればいらいらが不思議なほど解消することを知ったのだ。とくに家でソロバンの練習をすることには利点があった。「ソロバンの練習をしなければならないので」と言えば、どんな状況でも部屋に引きこもることができた。父親はソロバンなど男が熱中するものではない、と内心苦虫をかみつぶしていた。

一

Yは父母の結婚後約一年半に生まれた。Yの祖父は婿と一年六か月ほど共に過ごしたわけである。祖父は元来他人におおくを期待する人ではなかった。まして婿養子にきて役所仕事を希望する人物である、そんな男におおくの期待をするのが無理である。ちいさな野心をもって家庭を危うくする男よりいいとさえ考えていた。しかもどこかに嫁がせねばならないかもしれない一人娘の危機的状況を救ってくれた人物である。祖父は感謝の念をもって接していた。が、半年も彼と起居を共にしていると彼のような男と一生を過ごすことで娘がしあわせを感じるだろうか、という疑念が生じたことも事実だ。祖母はこの男にすぐに物足りなさを感じた。覇気がない。彼女の夫は穏和で常識を備えた人間だった。だが戦中戦後の混乱期に二代目社長を助けて会社を飛躍的に強固にした男である。芯の強さと静かなファイトを内にひめた人物である。そういう男とながく連れあってきたのだ。ことさらに婿に物足りなさを感じた。

Yの父の頭のなかに生き甲斐とか、生きる楽しみ、といった概念があったかどうか疑問である。新聞は比較的丁寧に読んだ。どんな理由で、どこでそんな美徳を身につけたのか、その行為からよろこびを得ていたのかは不明である。読んだ内容について家人と話すことはなかった。役場には毎日勤勉にかよった。職場は珠算の腕を買われて出納係だった。三十を過ぎての勤めである。戦後の混乱期だった。どこでもなんにでも凹凸はあった。おそまきの年齢はたいして障害とならなかった。仕事はそつなくきちんとこなした。彼にとってそれは至極当たり前のことだった。同僚とのつき合いも悪い方ではない。さそわれれば紅灯の巷も徘徊した。しかし同僚もじょじょに彼をさそわなくなった。彼と飲んでも面白くない。どうしても、いつも唯我独尊である。見かけがいいので女の子がそばに座りたがる。そのことにも彼女たちのお世辞にも無関心である。たまに同席の上司に酒をすすめたりするがお義理でしているとは見え見えである。おおむね一人で黙々と食べて黙然と飲む。彼の最大の取り柄は他者との軋轢を生じない、ということだった。役場でもそうだし家でもそうである。役場では彼のことを「ただ生きている人」と陰でよんでいた。運動らしいきものは何もしないので加齢につれて恰幅はよくなった。彼に初めて会う人は一瞬身構える押し出しである。すぐにその内容の空疎さとの落差に驚くのである。

夕食には一合、気が向けば二合の酒を飲んだ。祖母はこの習慣をよろこんだ。これがなければ家のなかは息がつまるような状態だろう、と心配していた。これは杞憂であることにすぐに気づく。とにかくどこででも人とのいざこざが起きない人である。祖母はこの性格に感謝はした。同時に物足りなくもあった。矛盾した自分の気持ちに一人で苦笑することがあった。彼が出勤したあと母と娘は彼のことを話すことは勿論ある。が婿養子の悪口を婿の背後で言う、ということを好しとしない道徳感を二人はもっていた。自然に二人は彼のことを話題にのせなくなった。面白味はないがとにもかくにも家庭内に平和がたもたれる男を養子に迎えたことを感謝する、というプラス思考にじょじょに慣らしていった。

一

日曜日には彼は普段よりおそめに起きた。普段より丁寧に新聞を読んだ。それをおえるとほとんどすることがない。家には祖父が丹精した庭がある。実家にもおおきな庭があった。樹木には比較的になれ親しんで成長した。広い縁側に腰をおろしてぼんやりと枝振りに目を向けることもあった。梢のさきの青い空が当然目に入る。それでどうという感興もわかない。宇宙の彼方へ想いは向かわない。ときには庭におりて木の肌にさわってみたりする。そのまましばらくじっとしていることもあった。なにか哲学でもしている風情だ。たまたま木肌の感触が気にいったというにすぎない。そんな彼の日曜日の行動を要約すれば、「家でごろごろしている」ということになる。

家はひろい。祖父一代の才覚と財力の形としての遺産である。十二畳の客間と十畳ほどの洋式台所をのぞくとすべて八畳の畳間である。彼と彼の妻が起居するところは一階にあった。縁側に面した居間と襖でつながった部屋である。二階の一間を彼の部屋としていた。部屋に装飾らしいものはいっさいない。妻の両親も身のまわりを飾らない人だった。部屋の一隅におおきな座卓があった。そのうえに職場から持ち帰った書類をつんでいた。使い込まれた算盤も一丁のっていた。商業学校時代からのもので自分の身体の一部とさえ感じられた算盤である。初めての全額のボーナスのほとんどを注いで、新しい算盤を買ったとき引退させた算盤である。彼は物にほとんど愛着を感じない人間だったが、この算盤には愛着があったようだ。意味もなくその算盤をはじいていると気持ちがやすらいだ。が、そんなことはめったになかった。もっぱら両手を頭のしたに組んでぼんやりと天井をながめている。鼻の穴に人差し指を突っ込んで内縁にそってまわしたりする。やがて、うつらうつらしてくる。それが「ごろごろしている」ということの内実である。人生の生き甲斐とか幸福とか、ということをほとんど考えたことのない人間である。だが、このうつらうつらしている時に胸中がじんわりと奇妙に暖かくなってくる。これが世間で大騒ぎしている幸福というものなのか、と思ったりする。文学書の類はまったく読まなかった。どこからか手に入れてきた週刊誌をめくることはあった。テレビが普及してもそれにはあまり興味を示さなかった。ニュース番組が一番お好みのようだった。祖母と妻はそのことを彼の七不思議の一つに数えていた。いい日和には夕方、「ちょっと出てくる」と言葉をかけて出かけることもあった。たまにはYを自転車の荷台に乗せて出かけたりもした。Yはそれをよろこばなかった。そのためばかりでなく一人で出かけることがおおかった。だいたい小一時間ほどすれば帰って来た。最初は家にいる者も「どこに行って来たの?」と聞いてはいた。それが次第にお義理になってついには消滅した。自分の人生におおくのことを求めていない。いわば若いときにすでに自分を見切っているのだ。結果として他人の言動のいちいちが神経を刺激するということがない。職場で義父のコネとか婿養子とか、さげすみの言葉を耳にすることはあった。それは完全な事実である。彼にとってみれば腹の立てようがない。家でも職場でも無害な変わり者という評価が定着するのにながい時間はかからなかった。これを要するに、空気のような存在なのである。婿養子としては最高の人物だった。

彼は実家の父親を嫌っていた。盆正月にしぶしぶ妻子をつれて訪ねる程度である。それも実家に義理をかいてはいけない、という義母と妻の暗黙の圧力による。世間が楽しみとしている正月と盆を最悪の日と位置づけていた。彼にとってさいわいなことにまだ車社会ではなかった。「ちょっと、そこまで」という距離ではなかった。Yは子供心にも父にないなにかを父の父親に感じていた。彼はこの祖父が好きだった。交通の不便さや父が実家を嫌っているということもあって濃密な関係とはならなかった。父方の祖母もYを盛大に歓迎してくれた。彼はその歓迎ぶりになんとなく真実味がないと感じていた。年が違いすぎる二人の従兄弟にもなじめなかった。

一

Yの父のYに対する態度がこの人物をひときわ鮮やかに描写するかもしれない。一言《ひとこと》にいって生みっぱなしなのだ。なぜこんな男が子供をつくったのだろうか、と首をかしげたくなる。「責任感」とか「義務感」とかという言葉を嫌悪していた。そんな大げさな言葉を使わなくて普通に生きればいいのだ、と彼は感じていた。ご当人が相当程度に普通ではないということに気づいていないらしい。養子であるからには一人の世継ぎは最低つくっておかなければ、とでも考えたのだろうか。さいわいにしてはやくに一人の男子が誕生した。それではほっとしたのかどうかわからない。その後は子供は生まれなかった。父のような男になってもらいたくない、とせつに願っていた祖母は父の子のたいする無関心さをかえってよろこんでいた。Yが一番影響を受けたのは祖母であろう。母は祖母のYにたいする愛情を妨げまいとするところがあった。一歩さがって息子と接していた。祖母も母も生来かしこい人間だった。結局は一人息子となるYに過度の期待をかけなかった。過度の愛情が有害であるということも知っていた。元気に世間なみの子にそだってくれればいいと考えていた。本人たちはYをすこし突きはなして見守っている、と考えていたのだ。世間の目には祖母がYを「甘やかしすぎる」と映ったようである。そうとられてもしかたのないところはあった。

Yにとっても、父はあってなきがごとき存在だった。叱られたこともなければ甘えたこともない。たまに出かけるとすれば母との三人連れである。小学校にはいる前年の夏祭りに母が無理やり二人だけを送り出したことがある。アセチレン・ガスの屋台が例年たくさん出る。そのまえに立ちどまって物を頼めば父はなんでも買ってくれた。あっけないほどあっさりと買ってくれた。が、うれしさは半減した。母や祖母の袖にすがって無理やりに目的のものを買わせた、あの「やった」という感激がない。二人だけで出かけた経験はYにとってこれが最初で最後のものとなった。父からの「お前たちだけで行ってくれ」の声がおおくなった。

Yの祖母は女にしては無口な人だった。母はさらに無口だった。祖母からは人間としての強さが感じられた。母からは物静けさが感じられた。母にも芯の強さがあったのだがそれが表面に出ることはほとんどなかった。婿のきてがなくなるからという理由で女学校には行か

一

なかった。いつも一歩さがって人と接してひかえめだった。ちょっとした親切を人にたいして自然にした。彼女を嫁に欲しいという話はおおかった。祖父母は嫁にやる踏ん切りがつかなかった。彼女は二十代半ばになってしまっていた。なんとか決断しなければならない年齢である。そういう時期にYの父が婿養子として出現した。祖父は表だったことが嫌いだったし人脈をつくるなどという意識はなかった。それを徳とする人脈が自然にできていた。突然の婿養子の話に母は感謝はしていた。祖父や祖母ほどではなかった。自分はよそに嫁いでもいいと考えていたので。たしかに夫に物足りなさは感じた。自分でもよくわからない青春のうずきを感じなかったわけではない。自分なりのせまい思考と経験の範囲で結婚生活の夢をえがかなかったわけでもない。しかし、こんなものだ、という想いにすぐなれた。自分の父が天寿を全うせずに亡くなったのは痛恨事だった。それでも彼もなんとか孫の顔を見て死んだ。家のなかが平和でしずかに時が流れた。これ以上なにを望むことがあろう、と無理なくそう思っていた。家がひろいせいもあってYは成長するにつれてますます父親の存在を意識しなくなった。顔を合わすのは朝夕の食事のときだけという関係にだんだんなった。母はこのことを一時は心配したが早々にその心配をやめてしまった。父との関係のうすさがYになんらかの悪影響をおよぼしているように見えない。祖母はYと父との関係を積極的に疎遠にしようとしたのでは勿論ない。しかしこの関係を歓迎していた。孫にはおおくの期待をかけてはいなかったが、すくなくとも父のような人間だけにはなってもらいたくない、と願っていた。

Yはこの世での最初の記憶を思い出せない。物心つくと祖父の話をよく聞いたことを記憶している。祖母と母にとって思い出はなまなましかった。祖父は二人にとって自慢であり慕わしい人だった。彼のことが口をついて出るのは当然である。このことがYに影響したかどうかはにわかに判じがたいが影響がなかったとは言いきれない。一見、おとなしい物静かな子だった。反面、子供らしい活力がなかった。祖母は彼の父のことを思えば当然だと考えていた。そのうえなんと言ってもおおきな家の一人息子である。平均より多少おっとりしたところがあっても不思議ではない。祖父が健在ならば良家の「お坊ちゃん」である。友達もある程度距離をおいてつき合っただろう。町の親たちには祖父の記憶はいまだに鮮明だった。その子供たちにとっては彼の父は役場勤めのお役人である。恐れるにたりない存在である。みんな彼に普通に接した。Yは友達と群れて遊ぶことをこのまなかった。家で祖母や母を相手に過ごすことをこのんだ。祖母はこの傾向を心配した。そとで友達と遊ぶように説いた。おそらく、祖母が大げさに言えば「生き方」についてYになにかを言ったのはこのことだけである。母はYにそういう種類の話をしたことは絶えてなかった。子供たちはしばしば親がよびに来るまで遊んでいた。Yは遊び仲間から、「もう帰るの?」と言われることがおおかった。祖母と母にはYのこの性向がなにに由来するのかわからなかった。とにかく父がうるさくない。ひろい快適な家とよい環境がある。とりわけ自分たちを好いていてくれるから、と結論してまんざら悪い気もしなかった。小学校時代の学校の成績はすべての科目で中程度だった。国語が他の教科よりややましである。Yもこの科目をこのんでいた。宿題以外は家

一

で勉強したことがなかった。子供の社会全体がそうだった。宿題さえしない子もおおかった。Yもよく宿題をせずに学校に行った。子供たちは学校から帰るやいなや鞄を投げ出してそとに飛びでた。親たちが彼らに発する唯一の言葉は「宿題はないのか?」だった。子供たちの答えは、「ない!」という実に簡潔なものである。

性格的には父と母の両方のよいものを受け取っていた。物事に熱中しないかわりに些事にかっかしない。これは父の性格である。すること言うことに悪意がない。これは母の性格である。いずれもわるく言えば子供らしさがないということになる。

Yは中学校にはいった。このころから父親をつよく意識しはじめた。父があってなきがごとき存在である、ということを意識しはじめた。異星人にたいするような関心である。日曜日など自分から父の部屋をのぞいてみるようになった。当時彼はまだ階下で寝起きしていた。父は不快感は示めさなかったがとくに興味も示さなかった。ときには部屋にはいってみる。部屋の片隅に座ってみて驚いた。この部屋にあまりにもわずかの回数しか出入りしていない。それもそれで一つの驚きではある、がこの部屋で父と子としての交流が過去に一回もなかった、ということに驚いた。肩車をしてもらったこともない。脛のうえでのぎっこんばったんも無論ない。そもそもこの部屋に過去に何回はいったのだろうか、と心のなかで指をおってみたりする。これまで「ああした、こうした」と、友達がその父といっしょにしたことについてする話をなにげなく聞きながしていた。その話のいちいちが急に鮮明に思い出されてきた。羨望にちかい感情で思い出される。だからといってこれからの父との関係をどうすればよいのか、などということは考えなかった。そんなことを考える年齢ではなかった。考えたとしても結局どうしていいかわからなかっただろう。

何かがたりないという想いがつづいた。父の存在感がない、ということに関連した想いである。それは父がかいているものでもある、ということがぼんやりわかってきた。次第にそれが行動への意欲である、ということが理解されてきた。じょじょに、しかしたいして意識することなく積極的に友達と遊びはじめた。祖母や母が心配になるまでそとで遊ぶようになった。彼女たちはこのかわりぶりに漠然とした不安がなかったわけではないがこの傾向をよろこんだ。人並みの子になったということである。Yの美徳である自己改造の意欲はこのころから芽生えた。

浜辺があった。Yの家から比較的ちかい距離だった。そこに出かければ誰かがいた。あらゆる遊びをそこでした。遊びにも積極的になった。友達もYを仲間として積極的にさそいだした。ときにはファイトをむき出しにするようにもなった。野球が隆盛をきわめた時期である。浜辺でよくホームラン競争をした。Yもそこそこの腕前である。が彼より優れたものが二人ほどいた。相撲もよくした。なかなか頑張るがこれにも何度やっても勝てない相手がきっちり二人いた。十人たらずの仲間のなかに自分よりうえの者が二人いる。彼はそこまで考えなかったが角界で大成することは無理である。学校では軟式テニスに熱中した。これもそこそこにしか進歩しない。部員のうちの中程度の力しかだせない。三年間で対外試合や大会の選手になったことは一度もない。絵にちょっとした才能を見せた。これも二百余名の同学年生全体で彼が勝てない生徒がわかっているだけで二人いた。「どうしてあんなにうまく描けるのだろう」と感嘆するのみだ。歌は自分自身は相当に自信があった。だがこれが誰にも一番評判がわるかった。彼が歌ったあとには哀れみの目で彼を見る子もいた。中学三年になるころにはスポーツや芸術に才能がないという明確な結論にたっした。のこる分野は学問の分野である。この分野は彼がもっとも苦手とする分野である。そのことには中学校にはいるまえに気づいていた。

一

二階には八畳の二つの畳部屋があった。そこはながく父親の空間だった。三年になると同時に、そのうちの一つが彼にあたえられた。下の机はそのままで一回りおおきな机が新調された。三年の夏休みがすんだ。このころから机のまえに座る回数を意識的にふやした。とおい将来のことは別として当面高校入試に失敗したくなかった。物事にたいして根気がない。机のまえでじっとしていること自体が苦痛である。小一時間座っているのが限度である。机をはなれて台所におりた。水コップを手にして窓外の月を見たりする。そういうときの時間は驚くほどはやくたつ。台所がことのほか居心地がいいのに気づいたりもした。深い静寂のなかで台所のテーブルに座っていることが好きになった。夜の静けさが彼に思考することを要求した。つまり人生を経験しはじめた。

地元の高校に無事にはいった。全学区制ではない時代で彼の高校もかなり優秀だった。入試まえ二か月ほどは祖母や母が感心するほど勉強した。高校生になったらとにかく英語をなんとかしなければと考えていた。もし大学に進学するとなると文系にすすむほかないと考えていた。毎日机にむかって英語の教科書を開くことを義務とした。高校一年の夏休みがおわるころには一時間程度の勉強は無理なくできるようになった。わずかずつだがその時間がふえてきた。当然のことのように英語の成績はよくなった。結果として英語の勉強がらくになっただけではない、勉強全体の苦痛度がへった。ただし理数系をのぞいて、とつけくわえねばならぬが。部活はしなかったので時間はあった。父親と同じで文学作品といえる本を読まない人間だった。高校にはいってみればまわりに結構本読みがいた。高尚な本のことが話題になる。それらの学生の輪のなかにはいれないことを恥じた。本は読まねばならぬと痛切に思った。親しくしだした一人の友がいた。彼は読書家だった。その男の影響もあって本になじむようになった。が読むことにたいして身を切るような欲求はわいてこなかった。土曜日の夜などその男と夜を徹して話をした。話の内容は友達の噂話であることがおおかった。なかでも同学年の女の子が話題にのぼった。全体的にはたあいのない内容だった。がそんなおり、Yは生きているということを実感した。文系でも純粋な文系、文学部にすすむべきではないかと彼は次第に考えるようになった。

好きな子への胸苦しい想いはべつとして平穏な高校生活がつづいた。一日が充実したものに感じられることもあった。高校最後の夏休みは記録的な暑さの夏だった。そのころから祖母が心臓の痛みを口にしだした。医者に診てもらうと狭心症だということである。祖母の三週間に一回の病院がよいがはじまった。祖母は七十歳を越していた。おりおりの心臓の痛みをべつにすればとても元気だった。が、人の死ということがYの視野のなかに初めて現実のものとしてはいってきた。ときおり、われ知らず彼は祖母の顔に見いっている自分に気づいた。祖母はそんな彼の凝視をしずかに受けとめていた。「お前の気持ちはわかっているよ」という表情で受けとめていた。

三年間の高校生活で勉強は相当の努力をした。希望の大学に入学することができた。中央の私立大学の英文科である。その学校はこれから一流私大の仲間いりするだろう、という勢いがあった。大学生活にたいして具体的な興味はわかなかったが、T都の都市生活にはわくわくするような憧れがあった。高校の卒業式もすんで、「いざ、行かん」の準備中に祖母が死んだ。

寒さの厳しい朝だった。台所で朝、たいして用事がなくても母のそばにたつ祖母の姿がない。祖母は床にはいったまま事切れていた。母が父とYをよんだ。母は膝をくずして両手をついていた。父は祖母の枕元に正座して両こぶしを股《もも》のうえににぎりかためた。Yは祖母の足元に座った。Yは祖父の死に顔を知らない。祖母は満ちたりた顔をしていた。今にもたちあがりそうに見えた。母と子はひそやかに泣いた。

二

Yの父が人嫌いだったのかそうではなかったのかはにわかに判定しがたい。そもそも人間の性善説性悪説に通底するこの問題は彼の思考体系のなかにはいりにくい。一口に言えば人間にほとんど関心がなかったということだろう。いずれにしても仕事柄知人はふえた。彼の知人網の一人にYは下宿先をさがしてもらった。父がめずらしく「下宿についてなにか希望があるか」とある夕食のおりにたずねた。「川のちかくがええ」とYはこたえた。本人にもその根拠がわからぬままにそういう希望が胸中に醸成されていたのだ。

彼の下宿は希望どおりに川のちかくにきまった。乗降客の数にくらべて規模のちいさな駅のちかくでもあった。駅は高台にあった。線路が高台を東西に走る。駅の前後は部分的に高架になっている。南北に自由に行き来できるのだ。学校などのおおきな建物は大部分北側にあった。その地域は文教地区といわれる一画である。彼が在籍する大学もその地域にあった。文教地域とはいいながらそこは若者の熱気にあふれていた。それにいくばくかのハイカラさも感じられた。Yはこの雰囲気が気にいった。高架をぬけて駅の南に出ても若者の熱気は感じられた。熱気がうすらぐあたりから道はきゅうにかなりの勾配でくだりはじめる。坂がつきるところに川があった。彼の下宿はその川のちかくにあった。学校まで歩いて二十分あまりである。

下宿は二階建ての家だった。家は道に面していた。坂の下のそのあたりにはハイカラな雰囲気はもうなかった。それどころかこの時代のこの都市の基本的な貧しさのみが目についた。一階は家主が住居をかねた作業場にしていた。政府関係の印刷物の下請けの仕事をしているらしい、ということだった。印刷機の作動音などほとんど聞こえなかった。何かいわくでもありそうなひっそりとしたたたずまいである。彼は結局五年間ここにいることになる。だがこの家の家族構成などわからずにおわった。Yにも人の私生活に嘴を突っ込む性癖がなかった。田舎そだちなのに都会的センスの持ち主でもあったのだ（父の影響があったかのかもしれない）。小柄で気品が感じられる女性をときどき見た。いつも和服をきちんと着ていた。その人が月末の定められた日に下宿代を取りに来た。Yとの会話はまったくなかった。彼女に会話を拒絶しているところがあった。いつも「ありがとうございます」とだけ言った。折り目正しいお辞儀をして背をむけた。

階下の作業場の表戸は暑い日には開いていることがおおかった。たまに作業場の奥にアンダー・シャツ姿の男性が見受けられた。ぼんやりとおもてを見て座っている。精彩のない初老の男だった。女性の父としては若すぎるし夫としては年寄りすぎる年齢に思えた。Yは作業場の機械が動いているのを見たことがない。子供の姿も見かけなかった。

二

二階が貸部屋である。せまい廊下を中心にして五部屋あった。みんな四畳半の畳部屋である。急な階段をあがったところに小さな空間があった。そこに共同の洗面所と便所があった。隅にガス・コンロが一台おかれていた。彼はそのコンロを夜遅く、たまにインスタント・ラーメンを作るとき以外に使ったことがない。さいわい彼の部屋は道路側にあった。廊下をはさんだ反対側の部屋にはとなりの建物が迫っていた。採光がよくないのだ。しかし道路側の部屋は西に面していた。初夏から秋にかけての日差しのつよさに彼はさんざん泣かされた。その時期は部屋に帰るのを避けてもっぱら喫茶店を梯子した。彼が生涯喫茶店を愛することに拍車をかけた一因である。

Yは晴れの門出を祖母の死で出鼻をくじかれたという形になった。祖母の死への悲しみは予期していたほど痛切なものではなかった。彼女が狭心症と診断されてからじょじょに覚悟をつけていたのだ。これは同時に人はかならず死ぬものだという極当たり前のことを極当たり前に受けとめようとする努力の過程だった。ただ彼女の死にどこか現実味がなかった。上京してもしばらくの間この感覚がつづいた。現実味のなさの感覚が消えるのと並行して彼女への思慕がつよまった。

祖母が彼になにを望んでいたのか、と、特にこの新しい出発の時期に考えた。解答は得られなかった。仮に母にきいたら、「お前の好きなように」と言っただろう。父にたいしてはこの種の質問は仮定としてもなりたたなかった。Yはスポーツとせまい意味での芸術、つまり絵画と音楽の分野には才能がないと結論していた。中高校生活を通じて得た結論である。ではなにを目指すのか？　大部分の学生と同じで将来のことなど本気で考えていなかったというのが実情である。できるかぎりネクタイをしめる必要のない職業につきたいという意識はあった。彼の父は自分の服装には無頓着だった。ほとんど妻まかせだったがなにを着ても似合った。スタイルがよくて上背があったからだ。彼もかならずしもネクタイは好きではなかったようである。彼が職場から帰宅する。靴をぬぐと同時にネクタイに手をかけていた。ネクタイを嫌いだったかもしれない男がなぜお役所仕事を望んだのか。希望と現実は往々にして齟齬するという多分単純な理由からだろう。Yの頭脳にこの父の仕種《しぐさ》が無意識的にインプットされていたのだろうか。もしそうだとすれば直面教師としての父の影響の数少ない例の一つである。祖父、父、孫とネクタイ嫌いの家系は確立した。

二

Yを大学生活に駆り立てたおおきな動機は勉学への意欲ではない。将来就職した場合、高卒より有利だからという世間一般並みの判断は当然あった。なによりも、Tという大都会に住んでみたいというのが一番おおきな動機だった。T都は当時の若者にとっては今日の若者が想像することがむずかしいだろう憧れの地だった。しかし学校は二の次だったということでもない。なるべくよい学校にはいっておくために自分なりに奮闘した。奮闘の動機の一つというほど大袈裟ではないが一種のはずみとなっものは女性問題に由来するものである。これが不純なのか不純でないのかは意見の分かれるところだろう。とにもかくにもYは、もしこの世に女が存在しなかったら、なにかに向かって努力するということは全然しなかっただろう。ふてくされて寝ているのみという人生をおくったに違いない。

「女性問題」と言ってもたあいないことである。高校時代に想いをよせていた女性がいたというだけの話である。誰にでもある話である。ついでながらYは抜群のスタイルの持ち主だったがいわゆる色男というタイプではない。まして女たらしという存在からは程とおかった。ここで彼のプラトニックな恋愛遍歴の一部始終を紹介しておきたい。

Yは小学校にはいるまえに祖母や母を女として意識したことはおそらくない。彼女らは「おばあーちゃん」と「おかあーちゃん」である。それ以外の何者でもなかったはずだ。小学校にはいって初めて女というものを意識した。具体的には祖母や母以外の同系の生き物を初めて好きだ、と感じたのである。その子は小柄な子だった。丸っこい顔で動作は生き生きとしていた。要するにかわいい子なのである。彼女は二年になった時にあっけなく彼の視界から姿をけした。程なく、父の転勤にともなって一家が引っ越ししたのだ、ということがなんとなく皆んなに知れてきた。この子を好きだった男の子がおおかった。かわいさで親たちの話題にもなっていた。二年三年はなんとなく過ぎた。四年生になるときにクラスの組替えがあった。五十名ちかいクラスが四クラスである。五年、六年には組替えがなくそのままのクラスで卒業ということになる。どういうものか彼のクラスに同学年の美女が集中した。その美女たちのなかで四年生のときはぼんやり過ごした。五年になってにわかになにかが彼の内部で目覚めた。美女たちの一人一人が鮮明に目に映りだした。甲乙つけがたい美女が五人いた。その一人一人がそれぞれによい。結局五、六年は彼女たちの品定めについやした二年間だったと言えなくもない。後年彼は女性を見る目が、ひいては人間を見る目が普通よりたしかだと言われるようになる。それはこの時代につちかった品定めの訓練のおかげかもしれない。最終的に彼の的は二人に絞られた。この年齢の少年少女には顔の美醜もさることながら、勉強ができるか出来ないかということが判断のおおきな基準になる。これは本能的なもののような気がする。優秀な子孫をのこしておきたいという本能がどこかでうごめくのではないだろうか。ややまだ足元がふらついていたが一人の女性に軍配をあげた。それは小学校卒業が目前にひかえている時期だった。成長しても彼は、対象の女性たちの美点がそれぞれに見えて目標がさだまりにくい。一人に向かって一直線に突進できない傾向があった。その傾向はすでにこの時期にみえる。

二

中学にすすむ過程で五人の美女のうち二人が転校した。一応この時点で彼の視線は一人の子にさだまっていた。それが実現したときのことを思うと胸がときめいた。蓋を開けてみると彼女とはなかった。彼女といっしょのクラスになりたいという希望以外は胸中にはなにもなかった。それが実現したときのことを思うと胸がときめいた。蓋を開けてみると彼女とは同じクラスではなかった。つまるところ、三年間の中学時代に彼女と同クラスになることは一度もなかった。たまに廊下ですれちがってはっとしたり、彼女の優秀さを級友の噂話のなかで聞くという程度でおわった。中学になると隣村の小学校卒業生がくわわる。一クラスふえるのだ。その生徒たちの一人にとても人気のある子がいた。さしたる美人ではなかった。素封家の娘であるということと勉強ができるということが人気の理由だった、という気がする。美人ではないにしてもなにか人を魅《ひ》きつけるものがあったのだろう。たしかに人柄のよさは顕著にみえた。人の心をなごませるところのある子だった。さらには、隣村側の生徒たちが対抗上、意識的に作り出した人気という気がYにはしないでもなかったが。その子とは中一、中三と二度にわたっていっしょになった。なにかものたりなさを感じはしたが結局は彼女が中学時代の彼のマドンナでもあった。小学校のとき以来知っていた彼の好きな子は秀才だった。家庭の都合で大学は目指さず工業高校の化学科に進学した。高校生になっても彼女の噂が耳にはいった。同年の男子の胸のなかにいつもいた子なのである。

Yも高校に進んだ。接する生徒たちの地域がさらに拡大した。同学年に心にとまる女の子がすぐにできた。かりにその子をS子としておこう。とくに美人というのではない。高一という年齢にしてはきわだって翳《かげ》があった。母子家庭の子であるということが間もなくわかった。彼女は次第にYの胸にくいこんできた。おもな理由はその翳だったかもしれない。本当の理由は彼にはわからなかった。彼女の成績のよさもおおきな魅力だった。しかし、それは一部にすぎないと彼は思っていた。彼女はずば抜けた秀才だった。男子生徒でも成績で彼女に対抗できる者はたぶん一人だった。高校生にとって成績が優秀ということはおおきい。おさえた自信がじょじょに彼女の心身に影響してきた。ぬきがたい翳はあった。が、すべてにわたって輝きがでてきた。輝きのなかで彼女はふと深い翳を見せた。それが身震いするほどの魅力だった。実際に彼女の横顔を盗み見ながら彼が身震いしたことは一度や二度ではなかった。でも、彼女に夢中ということでもないのである。彼が「いいなあ」と思う子は他にも二、三人いた。彼女たちにくらべるとS子をすぐれて好きだった。それは比較の問題だった。

S子はきわだって英語ができた。Yも英語ができるくちである。二年のときは彼女と同じクラスだった。彼なりに目や顔の表情など、言葉以外のあらゆる手段を駆使して「好きです」ということを彼女につたえようとした。彼女からの反応はほとんどなかった。彼の運動神経はよい方ではない。だがスタイルがいいので器械体操の選手という印象を人にあたえる。教室に入って来るといきなり右手をあげて走りだし、教卓を飛び越しそうな雰囲気をもっていた。スタイルのよさという与件が彼の雰囲気にまで影響するのか相当に清潔感をただよわせていた。これを約言すれば、インテリの女性好みの男ではないのだ。彼には彼なりの悩みはある。たぶん同年輩の平均値以上に考えて生きている。そのことがおもてに現れない。損なのか得なのか。

二

二年生の英語のクラスでYのちかくに席をもつ男がいた。垢抜けない感じの男である。しかも醜男という部類に属していた。しかし相当にできる子だった。成績は多分学年全体で十番前後を保持していた。彼は三年生になると野球部のキャプテンになった。その事実はこの男がその素質のみならずいかに強靭な意志の持ち主であるかを如実に示している。高校生ばなれをしたふてぶてしさがあった。Yはこの生徒にしばしば鋭い眼光でにらまれた。彼は大学進学をあきらめていた。家が貧乏でかつ弟妹がおおいからだ。Yは何事も好き嫌いなくひろく受けいれる質《たち》だったがこの男は苦手だった。三年生になるとこの男ともS子とも英語のクラスは別になった。しかし同じ方向の教室に向かう。S子の顔も彼の姿もつねに見ていた。そのうちS子と彼が廊下で立ち話をしているのを目にするようになった。すぐに二人は仲がいいらしいという噂がひろがった。Yに敗北感はなかった。もともと彼にとって彼女は高嶺の花だ、という意識があった。ただあんな奴を彼女が好きになるということに合点がいかなかった。彼女と成績の一、二をかけて争っている男がいた。その男を好きになったのならすなおに納得できた。彼は繊細さの権化のような男だった。その秀才はひょっとして自殺するのではないか、と教師をふくめて全校が息をひそめてみつめているところのある人物である。男女の組合わせの妙味は「美女と野獣」的なものにあるかもしれない、とYが気づくのはずっとのちのことである。S子がキャプテンと仲がいいということが単なる噂でなく事実であると判明するのは時間の問題だった。彼がそれを自分の目で確認するのは夏休みが終わった秋の初めのことだった。Yには意外なほど感情の動揺はなかった。「よしオレもやるぞ」という気概はたかまった。彼なりにますます勉強にはげんだ。

S子は大学に進学しなかった。彼女ほどの優秀さなら彼女がその気になれば進学への道は開けたはずだ。彼女は自分の野心より母への愛をとった。母の不幸な結婚の結果として今の家庭がある。親一人子一人の家庭を維持するために母はD市のある清掃会社に籍をおいていた。おおきな病院やホテルに派遣されて悔しい想いをしていることはS子の胸に突き刺さっていた。自分の勉学を継続するためにさらに四年の苦労を母にさせることは彼女にとってしのびないことだった。彼女と野球部のキャプテンの間に「同病あい憐れむ」意識があるだろう、ということは勿論Yもさっしていた。Yは人生における金の重要性をほとんど認めていなかったが、金が人間の運命を支配する力はしみじみと感じた。S子もその恋人も優秀な人材である。この世でなにかをなしたかもしれない若者たちだった。その二人が田舎でサラリーマンとして無名にその生涯をおわるかもしれないという見通しに憤りさえ感じた。

「淡い」と言ってもいいかもしれない片思いの恋も経験して高校三年はたいした波乱もなくせつなく過ぎた。凡庸を自覚している彼はめでたく大学にはいることができた。あこがれのT都に出かけることになった。それが現実になると思っていたほどの興奮はなかった。

とにもかくにも大学の入学にともなう儀式もすんだ。科目登録もおえた。Yもようやく新しいものへ向かう気持ちが芽生えつつあったというところである。最初の授業の日にはさすがにかすかな高揚感とともに学校に向かった。英文科は四クラスあった。彼はB組である。教室にはすでに数人の学生が来ていた。やがて全員がそろったらしい。皆んなおたがいをうかがっている雰囲気である。無言でぎこちなく座っていた。定刻に教授がはいって来た。Pという者だと自己紹介した。二年間このクラスの担当ということになる、なにか困ったことがあったら遠慮なく研究室に来てください、ということである。五十がらみの眼鏡をかけた人物である。顔色が不健康だ。自信なさそうにぼそぼそとものを言う。性格の善良さはうかがえる。簡単なオリエンテーションがあった。その後は雑談ということになった。発言する者はいなかった。あっけなくクラスは散会した。

全員出席して三十名程のクラスらしい。三年からはクラス担当教官という形はなくなる。が、こと英語に関するかぎり授業は卒業までこの単位で受けることになる。一回目の授業というか、ミーティングを欠席したつわものが四、五名はいたはずだ。最初の印象で彼の気を魅く女性はいなかった。六四で女性がおおいようにみえた。一クラスの構成人数は一流の私大英文科より三割方おおい、ということを彼はのちに知った。

二

Yは一流でないにしても名のとおった大学にはいった。大学の具体的な内容を前もって知っていたわけではないがそれが最高学府であるという意識はもっていた。教授というものにも一種のあこがれをいだいて上京したのだ。しかし教授の先生方に失望するのに時間はかからなかった。夏休みまえにはほとんどの科目に出席する意欲をなくしていた。彼が破滅型で度胸ある人間ならこの時点で学校をやめていたかもしれない。出席をとらない大教室の授業はときどき欠席するようになった。が全体的には出席率はいい方だろう。これは無論下宿先が学校からちかいということがおおきな理由である。電車や地下鉄を乗り継いでの通学なら彼の出席率はもっとさがったはずだ。最もおおきな理由は彼は自分の頭脳に自信がなかったということだ。彼の頭脳で人に伍していくには真面目に努力するしかないと自覚していた。高校時代にたいしては相当の努力をした、とある程度の満足感をいだいていた、がもうすこし出来たのではないかという反省はあった。それが彼にとって救いにもなった。血も汗も絞りつくして一流の下、二流の上の私大にしかはいれなかったというのでは彼も生きる意欲をなくしたであろう。

Yが都会生活で一番なじんだ場所は喫茶店である。彼には優秀なボーイ・スカウトの団員という雰囲気がある。単純な体制順応型の人間に見えた。彼にはそう見られることがいらだたしい。まあまあの家の一人息子である。おうように成長している。無理なく世間の規範にしたがって生きてきた。彼の高校時代には喫茶店は不健康なところ、高校生が行くところではないという縛りがあった。実際学校もそこへの出入りを禁じていた。彼は高校時代に喫茶店にはいったことはまったくなかった。彼が最初にこの都で喫茶店にはいったのは科目登録をおえた日である。ついでにタバコもすってみたかったがそれは抑えた。彼が頻繁に喫茶店にかよいだしたのは部屋が暑くなった時期と授業をときどきさぼりだした時期とにかさなる。読書の必要性は高校以来考えていた。くだらない授業をさぼったときに下宿で惰眠をむさぼっていたのではない。その時間はなるべく喫茶店に足をはこんだ。そこでのほうが読書がらくにできた。なぜだかわからない。この傾向はずっとつづいた。

二

彼の生活圏で行きつけの店が二軒にきまった。なかでも足繁く出入りする店があった。店は駅前通りから西に一つはいった通りにあった。独立した三階建ての建物で一、二階が喫茶店である。三階は経営者の居住区のようだった。経営者は台湾系の中国人であるらしい。当時の喫茶店は内部が薄暗い店が大半だった。その店は照明が明るい。見せつけがましい重厚な内装でもない。奥行きのふかい店だった。一階入口の右手からカウンターがのびていた。五、六人がかけられるスペースである。カウンターがつきるところで二人のウエイトレスが待機していた。カウンターのなかには男のバーテンがいた。たまに女の人がはいっていることがあった。四十代半ばに見える堂々とした女性である。その人が店の所有者でもあるらしい。Yは通常二階にあがった。あいていれば窓ぎわの席に座った。読書で頭や目が疲れると通りを眺めた。そこに行き交う人びとを見た。

その店の雰囲気もさることながらウエイトレスの一人に魅かれたことは論をまたない。最初は女目当てで色気だけの学生と思われたくない、という見栄が働いた。お目当ての店に行く気で勇躍下宿を出る。店のまえを通り過ごして他の店に向かう、ということが三、四回に一度はあった。その気づかいを捨ててしまったのはいつごろだろうか。

喫茶店が隆盛をきわめている時代だった。近辺の喫茶店のウエイトレスはたいてい彼より二つ三つ年上だった。くだんの女性もそのようにみえた。背は平均よりややたかい。きれいな脚でスタイルのいい女性である。すこし外股で歩く。それが彼は好きだった。色の白い丸顔で相当の美形である。相当の知性も秘めた美貌である。学生連中に馬鹿にされまいとしている。その様子がYにはけなげに見えた。そして思うのだ、どんな運命が彼女をこの学生街で働かせているのかと。オーダーのやりとりだけの会話である。訛りはほとんどないように思えた。でもやはり、彼女も上京組だろうと彼は判断していた。

Yが川の流れる街に住んでみたい、と思いだしたのはいつのころだろうか。海辺に生まれてなぜ川にあこがれたのだろうか。海にたいして裏切りのような気がする。両者が水からなるということ以外に川と海にはなにか通底する魅力があるのだろうか。もっとも川のある街、へのあこがれである。川そのものよりもそれがある街にたいする憧れだったのかもしれない。いずれにしてもそうあこがれた発端の原因はわからない。あこがれはじめた時期も彼の記憶のなかにまったくない。ただ、彼が漠然とえがいていた絵はTのような大都会を流れる川ではない。田舎でもない。学園都市と言われるような中都市を流れる川とその街である。

ある夕、父に下宿の希望についてきかれた。虚をつかれた形で「川のちかくがええ」とYはこたえた。それが実現した。大都市Tで川のちかくに居を定めることになった。すでに述べたことではある。

その川のほとりには遊歩道があった。みじかい距離のものだった。遊歩道の名にあたいしないものである。数個のベンチがおかれていた。人はそこに座って川を眺めた。灰緑色の濁った川である。通常はほとんど流れがないように見える川である。わずかな降雨で水量が急増した。恐ろしいほどの猛々しさにかわる川だった。Yのイメージから程遠い川だった。貧弱な遊歩道はなかなか人気のあるスポットである。初夏や晩夏の夕べにはベンチを確保するのが困難なくらいだった。彼もその場所に出かけた。彼が予想していたほど頻繁にではない。彼は見かけによらず戸外派ではない。強いて振り分ければ屋内派である。

二

川幅はおおよそ五十メートルである。対岸にも遊歩道がある。こちらとは比較にならぬ規模だ。遊歩道というより緩衝帯という趣だった。遊歩道にそってひろい道路が走っている。Yの田舎では自家用車（ああ、なんとなつかしい言葉だろう）はまだめずらしい時代だった。さすがこの国の首都である、車の流れは絶えることがない。見事といえる流れである。道路の背後にはビルが林立する。新しいもの古いもの、高いもの低いもの、雑然としたビル群が展開している。天気のいい日には眼前を数隻のボートが行き来した。対岸にボートの発着場があるのだ。ほそぼそとしたボート人気は年を通じてあった。たいがい若い男女のアベックである。男がこいでいることがおおい。女と男が櫂を奪いあってはしゃいだりした。若者たちはたぶんに岸辺の人びとを意識している。たまに中年の男女を見かけることがあった。ひと年とったカップルを見ると気分がやすらいだ。Yは川を眺めて人を眺めた。考えてもいた。

Yは真に青春の入口にいた。ベンチに座って考える。どうも自分には個体としての統一感がないと思う。すばらしく均整のとれた体軀をもっている。がスポーツは得意ではない。快活で清潔な印象を人にあたえるらしい。しかしそう快活でもない。けっこう内向的なところがある。だが哲学的な深い思考は苦手である。「人生不可解」などとさけんでどこかの滝壺に飛び込むタイプでは絶対にない。これを要するに、単細胞のスポーツ人間に見えるがそうではない。だからと言って複雑細胞の思考人間か、というとそうでもない。彼の言葉をかりてまとめれば、「どうも僕はどっちつかずだなあー」ということになるだろうか。もう一つ彼が気にしている事柄がある。自分は早死にするかもしれないという想いである。祖父と祖母がともに心臓疾患で亡くなっている。彼自身も幼年期に心臓がよわかったらしい。そのことで祖母や母が気をもんだ時期があると祖母がふともらしたことがあった。自分は早死にするかもしれないという想いは、死ぬまえにいそいで何かをしておかねば、という想いにつながる。彼の才能で後世にのこせるようなものに何一つと思いあたらない。強いて言えば子孫をのこすくらいである。それではあまりにも淋しい。あれやこれやを考えると彼の頭は混乱してくる。よくあることである。彼はきゅうに、「なんとかなるさ」とつぶやいてベンチから立ちあがった。この発言に論理性はまったくない。が、彼がしばしばつぶやく、ときにはさけぶ言葉である。根は単純で楽天的な性分だ、とおおむね断定してもよさそうだ。

Yは外見的に無害感があるらしい。人が接近しやすい。彼自身は他者とのかかわりをあまりこのまなかった。高校時代にもっとも深い交際をし、かつ影響を受けたのはFである。Fは身体がおおきくてどこか大人びたところがあった。言葉をえらんでゆっくりと話す。自分に確認しているような話ぶりである。背がたかいのにスポーツの部活はしなかった。彼に言わせると「ばかばかしい」ということらしい。YとFとの数少ない共通点は二人とも身体がおおきいこと。部活をしなかったこと。理数系が苦手だったということ。

彼の父は国鉄の職員である。組合運動に積極的だそうである。このことを彼はながく隠していた。彼に言わせれば「隠していたわけではない」ということになるだろうが。母はちいさな医院で事務兼雑用係として働いている。二つ下の弟と五歳下の妹がいる。経費の面でできれば国立大学にはいりたかったが理数系が不得意である。Ｆはある一流私大の露文科をえらんだ。父の影響があったのかもしれない。彼の大学は都のはずれにあった。Ｙの住居とは反対方向である。しかし彼のところへの電車の乗り換えは一回だけである。比較的行き来は容易だった。Ｆも学校のちかくに住居を見つけていた。彼のところへは下車した駅からは歩いて行けなくもないが、「それはちょっとしんどい」という距離だった。Ｙはたいてい都電を利用した。都電をおりると彼の下宿先はちかかった。

曲がったせまい路地に面して彼の下宿はあった。母屋と隣家をへだつ高い塀の間のほそい通路の奥に、こぢんまりとした下宿があった。二階建てで、Ｆの部屋は二階の三畳の間である。角部屋であかるい三畳間である。机一つと椅子一つ、それにちいさな本棚の存在感がおおきい。そのうえ大家がうるさい。人の出入りをいちいちチェックしているようである。自然と二人はＹの部屋で会うことがおおくなった。勿論、喫茶店を利用することもしばしばである。

二

Ｆは上京するとすぐにある製紙会社でのバイトをはじめた。冠婚葬祭につかう特殊な様式の紙をつくる会社だ。週二回、午前中のあき時間のバイトである。出来た製品を発送用に荷造りする仕事である。同じ大学から彼の先輩が二、三人、日をかえて働いていた。先輩の一人と同じ日になることもあった。

　YとFは上京してから一か月ちかく会わなかった。暗黙の了解だった。YもFも都にあこがれて上京していた。両者ともあこがれの実体を認識していたわけではない。当然T都の有名なG通りは早々に見ている。二人は同じ印象を受けた。たいしたことないなという印象である。彼らの地方の中核都市の規模をおおきくしただけという感じである。独特の個性として訴えかけてくるものがない。全体にやすっぽい。だが彼らがこの都市を嫌いになったわけではない。住めば住むほど大都市に住むことの重要さを認識するようになる。まして「田舎の方がいい」、という結論には間違ってもいたらない。当初二人が会えば、話題は未来よりもあとにして来た田舎のものになってしまう傾向があった。ことに高校時代の学友のことに話が傾斜した。同年生だった女の子の話が普通にできるようにもなった。FもS子が好きだったのだ。野球部のキャプテンにたいする反感も共通のものだった。当時、女生徒の話をしてもおたがいにS子のことはなるべく避けようとした。話題が彼女におよんでも一つ突き放した話し方をした。FはYよりもS子にのめりこんでいたかもしれない。Fなら彼女に不足のない相手だったはずだ。おたがいにS子が好きだった、ということを過去形で言えるようになったあるとき、「なぜ彼女に突進しなかったのか」とYは彼にただしたことがある。「もうすんだことだ」とにべない返事だった。

　Fは学生運動を目指して大学にはいったのではない。しかし彼の学校が学生運動がさかんな大学であることは知っていたらしい。もともと社会問題にたいする関心は図抜けてたかい。

父から受けた素地があった。V戦争たけなわの時代である。時代は熱かった。彼が筋金入りの活動家になるのにおおくの時を必要としなかった。Yも政治問題に関心がなかったわけではない。だが、レベルと気迫の点でFと雲泥の差があった。それに彼の派の思想はすぐれて厳しい。肉親でも思想が違えば絞首刑にしかねないところがあった。当然人間の微妙な感情は徹底的に無視する。おそらく無視しているという意識すらない。Fは熱心に自分の信じるところをYに説いた。行動を共にしたいのだ。Fは高校以来の親友である、唯一と言える親友である。その人柄を敬愛もしていた。Yも相当程度彼の思想に理解を示した。しかし、すっぽりと思想にくるまれているという気持ちにならない。結果として「にえきらぬ」ということになる。Fは活動にいわば命をかけて打ち込むようになった。それに比例してYとFの関係は疎遠になった。Fは学生活動家として次第に重きをなすようになる。Yは彼の活動の雄々しさを遠くから尊敬と羨望の想いで眺めつづけた。

二

ある日曜日のことである。初夏の夕べだった。Yは銭湯を出てゆっくり歩いていた。空にはほどよい光が満ちていた。心がひとりでにほぐれる気がして歩いていた。下宿のちかくになって、「きみぃー」と背後から声をかけられた。振りむくと大男がかるく右手をあげた。すたすたとYに近づいてくる。巨漢である。身体に似合わぬ無邪気な笑顔を満面にうかべている。Yは足をとめてまった。「風呂だったすか。よかとですね」と彼は言う。Yはなんとなくうなずいた。数回見た顔である。下宿が同じで、前の部屋の住人なのだ。彼はQ州の出身だろうとその言葉からさっせられた。まさに彼はQ州の快男児である、とすぐに判明する。とりあえずその時はせっかくだから夕食でもいっしょに、ということになった。その日はなにかの理由で部活が早目におわったらしい。二人はいったん下宿にもどった。それから駅の近辺に向かった。牛丼屋にはいった。選択にまよう必要はない。彼は二本の指を突き出して「オイは二丁」と言った。「二つということですか」とウエイトレスはいぶかしげに確認する。彼は「そーです」と標準語でこたえた。彼は二人分をあっさりたいらげてしまった。Yはまだ食べおわっていない。Yの顔を見て、にっとしたあともう一つ注文した。Yはまず彼の食欲に度肝をぬかれた。身体も巨大だし食べるはずだ、ラグビー部に所属しているという。その食事代については人ごとながら気になった。大学はYと同じである。ともに新入生でもある。学部は法学部だという。どうもラグビー入学ではないか、とYはのちに邪推することになる。彼は通常夜八時よりはやく帰ったことがない。それはYも知っていた。朝もはやく起きて走り込みをしているということには気づいていなかった。

彼OはQ州のある地方の出身である。父はその地方の有力な政治家であるという。Yはどういうわけか一人っ子や長男と縁ができる。Oも長男である。弟妹がおおいということだ。Yは兄弟のおおい家にあこがれがある。「兄弟は何人なの?」とYはたずねる。「おーか。ばってん、正確な数は知らんとどす」と言って白い歯をみせる。Yは「天衣無縫」という言葉が好きだった。「これがまさに出会いたいと思っていた天衣無縫の人物だ」と感嘆することしきりである。彼は独特の語彙をもっていた。基本は標準語である。Q州アクセントのきつい標準語である。それにT都以西のほとんどの言葉をまぜる。Q州方言や雅び言葉などをチャンポンにして、「そうやすじゃろですたい」などという言い方もする。この若さで何処でこんな語法を習得したのか、とYは考え込んでしまう。

Oはクラブから帰るとすぐに寝る。朝はやく起きて走り込みをする。Yと彼の生活の時間帯はあわない。しかもクラブ活動にすべてをかけている。下宿はただ睡眠をとるだけの場所なのだ。そんな彼がYの部屋に顔を出したことがある。秋の初めの夜のことで、たまたまFが来ていた。FがまだYをしきりに説得していた時期である。Yは彼についてFにすこし話してはいた。人に伝えたくなる人物なのだ。OはFにかるく会釈して膝をくんだ。Oも傍聴という形になった。巨体をまるめて神妙である。あまつさえ「ほー」、「そげんですか」、「あーあ、そうですか」、「ほっほ、そがとですか」などと結構あいづちをいれる。短文になると地方語がおおいようだ。Fは最初からOを問題にしていない。体育系だかららしい。「黙って聞いてろ」という表情を露骨に見せている。Oは三十分ほどで「おいどんはむずかしい政治の話は苦手ですたい」と言って出ていった。

二

しかし彼は政治家志望なのである。「オイは総理大臣ばなりますたい」とてらいもなく言う。彼がそう言うと現実味がある。「ひょっとして」、とYに思わせるところのある人物である。ちいさい時からよく食べよく眠りよく動き、ほとんど勉強せずにきている。そこで、「よく食べよく眠りよく身体を動かし、あまりふかく考えるな」というのが自然に彼の生活モットーになってしまった。モットーとしてはややながすぎるきらいはあるが。

Yは川端のベンチで考える。「Oにだってなにか悩みはあるはずだ」と。彼はむきになって考えた。つまるところ自分の悩みはなんだろう、ということに立ち返る。ただしその解答は確認という形である。彼の悩みはほぼ確定している。自分があまりにも普通であるということだ。これが彼の最大の悩みなのだ。

三

夏休みの帰省は既定のことだった。祖母の初盆だからだ。Fは帰省しなかった。彼は学生生活四年の間、夏休みに帰省ということはなかった。おそらく正月にも帰省しなかったはずだ。

Yは一週間ほどしか田舎にいなかった。その間ほとんどひっそりと家にとじこもっていた。祖母の影が一番濃い台所のテーブルに座っていることがおおかった。大学の受験勉強時代にもよく深夜におりて来た場所である。祖母が専用としていた椅子に座って汗をふきながら本を読んだり、ながい時間ぼーっとしたりしてときを過ごした。母が夕食の支度をするのを見ていることもあった。親子三人が夕食のテーブルについていると、「遅くなってごめんな」と言って祖母がそとから帰って来るような気がする。自分の部屋にいると、「一服しなさい」と言って彼女が茶菓をもって入って来るような気がする。そのたびに祖母の死の現実が彼の胸に突きささった。身体の芯からすっと力がぬける。帰ることのない、手がとどくことのない、不動の事実とともに彼女のあれやこれやの動作が鮮明に思い出された。思い出にも手はとどかないのだ。空しさがYの胸を初めてしめた。祖母の記憶が決意のようなものとなって彼の胸に食い込んでくる。

田舎はすでに彼にとって思い出の土地となりつつあった。地方で就職した若者たちとすこし違った世界に足を踏み込んでいたのだ。罪悪感にちかい感情もすこしはあった。自分はとくに優れた人間ではない。それどころかあまりの凡庸さが彼の最大の悩みである。たまたま大学にゆける資力が家にあっただけである。田舎にのこって無念な想いをしている同級生の気持ちが痛いほどわかった。

祖母の初盆の時期とはいえ母は数か月ぶりに一人息子に会ってうれしかったに違いない。そのことを大袈裟におもてに現さなかった。祖母ならしたであろう特別なこともしなかった。T都での息子の生活について根掘り葉掘り聞くこともなかった。彼女は人間全体に漠然とした信頼感をいだいていた。父は喜怒哀楽を示すことがすくない人である。彼の本心を他者が推測することはむずかしいところがある。彼だって一人息子の帰省がうれしくないことはないはずだ。

三

結婚生活約二十年、父と母の間にどのような意志の疎通や感情のやり取りがあったのだろうか、とYは考えた。彼もわずかに大人になったのだ。父母を客観視することが容易になった。なんの変哲もない相変わらずの夫婦生活にみえた。が、彼が高校時代に感じなかったなにかが二人の間に感じられた。それは人生におおくを望まない者のみがはやめに到達しうる充足感といった類のものだった。二十年ちかくともに過ごして、一人息子が都会に去ったあと、母は父への想いを確認したようである。そのような男として母は、いつのころからか彼を愛するようになっていたのではないか、とYには感じられた。まだそういう年ではないのに、しかも時は夏なのに、二人がひだまりの温もりをいとしんで生きている、という印象をあたえる生活をしている、とYには思えた。それは彼に、父と母は息子であるお前にすがるつもりはない、お前は好きなように自由に生きろと暗黙に伝えていた。

なにか一つのことがYの心をとおり過ぎた。彼はT都の喫茶店とそこに勤める子、それら皆んなをふくんだあの雰囲気にはやく帰りたいと思った。彼にもこれが大学時代の一回だけの夏の帰省となった。

寝台急行で上京する。寝台は左右に三段ずつ。寝返りをうつのに苦労するせまい空間である。冷房はない。約十三時間の旅だ。寝付きの悪い者にとって苦行のような旅だった。列車は早朝にT都につく。彼はほとんど一睡もしなかった。国電に乗りかえて下宿に帰った。わずか数か月でここが自分の場所だという想いがつよい。ここでは自分は自由であるという気持ちがそうさせるらしい。すこし横になったが眠れない。お馴染みの喫茶店は九時に開店する。開店とほとんど同時に店にはいった。朝のコーヒーの香りが鼻を打つ。彼にはそれが言いがたく都会の香りに感じられる。自由という連想をともなう香りでもある。汗ばんだ肌に冷房がここちよい。お目当ての子が、「おや、どうしたの?」という目で彼を見る。彼女の外股歩きが新鮮に目に映る。彼女の抜群のスタイルに一瞬彼の目がからむが、彼には彼女をどうしようという意識はない。「あんな女性とデートできたらいいなあ」と考えているだけである。確実に言えることは彼女のことを考えるとロマンチックな気分になるということだ。二階にあがって窓ぎわに座った。一番お気に入りの席である。客はYだけだ。一週間田舎にいたのが嘘だったかのように都市の時は彼をつつんで流れる。窓のそとの人通りはいつもよりすくない。夏休みのせいである。時は過ぎるものである、ということを彼は確認している。一つのことがおわり一つのことがはじまるのだ、と感じている。夏の太陽の光はまだ強烈だ。こころなしかそのなかに秋の気配が感じられる。彼は一杯のコーヒーをまえにして安堵していた。漠然とした未来にたいしてわくわくもしていた。彼はあらためてこの都市とその生活をふかく愛していると感じていた。

三

彼が英文科を選んだことにとくに理由はない。ただ経済とか法律とかを勉強する気はまったくなかった。入るなら文学部以外に考えられなかった。英語が割合にできたし同じ文学部でも英文科は就職に有利だろうという判断はあった。だが英文科にはいったのは成り行きから、というのが一番あたっているだろう。ふかく考えてはいったなら露文科をえらんだだろう、とのちに思った。いずれにしても彼の大学には露文科はなかった。

祖母の初盆での帰省まえもこの喫茶店で本を読んだ。帰省後もそれをつづけた。店の名は「DFE」と言った。「いわくありそうな奇妙な店名だなあ」とYは感じていた。この店名の意味は誰も知らない。その店を買った店主自身さえ「知らない」と言っているという。大陸的というべきか。

Yは高校時代にあまり本を読んでいない。多少とも読んだのは、Fとのつき合いのおかげである。根っからの読書好きではない。しかし読書の必要性と重要性は認識していた。彼が大学にはいってまず目指したことは読書家になることだった。大学にはいって発見したことがある。それは田舎の高校出と都会の高校出の最大の違いは読書量であるということだ。その発見も彼を刺激した。彼はたまたま英文学を専攻した。だから英文学関係の本をたくさん読もうとしたかというと、そうではない。それはさきでいいという気がしていた。文学はまずロシア文学が基本である、と考えていた。無論そう考えたことにはFのつよい影響がある。時代もそういう雰囲気だった。ロシア文学が人間が生きることとの根底を問うており扱っていると時代は考えていた。

Yは経済的には不自由なくそだった。祖父がいわば徒手空拳で財政的基盤を築いてくれたおかげである。祖父は苦労人だった。祖父は人の痛みがわかる人間だった。彼が町でかなりの名士になったあとも人々に親しまれ敬愛されたのはそのためだ。祖母も貧しい農家の出である。彼女は自分ではそんな意識はなかったが祖父をささえて大成させた。彼女は夫と一心同体だった。Yはもっとも祖母の影響を受けてそだった。祖父を知らないYも祖母をとおして間接的に祖父の影響を受けていたに違いない。Yは自然に世の不公平と不正に反応しやすい人間になっていた。この傾向にFの影響がくわわった。ロシア文学以外に彼がもっとも腰をすえて読んだものは社会科学関係の基本的な書物や解説書だった。

読んだものがほとんど記憶として蓄積しない。これで読書に意味があるのだろうかとしばしば自問する。ときには読書の意志が砕けそうになる。自分の記憶力のわるさに地団太を踏む想いである。実際に頭をかかえこんでしまうことがある。彼は思いなおす。「やるしかない」と。自分の凡庸さを克服する努力をかさねるうちにそう考える習性が身についたのか、彼本来の楽天性がそう考えさすのか。多分後者が正解だろう。

彼は凡庸ではあるが馬鹿ではない。それなりに考えて生きていた。だがおそらく、彼の上背のあるスタイルのよさのせいか颯爽感を人にあたえてしまう。とてもロシア文学にはまり込んでいる若者に見えない。ロシア文学とは異次元の人物に思われてしまう。白人にしては小柄らしい、やや猫背で賭博好きのあの作家の風貌に彼はあこがれているのだが。一般的には「かたよっている」とか、「ひねくれている」と言われがちな左翼思想の持ち主にも到底みえない。それどころか戦前ならば、「天皇陛下万歳」型のこちこちの模範青年にみえる。

彼は子供のころから「スタイルがいい」という言葉を他人から受けてきた。ときには「日本人ばなれしている（日本人よ、ごめんなさい）」と言われたことさえある。それを彼はかるいほめ言葉としてかるく受けとめてきた。そのことについて真剣に考えたことがない。ここにおよんで彼は自分のスタイルのよさを人生との関連において初めて考えはじめた。

三

Yの大学生活一年目の秋もふかまった。十分な送金が家からある。バイトはする必要がない。そのうえ部活はしていないので時間はありあまっている。なんでもありの大都会である。なのに、無理やり自分をおし込んでいる読書以外にすることがみつからない。たまに洋画を観に行くらいである。学校は相変わらずつまらない。教授連中にたいする失望感はますばかりである。自分のことは棚にあげて同級の女性の欠点のほうがそれぞれに目につく。クラスに夢中になれる女の子がいない。そんな女性がいたとしても同級のつわ者たちに伍して争奪戦の先陣あらそいしただろうか、と言えば確実に「ノー」だ。さらには女の人と適当につき合うということができない。「結婚を前提」のつき合いを考えてしまう。なんと言ってもまだ戦前の道徳感の濃厚な時代である。その時代の風潮に完全にひっかかっている。女性は男の庇護のもとにあるという想いが根底にある考え方である。左翼思想に傾倒する彼はそういう自分にいらだつ。しかも彼は自己改造のむずかしさを知っている。それだけによけいにいらだつのだ。

男だけの、或いは女性をまじえたグループ交際はする。ただし誘われればのことで自分から積極的に交際するわけではない。若者が集まれば熱い時代ゆえに政治的なことも話題になる。が深まらない。それがふかまり納得すれば実際に活動に参加せざるをえないということを皆んなが承知している。活動に参加するには並大抵でない勇気がいることも知っている。「君子危うきに近よらず」ということとか、むずかしい議論を避ける傾向があった。

むずかしい議論とは当時、つまるところ政治に関するものである。政治問題を回避して真に人生を考えることができるかどうか疑問だ。そのことをおいたとしても人生にたいする若者らしい議論がほとんどない。Yは読書量のおおさはなんのためだろうと考えてしまう。

時代は燃えていた。彼の大学は先進的な大学ではなかった。それでも一触即発の雰囲気があったことは事実である。教授たちは「学生の仕事は勉強することだ」。「勉強のことさえ考えていればいいのだ」とのたまう。Yはこういう言葉を聞くたびにむかつく。根本的には「そんなに勉強してその程度かよ」という教授連中にたいする侮蔑感がある。それにこれらの発言は欺瞞だ、と思う。学生のがわからも「産学協同路線反対」がさけばれていた。学問は純粋に学問のためにあるべきだ、産業に奉仕すべきではないという主張である。一見教授たちの発言と共通のものをもっているようにみえる。が似て非なるものだ。発言している場所と立場と意図が完全にことなる。彼は彼の同級生のうちで問題意識はつよいほうだ。が結局は学生活動家になれなかった。かりにもっと先進的な大学に籍をおいていたらどうだったろうかと自問した。やはり学生運動にはのめり込めなかっただろうと彼は思う。基本的にFのような内に秘めた性格的な果敢さがない。だが学生運動に積極的に参加できなかったことが、いつもしこりとなって彼の心にのこった。

三

同級生同士の個人的なつき合いは希薄である。濃厚な交際は部活やサークル活動の仲間との間にあるようである。Yにもとくにつき合ってみたいという同級生はいなかったが、Rという男とはどちらかともなく接触をもちはじめた。学校のちかくの喫茶店でときどき話をする。Yと比較的考え方がにていた。彼は学生運動をYより醒めた目で眺めていた。

Rは小柄である。ふとい黒縁の眼鏡をかけている。眼鏡の縁が人の性格を示すものであるかもしれない、とYは初めて感じた。厚いレンズのしたに年齢より成熟した細い目が外界を見ている。地方出だがYが舌をまくほど本を読んでいる。容姿容貌はさえない。だから、というわけではないだろうが非常に実直な、という印象を人にあたえる。彼もYと下宿を同じくする快男児Oと同様Q州の出身である。外見はまったく違うがなにか共通した性格が二人にあるようにYには思えた。

下宿のちかくにもお気に入りの喫茶店ができた。それはひっそりとした通りにあった。Yの下宿があるひろい坂道と並行した通りである。坂の下、川にちかいところにその店はあった。店の名は「津村」といった。姓をそのまま店名にしたようである。或いは遠い祖先の出身地の名であったかもしれない。Yはその店名の由来をたずねたことはない。間口がせまく奥行きがある。当時の喫茶店の通例として照明がくらい。その暗さがこの店によく合っていた。女の人がオーダーを取り、その人がカウンターにはいってコーヒーをつくる。二人の女性が交替で働いている。夕方から夜にかけては年配の女の人が働いていることがおおかったが、この時間割はかならずしも厳密ではなかった。二人はどうも母子家庭の親子であるらしい、と思いあたるのにながくはかからなかった。両者とも物静かである。肌ざわりが穏やかでクールである。美しい声できれいな標準語をしゃべる。ことに母のほうがたまに来客と話しているのを聞くとYはうっとりしてしまう。T都に来てから女性が発話する日本語のうつくしさを意識したことは一度や二度ではない。娘は二十代半ばだろうか。痩せぎすな女性である。男をひきつける魅力にかけているように思える。母は背がたかい。当時の基準としてはきわめてたかい。彼女も痩せぎすだが年齢相応の肉付きがある。母のほうが美しい。五十歳前後だろうか。彼女が見合い写真らしいものをもった女性と話しているのを見たことがある。店は十一時にしまる。Yは閉店一時間前くらいに出かけることがおおかった。有線放送のいわゆるライト・クラシックが流れていた。聞くともなしにそれに耳をかたむける。とても気持ちが落ちつく。彼はこのころからタバコをすいだした。あわただしい都会とはとても思えない時が流れていく。こんなとき彼は、明日はなにかよいことがあるかもしれないと思う。なんということはなしに胸がむせる想いがする。明日がまち遠しくて眠れないのはこんな夜だ。

三

なにごとも起こらない。日々は過ぎる。T都での初めての新年を迎えた。

年があける早々に学校側が再来年度からの学費の値上げを発表した。おおくの私大が時を同じくして同様の発表をした。大学側に「皆んなで渡ればこわくない」意識があったのだろうか。或いは、「よそも上げるなら、うちもしかたない」と学生が考えてくれるとでも思ったのだろうか。勿論、私大同士の裏でのすり合わせがあったことは言うまでもないだろうが。まっていました、と言わんばかりに学生側から「学費値上げ絶対反対」闘争がおこった。先進的大学同士の連帯も即座にはじまった。Yの学内もやや騒がしくなった。彼の学校は当時スポーツで有名な学校だった。たとえばFのいる学校の「断固阻止」の強烈さに比ぶべくもなかった。

彼の好感度と無害感の印象からか彼は学級委員に選ばれていた。釣り合いのために女性側からも一人で、二人の学級委員がいた。女性の委員は中部のどこかの出身である。高校時代にアメリカに一年留学した経験があるらしい。アメリカ人に遜色のない読みをする。そのうまさにはYは感嘆した。ブルジョアのお嬢さんということか、「学費値上げ反対闘争」にはまったく関心がない。基本的に学生運動にきっぱりと関心がない。彼にはその関心のなさが異常に思えるほどだった。なにか感受性に欠陥があるのではないか、と想像させられるほどの無関心さだ。Yはすでに学生運動には不向きであると自己評価をくだしていた。しかし学生運動にたいしてはふかい関心をもちつづけていた。そのうえ彼の責任感はつよい。自治会の活動家が教室をまわって会合の案内をすればかならず出席した。そして自治会の考えていることをクラスに報告した。クラスからはほとんど反応はない。Yはいらいらするが彼らのほうが自分に正直なのかもしれない、とも思う。相対的に男子のほうが関心度がたかい。彼らのなかに強い関心を示すものが二、三あるにはあった。積極的な行動に踏み込めないのはYと同じである。自治会の主導権をめぐって熾烈な争いがあった。そういうことも一般の学生に受け入れにくいことだった。Yは自分が「学費値上げ反対闘争」の学内における盛り上がりを真実望んでいるのかどうかわからないところがあった。もし盛り上がれば積極的に参加しないのは卑怯である。積極的に参加してもやりぬく自信がない。挫折は目に見えている。

二月半ばのことだった。夜の九時ごろふと外に出たくなった。なにかですこし気がたかぶっていたのだ。たぶん近所の「津村」に行くつもりだったろう。外に出て即座に気がかわった。「DFE」に行ってみることにした。風は冷たいがさえざえと月が明るい夜だった。この時刻に何回か無論「DFE」に出かけたことはある。彼が好きな女性は早番で午後六時には店を離れるということもなんとなく知っていた。その夜は彼女がいた。客としてカウンターに座っていた。彼女の横には男が座っている。すこぶるの美男子で体格もよい。彼女よりかなり年上に見えた。

三

Yは店のドアを開けたとたん足がとまった。彼女がドアの方を見た。Yと一瞬目が合った。彼女はわずかにうなずいた、という気がしたのでYもうなずいた。急いで彼らの背後をとおって二階にあがった。空席がなかった。出てもいい状況だったが彼女がしたに男といることがそうさせなかった。四人がけの席を一人で占領している若者がいた。相席を願って彼と向かいあって座った。Rを連想させる風貌のその男はYなどおかまいなしに本を読みつづける。ちかくに、彼の大学と同レベルの大学がもう一つあるので昼夜を問わず客足がとぎれない店だ。昼間、Yはここで読書をすることをつとめた。彼のように一人のほうが例外的である。友達らしい学生が二、三人席をしめてくだらない話をしていることのほうがおおかった。話題の中心はおもに女なので、ある意味人生の重大事を話しているということにもなるが。今夜はとくに、「学費値上げ絶対反対」がさけばれている時期である。それなりに白熱した会話も耳にとどく。彼は聞くともなしにまわりの会話に耳をかたむけていた。好きだった子が恋人らしい男としたにいることは無論頭から離れない。しかし一瞬のショックが嘘のように急速に消えていくことも感じていた。彼女には恋人がいるだろうということは予測していたのだ。あれだけの女性に恋人がいなければかえっておかしい、とたぶん考えていたのだ。どちらかと言えば、「ほっとした」という気持ちが強かったかもしれない。もうこれでデートを申し込む勇気とか女にアタックする自分の男らしさとかを自らに問うて、自分を責める必要がなくなった。一時間たらずで彼は階下におりた。カップルはまだカウンターにいた。

Yの父はかならず晩酌をした。夏にはビールの大瓶にすることがおおかった。大瓶一本にすこしてこずっていた。一人息子の教育は祖母や母まかせだった。そもそも彼には子供の教育という意識が欠如していた。そのぶん堅苦しい道徳感をもっていない。高校になるとお前も飲むか、とコップ一杯程度のビールをついでくれた。Yは比較的アルコールに慣れていた、とは言えないまでもそれを敵視してはいなかった。しかし当時はまだ酒やタバコは成人式まで御法度という風潮がつよかった。大学にはいって彼はタバコはすいはじめたが酒を手にしたことがない。酒を飲んでみたいという気持ちもあまりなかった。一年前期のクラス・コンパは学校近辺の喫茶店でした。二十名程度の参加があった。ソフト・ドリンクとケーキのコンパである。後期はやはり学校のちかく、蕎麦屋の二階でした。このときは数本のビールがともなった。彼の大学生活でのアルコール体験はそんなところだ。体験はほとんどなかった。「DFE」をすこし南にくだると小さなバーがある。Yはそのまえを通るたびに「しゃれた店だな」と感心していた。店の「ステラ」という名も素敵だなあ、と思っていた。その夜も同じことを感じて店の前をいったんは通り過ぎた。が、ふと後ろ髪をひかれた。よってみようと思った。

店にはいると右手がカウンターである。ドアにちかい椅子が一つだけあいていた。彼はとりあえずそこに座った。ママらしい人が彼に目を向けて、「いらっしゃい」と言った。相当の美形である。彼はどきんとした。彼女はすこし間をおいて彼のまえにおしぼりを置いた。「初めてね。なになさる?」と言った。彼はあわてて「オン・ザ・ロックをお願いします」とこたえた。「オン・ザ・ロック」なるものの実体は知らなかった。それが響きがよくて格好いいということがなんとなくインプットされていたのでとっさに口をついたのだ。「承知しました」と女性は言って微笑んだ。笑顔が美しい。若いのに貫禄がある。彼はますますあがってしまった。例のごとく「田舎者と思われたくない」という縛りにがちがちに絡められてしまった。「オン・ザ・ロック」が現れた。彼はおそるおそるグラスの縁に口をあてた。と同時に人の目を意識した。ママがばっちり観察している。彼女は目が合うとまた悩殺的な微笑みを見せた。

三

店は逆L字形で入口から見た右側に七人がかけられる。奥が三人がけである。計十人で一杯になる小さな店である。テーブル席はない。客はほとんど社会人のようだ。なかには男の本能でぎらぎらしている者もいたかもしれない。全体にはこの店を盛り上げようということかなごやかな雰囲気である。

Yはその夜までこんなに魅力的な女性に出会ったことがない。わかい彼には彼女は三十過ぎにみえた。背はたかいようだがそうでもない。一見ふとり気味に見えるがよく見ると丁度いい肉づきだという気になる。丸顔のようだがそうでもない。唇はふっくらしているようだがふっくらしているとは言いきれない。非常に洗練されているようで、田舎の素朴さものこっている。彼はのちにこの女性をひそかに「均衡美人」とよぶようになった。本人は当然まったく意識していないが危うい均衡のうえをあゆんでいる。それがなんとも言えない魅力なのだ。瞼は一重《ひとえ》である。大きく、これは迷いもなく「ぱっちりしている」と言われる目である。知的な目だ。視線をきちんとすえて客と対話する。Yは「到底かなわんな」と思った。こんな女性が世の中にいることに、「世界はすばらしい」と思ってしまう。なにかの偶然がこの店に自分を引きつけてくれたことに感謝した。この女性とデートしようなどという野心はけっして起こさない、とその夜に誓った。存在していてくれるだけで十分だと考えた。無闇な称賛ぶりである。ひらたく言えば会った瞬間からただならぬ惚れかたである。ただし彼はその晩へまをやった。自分の適量もわからないし財布の中身も心配だったが格好づけとひたすら店に貢献したいという善意から飲み過ぎた。奥にあるトイレに飛び込むと同時にはいてしまった。出てきた彼におしぼりを渡して、「だじょうぶ?」と言って彼女はにっとした。彼の頭はさえざえとその微笑みを受けとめた。

翌日は午前中ずっと布団のなかにいた。身体はけだるかったが頭はさえていた。「DFE」の女の子、昨夜のバー「ステラ」のママのこと、つまり女のことばかり考えていた。「僕の最大の関心事は女なのだろうか」としきりに自問してもいた。「そうだなあ」と、ため息まじりに肯定せざるを得ないのが情けない。彼のような心境の若者は彼だけではない、と考えて自分を慰めている。同世代のおおくの若者の頭をしめている最大の関心事は女のことのようである、と彼には思えた。このことについてFはどう考えているのだろうか。Yは今すぐにでも彼にたずねてみたいと思った。

家からの仕送りが十分にあったが飲み代のためのものではない。「ステラ」へ行くためにバイトを、とも考えたが彼にはそれができない。Yの常識がそれを好しとしないのだ。彼もそこらあたりに自分の限界を感じている。破滅型には程遠い人間だという自己評価である。自己を評価しすぎるから破滅できないのだ、ということにはまだ気づいていなかった。さいわい高校時代のお年玉などを蓄えたものがすこしはある。それに手をつけずとも月に二回くらいはかよえた。

友達に紹介したくてまず前の部屋のOをさそってみた。意外なことに「オイは酒と女は苦手ですたい」という返事である。呆然と見つめるYに彼はにっとウインクした。それが彼の冗談かどうかは別として、彼の食事量のすさまじさからするとなにかを節約しなければやっていけないだろう。Yなどと同じ下宿にいるのも学校がちかいということもあろうが部屋代のやすさも一因だろうと考えたりもした。ついでRをさそった。彼は見かけによらず酒好きのようである。しかも強い。彼もその店とママを気にいってしまった。その女性を気にいらない男がいるだろうか。Rは文学的才能もあってYが思いもつかない詩的なほめかたをする。Rは一人で店に出かけて終電で帰ることもしはじめるようになる。Yの平凡平均的学生としての通過儀礼であるタバコと酒はすんだ。残るのはただ一つのことである。

三

Yの学校の学費値上げ絶対反対「闘争」はあっけなく終焉した。三月半ばのある夜、八時ごろだった。彼の下宿を一人の女性がおとずれた。自治会の活動家で彼は面識はあった。学費値上げ反対運動の間、各クラスをまわってアジっていた女性である。そのとき簡単な自己紹介をするので彼女がなんという名でなにを専攻し何年生であるかは知っていた。学級委員の会合で個人的に話しかけられたこともあった。それにしても意外だ、と思わざるえなかった。女性の訪問など初めてのことである。もちろん彼はわるい気はしなかった。その女性は中背でやや太り気味である。堅肉《かたじし》で馬力がありそうである。俗に言うピチピチという表現がぴったりな感じだ。なかなかの美形である。往年の歌の上手な女優に似たところがあると以前から彼は思っていた。その女優をすこし小柄にした感じ。

「おじゃましてもいいかしら?」と彼女は言う。もとよりYに異存のあるはずがない。「どうぞ、どうぞ」という言葉に熱が入り過ぎたのではないかと反省した。彼女は演劇科に籍をおいているがまったく授業には出ていないと言った。Yがすでに推測もし知ってもいることである。彼女はその夜自己紹介のために来訪したのではない。Yを勧誘に来たのだ。自分たちの属している派の考え方を沈着冷静に説明した。右翼的とみなされている母校のことをなんとかしたい、ということのようである。彼女は一時間たらずで帰っていった。どのようにして彼の下宿先がわかったのか聞きたかったが聞かずにおわった。なぜ聞かなかったのかあとですこし気になった。

事実は簡単なことで事務部に行けばすぐにわかることらしい。

四月になった。二年目の大学生活がはじまった。田舎出で世間知らずなYである。当時彼にはそういう意識はなかったが後年振り返れば、「夢のような」という一年だったかもしれない。ようやく落ち着いて世間を見渡せるようになったというところか。そんなある日また自

三

治会の活動家の女性の訪問があった。一回目から一か月ちかくが過ぎていた。時刻は前回とほぼ同じ時刻だった。その夜、彼女は派の話はあまりしなかった。おたがいの個人的なことが話題になった。彼女はY自身のことや家族のこと田舎のことをたずねた。「地方出身の人たちは田舎があって、夏休みや冬休みに帰省できるなんて、いつも『いいなあ』と思ってるのよ」と言った。自分のことも隠すことなく話した。頭脳明晰で言語明快である。彼女は首都Tの出身である。なかなかいい家の出のようである。ちいさい時からピアノのレッスンを受けていたということだ。一時は音楽家になることを目指したがそれはとっくにあきらめたと言う。しかし今でもくしゃくしゃした気分のときにはピアノに向かうという。そんことを屈託なく話す。屈託のなさが彼には怖いように感じられた。その夜はむずかしい話はほとんどなくて彼女は帰った。彼女はT・Sという。Tが姓でSが名である。

学生活動家たちは十把ひとからげに新左翼とよばれていた。旧左翼という言葉はあまり使われなかった。が、それを構成している活動家がどういう人たちであるかはYにも大体は推測できた。一方彼のせまい知見の範囲でも、新左翼を構成している学生活動家にはいわゆる良家の子女がおおいのである。当時はまだ猫も杓子も大学、という時代ではなかった。大学生活を送っている若者たちは比較的に経済に余裕のある家庭の出身であることは言うまでもない。その彼らをなにが学生運動に駆り立てるのだろうかとYは考える。これは解答を得ることがとても困難な問いだった。おぼろげながら彼が得た結論は彼らに共通していることは挫折感ではないか、ということだ。勿論、若者特有の純粋思考による理想世界へのあこがれ、普通の人間ならかならずもつであろう世の中の不公平と不正義への憤り、決定的には革命家として歴史にその名を刻みたい、という燃えるような野心。これらのことが彼らの行動を動機づけ彼らをつき動かすものであろう。それは否定できないことだろう。しかし彼らの目的が達成されないかぎりきわめて困難な生涯が彼らを待ち受けている。彼らの行動を支持する家族はまずない。肉親たちは彼らが「まともな学生生活」をおくることを望んでいる。その家族の想いも痛切であるはずだ。にもかかわらず彼らが行動するのはその底にふかい挫折感があるのではないか、という気がしてならなかった。もっともこれは彼の憶測にすぎない。単純に大人とその歪んだ社会に怒りをぶっつけてフラストレイションを解消していた若者たちもあったことは確かなようだ。

さて、T・Sの三回目のY訪問の夜のことに物語はすすむ。五月のある夜のことである。季節外れに暖かい夜だった。彼は彼女を恋人としてはすこししんどい、彼女からすればYは少々物足りないだろう、ということは認識していた。が、交際をつづけてみたい女性だと考えるようになっていた。祖母や母以外の女性にこんなにちかくでこんなに密接に接触するのは初めてのことである。なにかめずらしいものを見ているような興味もあった。まだデートには誘っていなかったがその見通しに有頂天にもなっていた。女の人とデートするという彼の長年の夢がまさに実現しかけていたのだ。しかし交際するとなると「結婚を前提」という考えから脱却できないでいる。二つ年上ということが気になるところだ。彼女は彼を学生運動に誘い込むことはもうあきらめていたようだ。あきらめのはやさにYはがっかりしたがほっともしている。なんのために彼のところに来るのだろうかという疑問がのこる。いずれにしても青春真っ只中の男女である。しかも部屋は四畳半である。そこを机やちいさな本棚などがけっこう場所をふさいでいる。二人のしめる空間はせまい。熱苦しい雰囲気になってくるのは自然のことだ。彼も肉体的には当然すぐに戦闘「いつでも」の状態にはいってしまう。それを隠すのにこまるほどだ。問題はどっちがさきに先制攻撃をしかけるかだけになっている。Yは古臭い道徳観念をもっている。それを小心という性質が強固に下支えをしている。こういう状況で身動きがとれなくなる。「どうしよう、どうしよう」、「どうすべきか、どうすべきか」と頭のなかで繰り返しさけんでいる。「お前も男だ、いけ」という絶叫にちかい言葉もまじる。が結局は「どうしよう、どうすべきか」の声に圧倒されて身体は動かない。そこへ彼女が先制攻撃をかけた。かくしてYはあっけなく童貞を失ってしまった。その具体的詳細については割愛する。

四

Yはようやく待望の性体験をもった。彼の思考の、というより想いの大部分は女性がしめているらしいということは残念ながらすでに察知されたところだ。それとの関連を云々するまでもなく人間のつねとして性への強烈な関心があったことは言うも愚かである。が、彼の初体験の感想は「なんだこんなものか」である。関心が強烈だったのでその分拍子抜けしたということだろうか。ただ人間がこういうことを「やむを得ず」する生き物であることへの嫌悪感には打ち勝ちがたいものがあった。自己改革を目指して読書したり社会はいかにあるべきかを考えたりすることが滑稽に思えささえする。この思想上というか存在にかかわる危機を彼は行為によって乗り切った。つまり「すること」によって乗り切ったようだ。「あまりふかく考えるな」と彼は彼自身を説得した。彼は物事を「深く考える」ことが得意なほうではない。相手のT・Sもわかい。いったん堰が切れると会えばなにかを考える暇もなく行為におよんでしまう、という場面がしばしばである。着衣をはがすのがもどかしい。性への衝動と好奇心にはYのごとき凡人には抵抗できないものがあった。理性は完全に麻痺している。欲望が理性を麻痺させる。そもそも理性などという概念はふっとんでしまっている。人の生とは結局二律背反の綱渡り的なものではないか、とうっすらと気づくことなど関係なく激しく回数のおおい性交が展開する。数回にわたる行為のあと一種の虚脱感のなかでタバコをくゆらす。ラジオから流れる夜の音楽に耳をかたむける。天井を見上げていることもある。大体は組んだ両手に顔をふせているか、曲げた左手に頬をのせ、脇腹をしたにして横になっている。そしてタバコをくゆらすのである。T・Sはたいてい仰向いて目をつむっていた。固く形よく突起した乳房をかくそうともしない。羞恥心がないというのではないようだ。それは彼女の社会にたいする決意のように感じられる。彼女はYのタバコに手をのばしてふかくすった。実にうまそうにふかくすう。二人はほとんど話すことなく音楽に耳をかたむけている。いわゆる「非日常的な時間」に遊泳しているのか沈潜しているのか。希薄なようで濃密な、濃密なようで希薄にも感じられる時が流れる。静かになにか深いところで時が流れているという気がする。こういう状態が永遠につづいたらどんなにいいだろうかと思う。朝にはかならず起床しなければならない現実を自覚して、「永遠にこのままでいられたらなあ」と思うのだ。これを頽廃というのだろうか、と彼は考える。「かもしれない」と思う。一方で「そうとも言えない」とも思う。彼のまだみじかい人生で味わったことのない、「これが幸福というものだ」という充足感がある。

四

Yはながい間女性とのデートにあこがれていた。実際にデートの場面を夢にえがいてみたりした。T・Sとの間では彼が夢見たロマンチックなデートにはならなかった。肉体関係が先行してしまった。順序が逆転したのだ。小心で真面目な彼が好きな女性をデートにさそう場合に感じたであろう胃が痛むような感覚なくしてデートがはじまった。彼の夢想の最初のデートの場所は喫茶店である。当時の若者の平均的考えである。夢とはなんの関係もなく二人は喫茶店でコーヒーを飲みだした。当然の成り行きである。彼には多分デートしているという意識はなかったはずだ。しかし、「なんか違うな」という感覚もなかった。相当の美女と喫茶店にいることがかなりうれしい。女性とのつき合いイコール結婚を考えてしまう彼には彼女が年上であることに当初すこしひっかかりがあった。それが今や脇のしたがこそばゆいような気持ちに彼をさせる。

T・Sは夜の八時前後に彼の下宿に来た。学生運動に関連する雑務におわれて一日がおわったあと、かるい夕食をとって一服するとどうしてもそういう時刻になるらしい。彼女の来訪は最初一週間に一回程度だったがすぐに二回になった。それから間もなく土曜日の夜には泊まって帰るようになる。日曜日には昼まえにようやく布団を出てたいてい喫茶店に向かう。これがまあ喫茶店でのデートの実体である。行為と時の流れの結果として喫茶店に行き着く。そこで二人がコーヒーを飲んだというだけのことである。彼はすこぶるつきの喫茶店好きである。彼女もYと甲乙つけがたい喫茶店好きだった。彼女は喫茶店で彼とかるい昼食をとりコーヒーを飲むと日曜日でもそそくさと学校に向かった。夜明け方にわずかにまどろむだけで朝から休日の学校に向かうこともあった。

T・SはYより二つ年上である。しかも、どう彼を贔屓目《ひいきめ》にみても彼女の物事への理解力は彼をこえている。その差には歴然としたものがあるとさえ言える。そのうえ、熾烈な左翼の理論闘争で鍛えられた論理と方法論の持ち主でもある。くわえて、彼にかけている行動力がある。彼は彼女の行動力を尊敬し羨望している。一口に言って、「かなわんなあー」と思っている相手だ。

そもそも、彼女が彼を自派に誘い込むことを早々にあきらめて、なお彼と接触をたもとうとしたのはなぜだろうか。Yの上背のある際立ったスタイルのよさは繰り返しのべてきた。美男子とは言えないまでもなかなか好感のもてる容貌の持ち主でもある。女性が「寝てもいい」と思う男であることは間違いない。T・Sは唯物主義者ではあるが肉体という物と物をこすりあわせて快感を得ているとは思っていなかったはずだ。彼を快楽を得るための道具だ、とのみ考えていなかったはずだ。彼女が彼に魅かれたと言えないまでも交際してもいいと思った理由はなんだろうか。

つまるところは彼の人柄のよさに魅かれたのだと思う。彼は人を疑うということがない。人の性は善であるか悪であるか、というたいていの若者がひっかかる問いはむろん考えた。左翼思想の片っ端をかじっている人間として結論は自明である。彼の心の無垢さは多分そのスタイルのよさ以上に特筆すべきものかもしれない。悪意というものがまったくない。当人はそれが普通のこと、当然のことだと考えていた。そういう意識すら当時はなかった。人間は皆そういうものだと思っていた。にもかかわらず、世界にごたごたと問題がなぜおおいのだろうか、ということに考えがおよばなかったわけではない。しかし、それを人間の本質的な特性に起因するものだとはしていなかった。

四

Yからすれば T・S といっしょにいると心がやすまるところがあった。それはまず彼が愛した祖母や母と同性だからだ。それに彼女は年上だし頭脳の優秀さの違いは明白である。張りあう必要がない。彼女も彼といると心がやすまる。結局はともに闘う同志ではない。むずかしくかつ感情ももつれる理論上の切磋琢磨をする必要がない。それでも頻繁に会っていれば思想上の話題はさけがたい。肉体的に青春の真っ盛りにいるだけではない。精神も青春の真っ盛りにいるのだ。二人の関心の所在は共通である。もともと二人の思想は基本的にちかい。彼は彼女の思想に一方《ひとかた》ならぬ共感をもっている。彼女の言うことを相当の理解力をもって聞く。たまに異論をとなえることがあっても揚げ足とりのものではまったくない。正直に彼がそう考えるのだ。彼女は懇切に彼女の考えを説くことはやめない。彼もついにはまあまあ納得してしまう。おたがいに「まあまあ」のところで妥協してそれ以上にすすまない。彼は実際に活動していないことに引け目をもっている。その裏返しとして果敢に行動する彼女を尊敬している。徹底的に反論できないところがあった。とても人柄がよくてこういうふうに彼女に接してくれるYといると、彼女はたぶん、彼以上に気持ちがやすらいだのだ。二人にはいろいろな面で噛み合うところがおおかった。歯車はときに激しく、おおむねはゆったりとまわりつづけた。

彼女との関係ではFの存在もおおきかったかもしれない。FはT・Sたちと同派の人物である。彼は将来の大物として全学の活動家から注目を集めていた。当然、彼女の会話のなかにFの話がでる。Yは彼が高校時代の唯一の友人だった、ということがなかなか言い出せなかった。簡単に言えばこれは嫉妬の感情というものだろう。彼に言わせればそんなに単純なものではなかった。彼はこの抑制の理由が言葉にまとまらない。そんなある夜、天井に向かってタバコをくゆらせていて、「Fとは高校が同じだった」と彼女に吐いてしまった。彼女はちょっと身体をかためたがすぐに、「ほんと、いいわね。すごい」と言って彼にしがみついた。「なぜ今まで黙ってたの?」と彼女は問うた。そう言われてみて、「なぜだろう」と彼もまた考える。やはりこれは嫉妬というものだろうか、というところにYの結論も落ち着いた。

T・Sは優れた両親のもとでそだった。彼女の父親は有力な製薬会社に勤めている。会社

四

の新薬開発チームのチーフであるという。三十を過ぎたばかりのときにアメリカのある大学の研究所で二年間研究生活をおくった経験がある。各製薬会社がなんとか引き抜きたいと苦慮している逸材であるという。母もある大学の仏文出で人生もろもろのことにたいしてハイセンスな意見の持ち主である。T・Sはその両親の一人娘である。彼女の家庭には日本離れした(今度は、日本よ、ごめんなさい)自由闊達な雰囲気があった。神秘な生のあやのなかで彼女は彼女の意にみたない大学にはいった。そこで一つの思想に出合った。それがたまたま人生に方向を見出せないでいた時でもあった。目から鱗、という想いでその思想にのめり込んでいった。思想は実践的行動を極度に要求した。行動は思想を鍛えた。鍛えられた思想はさらに行動を強固なものにした。書斎や大学の研究室でぐたぐた考えて自己満足しているまったく非生産的な哲学者どもとは完全に一線をかくしている。彼女はその思想が人類が生んだもっとも美しい思想に思えた。瑕瑾《かきん》がまったくない完璧最強の思想として受け取った。彼女の日常の表情と動きに輝きがでてきた。彼女がひさしく失っていたものである。父と母は一人娘がとりもどした彼女本来の輝きをよろこばないわけがない。彼らは彼女を全面的に支持した。「自分の行動にけっして後悔しない」という条件で。そしてつけくわえた。「あまり危険なことはしないように」と。当時ゲバという言葉がはやっていた。単なるデモではなくいわゆるゲバ棒をもって警察の機動隊とわたりあうのである。それは危険がともなうし大衆の反感をかう側面もあった。が、一般に考えられているより学生の行動に大衆は寛容だったように思われる。社会が今日ほど右傾化していなかった。もっと言えば堕落していなかった。学生運動の活動家の親たちも、世間が考えているより彼らの息子、娘たちがしていることに共鳴し彼らを支持していたかもしれない。支持している、というにはあまりにも心の葛藤はおおきかったと思うが。息子や娘が輝いていることをよろこばない親はいない。親たちの共通の願いと忠告は「怪我はせぬように」だっただろう。学生たちに職務上対立していた警察機動隊のなかにもかなりの理解者がいたのではないだろうか。大学にはいって将来を保証され嘱望されているかに見える彼らが身体をはって運動する理由を機動隊員も当然考える。人間なら誰でも考えることとだ。ほとんどが高卒であったろう機動隊員にとって大学生のお坊ちゃんたちはその存在だけでむかつくものがあっただろう。だが、人間の身体をはった、命を賭けたと言っていい行動が人の心を打たぬわけがない。自分自身への問いかけを投げつけないわけがない。それは個人の思想を越えたものだ。人間感情の共通の土台にぶつかってくるものである。それほど人間の命は重いのだ、とここで言ってもいいだろうか。言う必要があるだろうか。

すこしのぼせてきましたね。のぼせついでにもうすこし入り込みましょう。そんな美しい思想が求めるものが現時点で実現されていない。実現される可能性もおおいに危ぶまれる。なぜだろうか。ある小説の解説で、「歴史上、理想はかならず挫折してきた」という文章を読んで、「うむ」と思ったことがある。ただ、「なぜ理想は挫折するのか」という一番知りたい問いへの解答はその短文のなかにはなかった。「なぜ、人間の理想は実現されないのだろうか」。T・Sが全身全霊（なんと、古典的で大袈裟な表現でしょう）を打ち込み、Yもおおいに共感している思想の基本は米国のある黒人泰斗《たいと》が言った、「肌の色や職業や社会的地位などで人間が評価されない社会。人間が人間それ自体で評価される社会」を達成することである。じつに美しくシンプルで、思想というには照れるほどの人の望みである。なぜこんな社会にわれわれは未だに到達できないのだろうか。もっとも、「人間が人間それ自体で評価される」となると皆んなぼやっとしておれません。日々自分を高める努力をしなければならない。それもすこししんどいので理想の社会が来ないのかもしれませんね。

四

YとT・Sのつき合いの成り立つ理由を詮索しようとして、この小説にはまったく不似合いなむずかしい話に突入してしまった。ここで頭をひやして原点に帰ることにします。

T・SとYの家庭は知的雰囲気で雲泥の差があった。異質の世界だったと言っても過言ではない。が、人間の基礎を形成する要素では共通なものがあった。それは、自由放任と言えば言い過ぎになるが、自分たちの娘、息子に過度に干渉しないという姿勢である。この姿勢の根本には人間の本性にたいする信頼感がある。T・SもYもそういう家庭でそだった。それに二人とも一人っ子である。Yは姉という存在にあこがれていた。T・Sはもし兄弟姉妹をもっとしたら弟だ、ときめていた。客観的にみれば二人は姉と弟という関係で心がやすまっていたのかもしれない。いわゆる姉さん女房と言われるもので理想的な夫婦になれたのかもしれない。しかし、彼らの関係はおたがいに、「どうしても好き」という言葉をもらさざるを得ない関係に進展しなかった。

たとえば、バー「ステラ」のママをまえにしているときに感じる高揚感がない。

ママは「ハル」という名であるということがなんとなくわかった。本名ではないらしいということもわかってきた。Yも彼女と楽にとは言えないまでも普通に話ができるように次第になっていく。ある夜その名の由来をさりげなくたずねてみた。彼女の初恋の男の初恋の女の名が「春子」だったという。彼は「春」という字面《じづら》とその名前の飾り気のなさが好きだった、と言ったそうである。そこで「ハル」という源氏名にしたのだという。やや、ややこしい話である。常識人である彼ならさけたはずの名である。彼は「はー?」と言って首をかしげたのみでそれ以上追求しなかった。なにかわらぬでもない気がしたし彼女をあまり問いつめたくなかったのだ。そのことから彼は思わぬ事実に到達した。彼女の初恋の男性は彼女が彼にとって初恋の女性ではなかったということ。さらに話の雰囲気から彼女にとって初恋の相手であるその男との関係は成功裏に推移しなかったこと。つまり彼女がふられたのだということ。結果として彼女は現在独身であるらしいこと。これだけの女性が初恋の人とうまくいかなかったのか、と思うと彼は考え込んでしまう。「美人薄命」という言葉はすでに知っていた。この言葉が統計的に真相にちかいのではないか、と彼がさとるのはずっとあとのことである。

勿論、高揚感、俗に言えばわくわく感は永遠に持続するものではない。しかし、彼女にたいする「いいなあ」という感情にはいささかのおとろえもない。店にかよう回数がかさなればおのずからママのかならずしも幸せでなかったらしい過去も、未来への夢も知れてくる。

四

彼女は物事をかくしだてするタイプではない。彼女も結局は皆んなと同じなんだなあ、というごく当たり前の結論に行きつくが、そのことで彼女の魅力が減じることはいささかもなかった。ママもとくに特別な女性ではないかもしれない、と思いはじめると彼女とのデートのことを考えはじめた。川べりのベンチで彼女とぼーっとしていたらどんなにいいだろうなあ、と思う。そのとき空に浮かぶ雲の形まで想像してしまう。二人でボートに乗れたらどんなにいいだろうなあ、と思うのだ。Yは一人で胸を熱くする。こんな想いをT・Sが知ったらどう感じるだろうか、とむろん考える。この気持ちをT・Sに打ち明けるほど彼は馬鹿ではない。打ち明ける必要もないがしかし、とYは考える。かりに彼の想いを彼女に話したとしても、「そう、それはいいわね」と彼女は言うのではないか、という気がする。彼女が同じことを彼に伝えた場合、彼が想像するT・Sの「そう、それはいいわね」的反応が返せるかどうか彼には自信がない。彼女のいさぎよさと彼のいさぎよさとには格段の差がある。それが客体としての思想が求める行動に参加できるか出来ないかを分けているのではないだろうか。

「ステラ」での夜がT都における学生生活で、Yにとってもっとも忘れがたいものである。とくに同級生のRと「均衡美人」のママをまじえて文学について、芸術について、人生について語りあった夜は、彼には忘れがたいという以上のものがあった。

「ステラ」は元日をのぞいては年中無休だった。当時ほとんどのバーがそうだったのではないだろうか。ちいさなバーが無数にあって生存競争は熾烈をきわめていたのだ。さすがの「ステラ」も週日にはそうまで客がこまぬ日があった。YもRも「ステラ」が比較的暇な日の夜に出かけるようになる。YとRが打ち合わせして行くこともある。それをしなくても「ステラ」で二人が出合うことがあった。ママはやはり三十に手がとどいていない。高卒らしいが知的好奇心は旺盛である。結果として相当の物知りである。しかも単なる物知りではない。いわゆる「むずかしい」話が好きなのだ。Rとの会話はしばしば白熱する。Rには多読にうらづけられた知識がある。ママには大学生などに負けてたまるか、という意地がある。二人は客とママという立場を完全に忘れているかのようなときもあった。Rはママにべた惚れだ。にもかかわらず議論が複雑になると一歩もゆずらない。「さすがQ州男児だなあ」とYは感心することしきりである。常識派のYははらはらする。暇の夜といえども店はいつも二人の借り切り状態ではない。そういう場合の方がまれである。「そんなくだらん話はいい加減にしろ」と他の客に怒鳴られはしないか、とYは気をもむ。怒鳴られたことは一度もなかった。他の客も二人の話をかなり真剣に聞いていたようである。自分の意見を二人の議論にさしはさむ者がいたりさえした。Yはもっぱら聞き役だった。

時代は熱かった。が人には生活がある。日常がある。Yをふくめて若い男女の想念のなかで日常的にうごめていたものは異性への憧憬であっただろう。だが問題意識をもった若者が現在より絶対的におおかったということは断言できる。時代が熱かった。今日ではその熱さは残念ながら想像さえできない。熱い時代にもかかわらず現実の生活はたんたんとして過ぎる。若者は朝起きて洗顔し用足しをして朝食をとり、ある者は出勤しYのごときは学校に出かける。ほとんどの若人《わかうど》たちにとって日々はロマンチックな色合いで彼らを迎えない。ほとんどの学生には熱い時代への関与はまったくなくして時は経過する。彼らは毎日マージャンにうつつをぬかしている。パチンコは大学生の娯楽になるまでには至っていなかった。真面目に勉強している学生は悲しいほど一握りである。さらにすくない人数の学生が身体をはった学生運動をしていた。彼らは社会にとって希有な存在なのだ。表面的には反発を示しても、「ああなれたらいいなあ」と一般学生は心底で彼らを尊敬していたのではないだろうか。ただ、活動家各派の亀裂はふかまるばかりであることをYは危惧していた。それは彼の危惧をはるかに越えたものに展開していく。内ゲバと呼ばれる凄惨なものへと展開していくのである。

四

Yはめぐまれた青春のなかにいたと言っていいだろう。T・Sとの関係は燃えるようなものではない。「ステラ」のママへの想いも結局は片思いでおわるだろうと確信している。なぜかその方がいいのではないか、といじらしくも殊勝な考えをいだいている。彼の女性関係も順風満帆というわけではない。それでも女性への憧憬とセックスへの興味でただ身悶えしているだけの若者たちよりしあわせだったろう。しかし彼にとっても日々はたんたんと経過する。学校の帰りや、行く途中に「DFE」による。夜にはしばしば「津村」に出かける、という生活にはまったく変化がない。それをしあわせでない、と言えば時代と世界にたいしてもうしわけがない。が、一口に言って夢がないのだ。仕事そのものが自己の知的成長に役立つのではないか、と考えて出版界で生計を立ててみたいという希望はあった。自分の学歴と頭脳では「無理だろうな」と結論してしまう。なにかの僥倖で一流出版社に採用されたとしても、一流大学出の連中のなかで敗者として挫折してしまう己の姿が見える。アメリカ留学という淡い夢がなかったわけではない。いろいろの状況から「それはちょっと無理かなあ」と思いはじめる。アメリカ行きの条件がととのったとしても彼は結局は行かなかっただろう。FやT・Sをはじめとして先進的な若者たちが「歴史の転轍手」たろうとして命を賭けているときに、「はい、さようなら」と祖国を逃げ出すほどの破廉恥漢ではない。V戦争では何万という人々が死んでいるという現実がある。双方の戦死者のほとんどが若者とよべる人々に違いない。V側には少年少女としか言いようのない者たちもおおいはずだ。この時代状況のもとでちまちまと英語の勉強をしていることに次第に嫌悪を感じはじめもした。決然と勉強を放棄したかというとそうではない。これが彼の限界である。よく言えば彼を彼たらしめているところでもある。

日常はたんたんと過ぎゆく。平凡な日常が否応なく彼に決断をせまってくる。

Yがそれまでの生涯で一番悩んだ場面は三年生進級に際しての科目登録のときにやってきた。彼は自分の凡庸さをいやという程認識している。全然思いあがったところがない。それが彼の好感度の一部を構成している。いくばくかの好感度があるだけでなんの才能もない大卒の凡庸人間がとるべき道は公務員か先生だろう。公務員という職業には彼はまったく興味がなかった。それは彼の父の存在が反面教師として働いていたからではない。国民の税金で生計を立てようという発想がまず気にくわない。他人の褌《ふんどし》で相撲をとりながら、あわよくば町長、市長、できることなら知事や国会議員になってやろうという心根をふかく軽蔑していた。のこる選択肢は一つである。先生。彼の頭のなかにあるのは高校の先生である。彼はこの職業にたいしておおきなためらいを感じた。そもそも浅薄であやふやな知識を自分より大部分は優秀であろう若者に教えるということがあり得るだろうか。それによって税金による賃金をいただくというような破廉恥行為が許されるのだろうかと彼は考える。同じく税金によって口を糊するにしても公務員にくらべればまだ先生の方はましかなあ、とは考えた。

抵抗感のもっとも根底にあるものは若くして無難な道をえらんでしまっていいのだろうか、という自己への問いである。それでいいのだろうか。命をつなぐことはどんな方法でもできるのではないだろうか。就職への微塵の意識もなく身体をはって生きているT・Sたちに顔向けができるだろうかと彼は考える。Fと疎遠になって、それでYの問題としては終焉したかにみえた学生運動が思いのほか強烈に彼の生き方に影をおとしていた。それにT・Sがそばにいたということがやはりおおきかったはずだ。苦悩がないのが悩みだと、と自嘲していた彼自身にとって意外な展開である。高校時代に思いもおよばなかった事態である。これが大学の力というものだろう。

彼にFやT・Sのような思いきりのよさと果敢な行動力があったら一介の肉体労働者になる道をえらんだだろう。それは、T・Sたちが目指している世界につながっているように思えた。すくなくとも安全地帯の道をえらぶことへのやましさはないと思えた。

ある夜寝床のなかで天井をにらんでいるとき、かたわらにいたT・Sに彼の悩みが口をついてしまった。彼女は「先生になりなさいよ」と言った。じつにあっさりとそれを言った。彼は一瞬自分を見透かしての発言かと思ってぎくっとした。そうではないらしい。先生という職業がこの世に存在する意義について彼女なりの意見を即興的にのべた。おおくを語らなかったが彼女が言わんとしたことの要諦は、それが人間と日々直接かかわる職業であることに意義があるということである。しかも若い人間と接することに意味があるのではないかと言うのだ。思春期の若者たちにかかわることが、どんなに複雑で一筋縄ではいかないおおきな意味をもつかも知らずに、単純な彼は「そうだなあ」と思ってしまう。「それに」と彼女は言う。「あなたは自分で意識していないみたいだけど、なかなか繊細な感受性の持ち主よ。ついでに言わしてもらえばそこが好きなのよ。その繊細さがあなたを学生運動に不向きにしているのね。でも、先生には向いている性質かもしれないわね。そのことで苦しむかもしれないことが心配だけど」。

五

Yは教員になるために必要な科目登録をしなかった。が、それなりに単位は順調にこなしていたのに一年留年することに土壇場になってきめた。まあ、その間にゆっくり行く末を考えてみようということになったらしい。彼のなかにある「緊迫した時代状況」という認識からすると一見のんきで気の抜けた決定のようにみえる。彼を弁護すれば、そういう時代状況

五

だからこそ一年留年することにしたのだ。すべての面で行動力にかける人間であることを痛切に自覚している彼はしっかり自分を見てみようと思ったらしい、と言えば格好のよいこじつけになるだろうか。彼には一年留年のあとに見える明白な結果があった。それは、一年間じっくり自分と社会を見つめても、彼が学生運動おおきく言えば社会全体の改革を目指す運動の末端にさえ参加する可能性はまずないということだ。改革というなまぬるい言葉でなく革命の必要性はつよく認識していたしその大義のために活動している人々を心から尊敬していた。しかし、FやT・Sにとって最高の思想もYにきっちりたがをはめるものにはならなかった。それは事実である。その事実が彼のなぐさめにはならない。あることを実践している人間とそれに共鳴しながら傍観者としてとどまっている人間とでは人間としての重みがまったく違う。抑えきれない怒りで人を殺す人間と、殺人者の心情を我がこととして理解しながら幇助できずに、ただ見ている人間とでは人間としての重さは前者が勝るだろう、などということを考えたりして、大都会のTでもう一年暮らしてみようということになったのだ。

おおかたの同期生は卒業していった。それぞれの人生にのり出した。同級生で留年したのは三人だけだった。留年したYにとって、今日があるから明日があるという日々がつづく。にもかかわらず彼には、明日はなにか思わぬことがあるかもしれない、という想いで心がさわぐ夜があることもあいかわらずである。

「日は昇り日は沈む」。ある日、「DFE」で超美人のウェイトレスを見た。「僕のマドンナにかわる人だな。なんという美人だろう」と彼は思った。彼の想い人だった女性の交替要員を目にするまでもなく彼女はあの美男子と結婚するために店をやめるはずだ、ということは彼の頭のなかに確実にインプットされていた。それは自然な時の流れのなかでふと気がつくと、という形で現実となった。一抹の淋しさがなかったわけではない。「ＤＦＥ」を出て下宿への坂をくだっているときふと足をとめたことがある。彼女のことを考えていたのだ。「ＤＦＥ」と彼女と、彼女に胸をときめかしたこともＹの一つの青春である。彼とほぼ同年代の「ＤＦＥ」の常連の若人たちは、ちょっと外股歩きでスタイルのよい、なにか一生懸命だったあの女性と彼女に夢中だった自分たちの、あの時期を忘れることはないだろう。「津村」の娘はかわりなくひっそりと生きていた。若い女性としてあの時代状況のなかで燃ゆる想いや、或いは淡き夢もあったはずだ。が、なにか一歩ひいた感じで生きていた。Ｙはときに彼女の胸のドアをむりやり開いてみたいと思うことがあった。ある夜、祖母らしい人が奥のちいさなカウンターに顔をだしたことがある。女ばかり三世代がひとつ屋根の下でつつましく暮らしているらしい。

Ｙの下宿部屋のまえの住人、Ｑ州の快男児は卒業して下宿を出た。ある大手の鉄鋼会社に就職したのだ。勿論ラグビーの強い会社である。鍛え抜いた身体なのに起居挙措《ききよきよそ》はゆったりとしていてどこかユーモラスなところさえあった。体育系のクサミがほとんどない好青年だった。下宿を去るまえの晩に彼は挨拶に来た。Ｙは心から「頑張ってな」と言った。「あんたもな」と彼は言った。アクセントにはいまだにやや問題があったが立派な標準語である。二人はほとんど同時に手を差し出した。厚くて意外なほどやわらかで暖かみのある手だった。

五

Rの家は裕福ではない。しかし彼はかなりはやい時期に留年することにきめていた。Yの留年も彼の影響なきにしもあらずだ。弟妹もいるので留年となれば学費以外は一切家は援助しないという条件である。彼は作家志望なのだということはYにありありとわかる。そのことにたいする意欲にはなみなみならぬものが感じられた。一年の留年は作家への決意の確認と準備の期間なのだ。彼の頭のなかに卒業という目標はほとんどなかった。彼はかくしだての嫌いな人間だった。が自分の将来にたいする夢とか意図とかはけっして口にしなかった。口にしてしまえば夢も意図もうたかたのように消えてしまう、と考えていたのだろうか。そんな彼にたいしてYはいつも、「あんたの目指していることはわかりすぎるほど判かっているのになあ」と思っていた。RにはYをふくめた他人が「それを」気づいているかいないかは関係のないことだった。自分の大志を口にすることを女々しいと考えていたのだ。それは達成によって示せばよい、という信念である。

太い黒縁の眼鏡、そのしたの細い目とこぶりな顔、それに小柄な体格があいまって、人はひ弱な男という印象をRから受けるかもしれない。酒もつよいし心身ともに強靭である。留年してからは賃金のたかい肉体労働を積極的にこなしてかえって経済的には楽なようである。「ステラ」で痛飲し口角に泡をとばしてママと議論している彼がうらやましい。「青春してるなあ」と、そんな彼を見てYは溜息をつく。FもT・Sも青春していた。彼にかかわりのふかい皆んなが青春していた。彼ら彼女らは目的に向かって突きすすんでいた。そういう意味での青春がYには完全に欠落していた。

彼はずば抜けたスタイルのよさでスポーツ選手に見える外見をもっている。が、祖父母ゆずりの心臓病で早死にするのではないかという潜在意識的な危惧をいだいていた。心配性なのだ。ところが、T・Sとの激しく回数のおおいセックス体験によって、その危惧は小心な彼の思い過ごしにすぎないと確信するにいたった。その激しさや具体的回数は彼の名誉になるとも思えないので割愛する。とりあえず、T・Sの言葉をかりれば「あなたには負けるわ」という程度のものである。要するに肉体労働に耐えるに十分な身体をもっているのである。肉体労働者の道をえらんですがすがしい汗を流せばいいのだ。そして万国の労働者との連帯感を味わえばいいのだ。繰り返しになるが彼にかけているのは思いきりのよさと決断力である。だが、彼の将来への逡巡、つまりは肉体的職業選択への逡巡は彼の性格的問題だけでもなさそうなのだ。それだけでもない理由の一つは知的生活へのあこがれ、がふくまれるだろう。「万国の労働者よ団結せよ」と叱咤激励した当のマルクスは肉体労働者ではなかった。知の巨人である。Y自身は知的面での才能のなさをあまりにも意識しているので、かえって知的世界にあこがれるのかもしれない。

見かけが優秀なボーイ・スカウト的なところがある。なんの苦労もなく世間を流線形に泳いでいるかに見える。だがかならずしもそうではない、というところは垣間見てきたところだ。Yにも自分が自分にこれだけこだわる人間、これほど自分自身と向きあう人間になろうとは想像しにくいことだった。

Rは学生運動にまったく無関心だったわけではない。強いて振り分けをすれば左翼的な考えの持ち主だった。と言っても、それは左と右の中間のやや左よりの思想というのではない。極左か極右に向かう性向だった。すべての事にあいまいさを嫌う。が結局、Yには彼の思想的立場がよくわからなかった。Rが思想について語ることを嫌ったし思想をほとんど問題にしていなかったからだ。というより問題にすることを嫌ったのだ。それを問題にすれば彼の性格からして革命家を目指さざるを得なかっただろう。Rが口にすることは「群れてなにかをする」ことへの嫌悪感である。Yにもこの美学は理解できた。それはYにとって簡単にこえ得る障害だった。Rには作家になりたいというきわめて強烈な欲求がある。均一的にならざるをえぬ大衆運動に彼の個性を埋没させたくないのかもしれない。作家になることは彼にとって天啓のようなものだったろう。生きる目的であったはずだ。学生運動が作家になることに資すると判断すれば積極的にそれに参加しただろう。経済的に無理しながらでも「ステラ」にかよった第一の理由はママに一目惚れしたからだ。それにくわえて、そこにかようことが将来作家になることに役立つと考えたからではないだろうか。ママとのやりとりも真剣なはずだ。たんにQ州男児としての気質に帰するものだけではなさそうだ。

T・Sはとっくにあきらめていた。「それでいいのよ」とはっきり言っていた。いざとなれば闘う戦士のために後方で握り飯でもにぎってくれればいい、くらいに考えていたようだ。二人は学生運動に関する話題はほとんど口にしなくなった。結果として彼らの間にはおおくの会話はない。Yはそのほうがかえっていいと考えていた。彼女もそう考えていたようだ。彼女は暇がない。しかし一応演劇を目指した人間のせいか映画にすくなからぬ興味をもちつづけている。ＹもＴ都に来てから映画に興味をもちはじめた。洋画である。下宿から比較的ちかく、都電で三つ目の停留場のすぐそばに「名画座」があった。ほとんど趣味のない彼に映画を観ることが趣味になった。彼はそれを趣味と称するのにはかなりの抵抗を感じてはいたが。一年留年と言っても、ほぼ完成していた卒論を留年のために出さなかっただけだ。勉学が目的の留年ではない。なんとなく居残ったという贅沢な留年である。時間はありあまっている。が読書にはあまり熱がはいらない。もともと大いなる読書家ではない。それでも、「向上しよう」という習性が身についたせいか為《ため》になる「名画」を観たい。一週間に最低一回、ときには二、三回映画館にかようようになった。入場料のやすいちかくの「名画座」に出かけることが圧倒的におおい。話題の映画は封切館に出向いたりもする。新聞の映画案内欄も丹念にみる。過去に話題になった映画をたずねて遠方の名画座的なところに出かけたりもする。

当時映画は洋邦と問わず二本立てだった。二本目がメインである。Ｔ・Ｓも最終回の二本目を観て帰ることが時々あるという。「私の場合はストレス解消ね」と言っている。Ｙには彼女にも、つまり彼女のような、彼からみればうらやましい活動をしている人間にもストレスがたまるということが驚きだった。おたがいに布団のなかで観た映画について話しあうことがある。彼らが観たいと思って観た映画も、「いいなあー」と思ったところも一致することがおおい。二人の感性はとてもちかいところにあるらしい。二人はいっしょに映画館に行ったことは一度もない。

秋になった。YはFとやたらに会いたくなった。連絡を取ろうとしたが取れない。高い空に透明な空気がうつくしい日々がつづいた。T・Sによると学生運動の大物たちはしょっちゅう寝泊まりするところを移動しているらしい。Yは「さもありなん」と思った。

五

彼は見かけによらず散歩趣味がない。それよりも家でごろっとしているほうが好きなのだ。過去と現在と、さらには洋の東西を問わず高級人間は散歩をこのむものらしい。その点からみてもYは自分自身を高級人間とみなしていない。無論、好天ならぶらっと外に出かけてみたくなることがある。

その日もあまりにも天気がいいので川べりのベンチに出かけた。ベンチに腰かけて川面《かわも》を眺めた。ほとんど流れのない川面をぼんやりと眺めていた。と、突然Fの学校に行ってみようと思いたった。

Fの大学はT・Sたちが共有する思想の拠点校である。Yはかなり緊張して出かけた。午後三時過ぎだった。自治会室のドアは開いていた。廊下側の窓も開け放たれていた。部屋は廊下に向かっておおきく開かれていた。Yの目に一瞬うつった情景は意外にのんびりしたものだった。四、五人の男女がおおきなテーブルをかこんで雑談している、という雰囲気である。事実そうだっのだろう。Fはそこにいた。彼の目がYを捕らえた。彼は驚くふうもなくかるく右手をあげた。椅子を立ってYに向かって来た。彼は「外へ」と顎をしゃくって、なんにも言わずに廊下を歩く。Yはあとにつづいた。

二人は学校のちかくの喫茶店にはいった。彼とわりあい頻繁に会っていた時におりおり利用した喫茶店である。おおきな三角屋根の店で中二階があった。しゃれた造りの喫茶店である。Yは椅子につくとあたりを見まわした。なつかしいという感じを禁じえなかった。客はほとんどがノンポリの学生らしい。以前からそうだった。彼らはハイカラな店で私学の雄の学生として座していることに満足しているのだ。そんな連中を相手に相変わらず店は繁盛している。Yは視線をまえにもどした。Fはそれをまち受けていた。二人の目がかっちりと噛みあった。Yはなにか言おうとしたが言葉が出なかった。Fは「なに？」という目付きでYをうながしたように思えた。Yの口から言葉が出ない。FがYの気持ちをほぐすかのようにすこし微笑んだ。「なにか言えよ。言いたいことがあって来たんだろう」と言った。

彼は高校時代から大人びたところがあった。そのうえに風格が感じられる人間に成長していた。二十三歳の若者にゆるぎない自信と誇りが感じられた。無数の人間営為のなかで最高のことをしているという自信と誇りだろう。なつかしい昔話などまったく受けつけないところがあった。Y自身も昔話をしに来たのではなかった。しかしそれがあってもいいなあ、という気がなかったわけではない。いっさい昔話はでなかった。Fは完全に前しか見ていないということをYは肌で感じた。過去を振りきることが彼の生の実践であることを実感した。Yは一年留年したこと、それにともなう現状などについて話した。「そう？　そう？」とFは相槌をいれるのみである。彼はYと生きる次元が完全にことなっていた。Yは彼が予想していたよりもはるかにはやくFとわかれた。彼とはもう一生会うことはないのではないか、と思った。駅に向かう足はおもかった。しかし、Fに会ったことで一つの収穫があった。彼が過去を振りすてたように自分も未来をすててもいいのではないかという想いを得たことだ。

Yが F に会った日はたまたま火曜日だった。T・Sが彼を訪ねることは以前ほど頻繁ではなくなっていたが同じ週の土曜日に彼女がやって来た。土曜日には今でもたいてい訪ねて来る。彼はFに会ったことを彼女に告げた。「そう、よかったわね」と彼女はこたえた。彼女は彼の発言に「そう、それはよかったわね」、「そう、それはいいわね」と応じることがおおい。彼はFが過去を振りすてて未来しか見ていない、という印象を受けたと話した。自分は革命の先頭にたつような器量の人間ではない。革命戦線の一兵卒にもなれそうもない人間である。そんなものが自己の未来を云々する資格などあるのだろうか。未来などすててもいい、すんなりと田舎の高校の教師になってもいい、と冷めた内容を熱くなってかたった。

T・Sはこたえた。「あなたの若さで未来をすてるなんて言葉にはひっかかるわね。それにとてもきざな台詞ね。たしかに、私たちは過去のしがらみを断ちきらないと活動できないところがあるわね。それは事実ね。でも、かならずしも未来だけに目を向けているのではないのよ。未来を見ていると私たちの活動が歴史的に正しいのだろうか、歴史に結局は認知されるのだろうか、という不安がつのるのよ。それに現実に内ゲバが激しくなっているでしょう。本来は仲間である者たちが凄惨な危害をくわえあってるのよ。これからそれはさらに激しいものになりそうね。さきを見ていると気持ちがなえてしまうところがあるの。それでも私がやるのは、すくなくとも今が大切だからなのよ。今という現実と自分をしっかり受けとめて生きたいのね。今の自分をごまかさずに生きたいのね。あなたも自分をごまかさずに生きているじゃないの。学生運動ができないからといって卑下することなんかないわ。そんなあなたが好きなのよ。田舎に帰って高校の教師になりなさい。私は最初からなぜかあなたとの結婚は考えたことがないのよ。たぶんあなたの友達のFさんとならなったような熱烈な恋愛にはならなかったけど、あなたが好きなことはわかってくれてるわね？ 『帰らないで』と泣いて胸にすがることはできないけどあなたがとても好きなのよ」。

Yにとって T都における五回目の冬のある夜、雪もよいの夜だった。ここ二、三日、雪片がちらちらしたが本格的な雪にはならなかった。YとRはほとんど同時に「ステラ」にはいった。八時過ぎだった。根が単純なYは飲めばかならず陽気で饒舌になる。Rも基本的には飲めば陽気になる。飲んで陰《いん》にこもる人間ではない。飲んで愉快にならないのなら飲まないほうがいいと二人とも考えている。しかしRはときには沈鬱な面持ちで飲むことがある。会話を拒絶しているのではないが話しかけにくい雰囲気でグラスに対していることがある。Q州男児で明快至極に生きているように見える。が、彼はYなどよりはるかに屈折したところがあるのかもしれない。それが彼を文学に向かわせるのだとYは考えるようになっていた。その屈折がバネとなって一見激しく男らしい生き方を彼にさせてもいるのだと判断するようになっていた。

十時にちかくになっても彼ら以外に客がなかった。三人ともめずらしく落ち込んでいるようだった。会話がはずまない。外は雪になったのではないかと思うほどしんしんと深い夜が過ぎていく。沈黙を破って、「今夜私、すこし御馳走するわ」とママが言った。YとRは顔を見合わせた。これまでにもママが「一杯おごるわ」と言ったことはある。今夜は時間がはやい。彼女は彼らのまえに新しいオン・ザ・ロックのグラスをおいた。YもRもオン・ザ・ロックが好きなのだ。ただ前者と後者では飲むスピードが違う。ママは自分自身にもあたらしいオン・ザ・ロックのグラスをつくった。三人はだまって酒をすすった。雪降る気配に魂をあずけている。沈黙がここちよさにかわりつつある。Yは陶然としてママの美貌を眺めた。ふっくらとした唇をみつめていた。この沈黙からなにかが湧き出るのではないかという不思議な予感がしていた。ママの唇がわずかに開きかけた、が閉じた。また沈黙がつづいた。雪は降っているのではないだろうか。ついに彼女の胸奥からつぶやきがもれた。「私もいずれなにか書いてみたいと思うの」。「それはいいな」、「それはいいですね」とRとYが同時に言った。彼女の頬にわずかに紅がさした。

彼女は好奇心が旺盛である。多忙な時間をやりくりしてよく本も読んでいるし映画も観ている。そのうえ客との会話で知性も感性もといでいる。本来は多弁であるらしい。彼女のつぶやきはごく自然のことのようにYには思えた。彼が彼女にたいしていだいていた想い、なにかうちに秘めたものがあるに違いない、という想いをときあって彼女が口にしたのだ。
「それに」と彼女は今度ははっきりとつづける。このままで一軒のちいさなバーのママでおわりたくないということらしい。それではあまりにさびしいと言うのだ。店をおおきくするとか、同業の面での野心がないわけではないらしい。その方面で成功した場合でもそれに満足できる自信がない。事業に成功し生活がゆたかになることにたいする疑義である。経済的にゆたかになることが人生の目的になるだろうか。人が生きる目的はそんなことではないということは自明の理である、と言う。たどりつく結論はなにかで自分を表現してみたいということである。自己表現の手段として「書くこと」が自分に向いていると思う、というよりそれしかないと言う。ママは相当に思いつめている。Yが予想していた彼女の心情をこえたものがあった。こんなにも思いつめている彼女の魅力に彼は身震いした。だが彼女の発言や彼女の想いがYを触発することはなかった。勿論、「僕も！」と考えないわけではない。小説にかぎらず後世にのこるものを創造することの魅力を考えないわけではない。が、それを現実に実行してみようという気にはならなかった。それは自分の才能を過小評価している、ということがおおきな理由かもしれない。本人がじょじょに自覚しだしたオール・オア・ナッシング的な性格にも関連があるらしい。いずれにしても、と彼は考える。ママが問題としていることも自分を留年させたところのものも贅沢なあがきである。人の生き死にがかかっているものではないのだ、と。

Rが「書くとすればどんなものを書くつもり？」とたずねた。「そこまで考えていないの」と彼女はこたえた。当然の返答だとYは思った。「Rさんはどんなものを書くつもりなの？」と彼女が問うた。Rは自分から「作家になるつもりだ」と言ったことはない。ましてなにを書きたいかを言うはずがなかった。その夜、彼はその質問にこたえた。「一種の英雄的人間を書きたい」。「現在の小説は戦いを挑まれてそれを受けて立てなかった人間の心理を書いているようなものがおおいように思う。オレは負けるとわかっていても挑まれた戦いを受けて立つ人間を書きたい」と言った。そして、その戦いに敗れる人間のことを書きたい。できれば若者のことを書きたい。彼はさらにつづける。「オレは一生を作家として生きなくてもいいと思っている。それがいつになるかわからないが自分が納得できる作品が一つ書ければそれでいいと考えている。そこで筆を折っても悔いはない。従って徹底的に自分が納得いくものを書きたい」。郷里というせまい社会に己の青春を埋没させることを決意している、もう別れが間近なYにたいする友情のために、彼は彼の胸奥を開いたのだ、とYは思った。

　卒業のときがきた。Rは卒業せずに中退ということになるのではないかとYは心配していた。彼もなんとか卒業証書を手にした。正式の就職はしなかった。「なんとかなるさ」ということらしい。卒業式には二人とも勿論出席しなかった。その日の昼食に「ステラ」のママが彼らを洋食店に招待してくれた。ビールで三人は乾杯した。Yはお祝いという気分ではまったくなかった。お義理に「乾杯」と言ってビールに口をつけた。Rはなにもいわずにグラスをあけた。ママが「大学を出れるなんてしあわせなことよ。そのことを無駄にしないでね」と意外に常識的なことを言った。二人はすなおにうなずいた。食事のあと彼らはYの下宿のちかくの川に向かった。そこに三人とも気に入っている喫茶店があった。

喫茶店は川に面したがわが総ガラス張りである。そとにヴェランダがあった。季節がよくなると数組のテーブルと椅子がおかれた。高みのヴェランダから川面が眺められた。川向こうの雑然としたビル群が風景を圧倒している。夜にはビルの猥雑さがすべて消滅して夜景の美しさのみがのこった。近代文明にも美があると彼が初めて知った場所である。

彼とRは川に面するがわに座った。ママがYのまえに座った。Yはママと一回ボートに乗りたいなあと夢見たことが何度もある。それを口にさえせずにおわってしまうことになった。Rはママとボート遊びをしたことがあるのだろうか。映画をいっしょに観に行ったことがあるのだろうか。Yがいないときの「ステラ」で彼らはどんな話をしたのだろうか。今となってはそんなことはどうでもいいことだ、とYは思う。会話はなんということもない雑談に終始した。三人ともこれでいいのだと思っていたに違いない。Yの目はママの顔というより、その背後にある川向こうの建物と走る車の群れに向かってしまいがちだった。今ここに、この人たちといて、向こうの景色を見ていることができること、もうすぐ、ここにこの人たちといっしょにいることができなくなること、あのなつかしいビルの群れと空の光景が見れなくなること、になにか意味があるのだろうかとしきりに考えていた。彼らは一時間あまりでその店を出た。夜「ステラ」で落ちあう約束はできていた。

T・Sの頭のなかには大学を卒業するという意識はまったくない。が彼女もYの卒業をよろこんでくれた。「でも、なんにもしないわよ」と言って笑った。彼とRとが、最後の「飲み会」を卒業式の日に「ステラ」ですることを彼は彼女に話していた。そのとき、「じゃ私もつれてって」と彼女は言った。

T・Sは最近なにか屈託があるかに見えた。いくぶん痩せたようにも見えた。彼らは最後になるかもしれない軽い夕食を馴染みの食堂でした。いつもより若干豪華な食事だった。彼女が支払いをした。それから二人は「DFE」に向かった。そこで二人はすこし腹ごなしをした。彼らの間に言葉はなかった。Yの胸のうちに熱いものが込みあげていた。なにかを言うと自分の気持ちが制御できなくなる、と感じていた。一晩中しゃべりつづけても言いきれないものがあるように感じていた。T・Sは普段とかわらないように彼には思えた。感情を表に出すまいとしている彼女がとても美しく見えた。

彼らは八時過ぎに「ステラ」にはいった。Rはすでに来ていた。二人のための席は確保してあった。T・Sとママは初対面ではないという印象をYは受けた。「ステラ」は界隈で評判の店である。彼はT・Sをママに簡単に紹介した。

六

Yは三月の末に故郷に帰った。約四年半ぶりの帰郷である。薄曇りののどかな日だった。汽車をおりるとかすかに潮の香りがした。おそい午前の駅前広場は閑散としていた。公衆電話でタクシーをよんで家に向かった。車をおりて玄関の引き戸をあけた。母が居間から出てきた。「お帰り」と言ってかるく頭をさげた。Yは「ただいま」とちいさく言った。彼は式台にバッグをおいて靴の紐をといた。母はバックを両手でもって階段をあがろうとした。そんなにおおきなものではなかったが辞書類をつめ込んでいたのでおもかった。「お母さんええよ」と彼は言った。が、母のするにまかせた。いったん自分の部屋にあがった。荷物をおいた母は階下におりた。敷いてある掛け布団のうえに仰向けになった。両手を頭のしたに組んで目を閉じた。どのくらいそうしていたのだろう。母の「おりて御飯を食べなさい」という声が聞こえた。洗面所で顔を洗った。丁寧に洗った。なぜこんなに丁寧なんだろうと自問しながら洗った。台所には朝食用のおかずがテーブルにならべられていた。御飯と味噌汁をよそおえばいいだけになっていた。まったく食欲はなかった。味噌汁の香りがちょっと食欲をそそった。T都の外食生活で味噌汁はほとんど飲んだことはなかった。味噌汁をよそおってもらった。みそ汁を飲みおえて、「お母さん、せっかくだけど食欲がないので寝させてもらうよ」と言った。「そうかい」と母は言った。

二階の自分の部屋にかえった。二階には二つの部屋があった。階段のちかくが父の部屋で、八畳の畳間である。北側に廊下があった。Yの部屋も八畳のやはり畳間である。部屋には南におおきなガラス窓があり北西の隅にちいさな窓があった。父の部屋とせっする壁には押し入れがあった。南西の角に机をおいていた。四年半ほどまえの夏休みに彼がこの部屋をあとにした時からなにもかわっていなかった。彼が帰郷することになってから母が何度も部屋の空気の入れかえをしたらしい。ほこり臭さはまったくなかった。北西側の窓のカーテンは開けられていた。南の窓カーテンはほとんどひかれていた。カーテンを勢いをつけて開いて庭を見た。祖父が丹精して造った庭である。荒廃しているようには見えなかった。ついで空を見上げた。薄曇りの空にほのかな暖か味があった。一分も見上げていなかっただろう。のべられた布団の枕元に寝巻きがおいてあった。それを着なかった。着衣のままで布団にもぐりこんで長身をまるめた。布団のなかは冷え冷えとしていた。彼の感情に心地よかった。彼は身体をますますちぢめた。羊水のなかの胎児のような形で寝ようとした。昨夜の夜行寝台車ではほとんど一睡もしていない。が、なかなか寝つけなかった。だが眠りにおちいる、という意識なしに眠ってしまったらしい。母にかるく肩をゆすぶられて目が覚めた。それが夕食の合図だということにすぐには気づかなかった。はっと意識がもどって母を見上げた。「よー眠れたかい」と母は言った。彼はかるくうなずいた。風呂はわいていたがはいらなかった。台所で父がすでに席についていた。日本酒をちびりちびりやっていた。Yは「ただいま」と言って父に対して座った。父は「お帰り」と言ってYを見た。すこし間をおいて、「お前も飲むか」と言った。Yはまえに置いてあるおおきめの盃を手にとった。父が酒をついだ。日本酒はT都ではほとんど口にしたことがなかった。なめるように飲んだが身体にきいた。三人にはおおきすぎる長方形のテーブルに寄せ鍋が湯気をたてていた。「じゃ、はじめましょうか」と母が言った。つんと祖母のことが思い出された。こういうおりには祖母が今日《こんにち》でいう鍋奉行だった。祖母は「じゃ、はじめよーか」と言った。今、母は洋服のうえに白い割烹着をつけていた。祖母はたぶん生涯に一度も洋服は着たことがなかっただろう。腰のまわりが太い女性で和服をゆったりとまとっていた。センスのない人間はそれを「だらしない」ととっただろう。

鍋はひさしく忘れていた料理である。こんなに美味なものだったのか、と感じた。鍋をつつきながら盃三杯の酒を飲んだ。父は強いてそれ以上すすめなかった。かるく一膳の御飯を食べた。Yが帰郷して以来頭のなかにあることは、「眠りたい、眠りたい」ということだった。

部屋にかえって寝巻きに着替えた。白ネルの新調の寝巻きである。帯付きでもある。帯をしめながら彼は苦笑した。脱いだズボンと厚手のセーターを壁際のハンガーにかけた。布団にはいると同時に眠ってしまった。

あくる日十時まえに一回おきて階下のトイレに行った。居間をのぞいたが母の姿はなかった。正午すぎから柔らかくあたたかな雨が降りはじめた。その日はいっさい食事はとらなかった。母もおこさなかった。翌日の九時すぎに階下におりた。トイレのためである。母が居間から顔をだした。「すこしは御飯を食べなさい」と言った。彼は首を振って二階にあがった。さすがにすぐには眠りこまなかった。空腹は感じなかった。雨は降りつづいていた。彼はまた眠りにおちていった。夕方に自分で目覚めた。ぼんやりと天井を見ていた。ふいに涙が流れはじめた。とめどもなく涙が流れた。悲しくもうれしくもないのに涙が流れた。母の廊下を踏む足音が聞こえた。彼はうつぶせた。母が引き戸をひいて、「起きているのかい」と言った。

ところで、Yにきわめて有利な状況が発生していた。彼の地方の中核都市Dにおおきな私立高校が出来ていたのだ。J高校という。創立やっと三年目という段階だった。その学校が「非常勤講師としてなら使ってみてもよい」と言ってくれたのである。Dは汽車で四十分ほどのところにある。四月になるとすぐに面接があった。だぶだぶという感じの父の背広を拝借した。ネクタイは六回締めなおしてなんとか形をつけた。寝たりた顔だけはすっきりしている。かなりの好感度である。ネクタイに時間をとられて小走り状態で駅に向かった。彼の家から駅まで二キロ近くの距離がある。

列車のなかで想定問答を繰り返してもみた。どっちに転んでもいい、と開きなおっているつもりのわりに身構えて緊張している自分に苦笑していた。彼の出身大学はまだスポーツで有名だった。右翼的大学とみなされていた。しかし一年留年の理由をしつこく問われるのではないかと心配していた。

六

面接は拍子抜けするほどあっけないものだった。オリエンテーションらしいものもなかった。教材を渡されて職員室の机に案内された。とりあえず一年生の英文法を週五回受けもつということが告げられた。月曜日に二時限、火曜日と水曜日に各一時限、のこり一時限を土曜日ということである。Yは教員免状をもっていない。出た大学も二流の上程度のものである。致命的なのは彼の教員になろうとする意志決定のおそさである。完全に新規採用の時期を逸していた。草創期まもないどさくさまぎれとはいえ、これだけ簡単に採用されたのは父のおかげだった。父はなにも言わなかったが彼のもてるコネすべて使って働きかけていたらしい。その結果、面接以前に彼の採用は既定の事実として決定されていたのである。そのことはずっと後になってYは知った。父の父も八十ちかくだが矍鑠《かくしゃく》としていた。彼は彼の村がDと合併するまえに村議をしたことがある。父はそこまで手をのばさなかったようだ。

Yの故郷は彼が中学生のころ合併して市に昇格した。人口三万ほどの街になっていた。同時に父のいる部署も会計課から財政課と名称をかえた。彼は三年まえにその課の長になっていた。まだ部という区割りはなかった。いくつかある課の一つの課の最高責任者になっていたのである。

つぎの日曜日に父は市役所に出入りする業者を自宅によんでくれた。業者は五、六着の背広をもってやってきた。全体に地味なものだったがとにかく一着をえらんだ。それは父からの卒業と就職祝いということだった。一応これで万端ととのった形である。しかし、心配性なYはなにか大事なことを忘れているという気がしてならなかった。

Dは地方の中核都市ではあるが人口十万そこそこの小都市である。すでに二つの公立普通高校と二つの公立職業高校があり、くわえて一つの私立商業高校があった。そこに生徒数一千有余を擁することになる私立高校ができたのだ。それも経済的に急膨張する時代の流れのせいだったはずだ。Yもおおきく言えばその時代の流れにすくい取られたのである。Dは鉄道の要衝として知られていたが、またS地方のオオサカとしても知られていた。活気にみちた商都なのだ。そのことと関連があるらしい。喫茶店数の人口にたいする比率は全国一、二と言われていた。人々が商談のために喫茶店を利用するというのである。喫茶店のみならず飲み屋街も隆盛をきわめていた。夜の街は駅から西南方向にあって駅からはとおかった。せまい通りをはさんであらゆる種類の飲み屋が密集している。アーケードの商店街も殷賑《いんしん》のきわみにあった。よそからの来訪者はなぜ人口十万の小都市でこれだけ長大な商店街が可能なのか不思議がる。Yが初めて先生をやりはじめたのはそういう活気にみちた都市と時代においてだった。

六

Dは駅を中心として南ないし南西へと発展した。商業地域が北にのびなかった。北部は意外なほど閑散としていた。おもに民家があったが密集状態ではなかった。あちこちに畑がのこっていた。そういう土地柄の駅から約二キロのところに相当ひろい荒蕪地があった。石ころがおおくて耕作に向かぬという。そのさきにはひくい岩山がせまっていた。その荒蕪地をある人物がたいして目的もなく購入した。その人物は食品の卸業を営む人間である。卸業は今日では完全に衰退した。当時はうまみのある業種だった。その男はD市における成功者である。彼の名を知らない市民はいなかったろう。

せまい土地に住む日本人は地所をもちたがる。その頃はことにそうだった。土地はいずれ金を生むという商算は無論ある。それればかりではない。現金をもっているより地所をもっているほうが満足感つまり裕福感がまさるらしい。

まわりのちいさな土地所有者も、じょじょに自分たちの土地をその成功者に売りわたしはじめた。結果、全体としてかなりなものが彼の手中におさまった。野球グランドとか野外の運動施設をきちんと整えるには手のとどかないところがあった。が、その人物がそこに学校をはじめてみようと思い立った。M時代の若い日本ならいざしらず現代では学校経営は一《いっ》に金儲けのためである。それが本人の発想なのか知恵者のすすめなのか噂はいろいろあったが真相は不明である。いずれにしても教育界にくわしいブレンがいたことは確実だ。或いはそういうブレンとの、おそらく飲み屋あたりでのたまたまの出会いが学校づくりへと彼を向かわせたのかもしれない。

　その間もちろんいろいろあったが、いよいよ開校最初の入学式にまでこぎつけた。当日、壇上には三人の理事と校長が着席していた。みなが燕尾服を着用におよんでいる。どこかからの借り物なのだろうか？　ナフタリンの匂いが講堂に充満している。胴長の日本人は下腹に袴の紐をきりりと結んでこそ様になるのだ。教頭が式次第をとり仕切った。今や理事長という肩書きのかの卸業者が式辞のトップ打者である。秘密のブレンが草稿した式辞を何度も練習した。完全に暗記していたつもりだが慣れないということは恐ろしい。それに、空疎な美麗字句の内容に本人自身があまり納得していない。しかも、自分の達成したことに自分で祝辞をのたまうこととの矛盾もとくとご存じである。商売一筋でやってきた苦労人である。すべてのことをご存じなのだ。文字通り「汗顔の至りである」という状態で式辞といおか演説といおうか、というものをおえて着席した。彼は正直におおきなハンカチを取り出して顔の汗をふいている。生徒たちはさらに正直だ。彼の美麗な字句の一《ひと》かけらも信じていない。「嘘つけ、みんな金儲けのためだろう」と心にさけんでいる。シラケをとおりこして不穏な空気でさえあった。新校長がかって経験しなかったことが目のまえに発生しつつある。彼は相当にびびった。尻があがらないのだ。教頭が「校長！　校長先生‼」と絶叫にちいかい涙声でさけんでいる。逃げ出したかったが最後のプライドをふるいおこして椅子をたった。おもむろに燕尾服の内ポケットから巻紙を取り出した。大方の生徒たちは燕尾服なるものを初めて目の当たりにしたに違いない。彼らにとって仰々しい巻紙も気にいらない。さらに校長などという人種を日ごろ馬鹿にしてこそおれ尊敬などまったくしていない。くわえてこういうところに引っ張り出される校長なる者の素性と意図も見抜いている。壇上の人物は「校長先生、校長先生」とこれまで長年よばれてきたがただそれだけのことである。人間として内容はからしきないのみならず根性など爪の垢ほどもない。言葉が喉につかえて出てこない。二度「コホン、コホン」と空咳きをした。自分でもまったく信じていない美々しい字句がやっと滑り出した。震え気味のながながしい式辞の途中で一人の勇敢な少年が、「嘘こけ！」と怒鳴った。間髪をいれずに「嘘こけ！」、「嘘こけ！」の言葉のつぶてがあちこちから飛んだ。一部の者は演壇に向かって腰を浮かしている。参列しているわずかな父兄はあきらめ顔だ。

六

理事長が壇上から飛びおりた。どちらかというと小柄だが小太りしている。自ら先頭にたって働いてきた身体は強壮である。その男が仁王立ちという形で両手をひろげた。一代で財をなした人間である。なみの根性ではない。しかもその財が一瞬のうちに水泡に帰すのではないかという瀬戸際だ。すさまじい気迫でなんとかこの危機をのりきった。一人でのりきったと言っても過言ではない。十人の機動隊に匹敵する力を示したのだ。げに金の力はおそるべし、と言うべきか。もともと高血圧の傾向のあった校長は一週間寝込んであっけなく退職してしまった。この事件は教育界のみならず地方の大事件となった。それで学校の人気がさがったかと言えば、逆である。子供たちには大人気の学校となった。しかし頑迷無知な大人たちの伝統公立高校崇拝熱に水をさすにいたらなかった。学校の長たる者が不在では格好がとれぬ。なんとかまたある校長退職者を甘言と高給で確保したのは開校以来半年後のことである。お飾りの校長には「次年度の入学式では式辞は述べない」という付帯条件がついていた。二年目はPTA代表の簡単な祝辞のあと、理事長だけの登場となった。彼は今回は自身の草案になる簡潔な式辞を用意していた。その要旨は、「私のように無学でがさつな人間が学校経営を思いたったのは、君たち、この地方の落ちこぼれ諸君の力によってすこしは儲けさせてもらいたい。かつは長年の学歴コンプレックスからぜひこういう公の場でしゃべってみたい、というひそかな夢を実現したいと思ったからである。諸君の協力を心からお願いする」と、彼の胸のうちをずいぶん正直に打ち明けた。十五歳の少年少女たちは、「心から」という言葉をこんなに真実味をもって聞いたことはなかった。あまつさえ前年度の彼の獅子奮迅ぶりを噂に聞いて承知していた。ある種の畏敬の念さえ彼にたいしていだいていた。理事長は彼らの熱狂的な拍手に送られて席についた。

学校は総生徒数、千二百人にまで発展する全日制の普通科高校である。Yが先生となった年にやっと新三年生が誕生した。この学校がなかったら千人にあまる若者たちはどこに行っていたのだろうか？　クラスは各学年に八組あった。一クラス五十名ほどで男女の比率は七三程度だった。

Yの最初の授業は月曜日の二時限目にあった。緊張はしていたが意外にあがらなかった。生徒はごくごく一部をのぞいてやる気が感じられなかった。この生徒たちにいかにやる気を出させるかが彼の課題である、ということはその日のうちに理解した。だが一部には殺気が感じられるものがあった。おそらく彼らは非常に優秀な生徒であろうと推測した。優秀であるだけにかえってつまずきやすい。いや、どんな社会でも時の主流からそれやすい若者たちだ、と言いかえた方がいいだろう。彼らの鋭敏な頭脳と繊細な精神は大人の欺瞞や世の中の矛盾により敏感であるはずだ。ずいぶん大人びてみえた十五歳のFも大人からみればこんな感じだったのだろうか、とYは振り返ってみた。巨大都市Tの周辺のこういう高校生たちは高校のときから革命運動に身を投じている。Fのいる大学には夏休みに高校生が応援に来た。地方ではそういう若いエネルギーのはけ場がない。内にこもって殺気だつのは当然のことだ。Yもなまじっかな左翼思想の持ち主だけに、こういう生徒たちとの接し方に一番くるしむだろう、ということもその日に理解した。

六

だが彼の最大の課題はT都との過去といかに決別するかだった。人との別れは時に身をあずけていれば自然に解決するだろう。必要なのは一時の感傷に心を破られないことだけだ、とはうすうす気づいていた。T・Sや「ステラ」のママと彼との関係は彼女たちにとっては既にすんだことだ。彼のことを彼女たちももちろん生涯忘れることはないだろう。それはよい思い出としてであろう。そう考えると気が楽だ。自分も彼女たちにたいする気持ちは処理したつもりだった。が、すぐにでも夜行列車にとび乗りたいという衝動を感じることがあった。彼の理性と性向は彼にそういうことをさせない、ということは彼は知っている。夜行列車にとび乗ってT都に出かける愚かしさも十分に認識できる。彼女たちは彼とかかわりのないところで彼女たちの人生を生きている。もうおわったのだ。FはたぶんYのことなど眼中にないだろう。言い過ぎになるかもしれないが父母をふくめた肉親との関係さえ意識のなかで断ち切っているに違いない。非情になれない者は革命家になれないのだ。彼はYとはもう次元がことなる世界に生きている。T都をすてた、より適切には逃げ出したのと同じ理由でRとの関係が一番問題となった。しかしそれは当面のことだろう。彼との関連が想起するものも強いて意識することなくうすれてしまうだろう。T都での人間関係の思い出は時の流れとともに自然に消滅するだろうとYは考えた。しかし、あの都市自身がもつ魅力とその吸引力には年をへるにつれてますます打ち勝ちがたいものに感じられた。

つまるところ今、一番解決のむずかしい問題は彼の思想的傾向である。J校には教職員組合がなかった。組合に入れの入らないのという諍《いさか》いが前提的にない。組合員の分派活動が無論ない。当然の帰結として働いているもの同志で思想にもとづく憎みあいもない。Yは組合のないところに組合をつくろうとするような大物でない、ということは絶対的に自覚している。根は小心な八方美人であるとすでに自己裁定している。しかし世のなかの矛盾や不正に敏感であるかぎり彼の思想的傾向は他者に容易に察知されるだろう。教職の世界はそういうことに敏感な人々が集まっている世界であることは言をまたない。旧来の思想が圧倒的多数派であろうこの地方で、彼が共鳴する思想は邪悪な異端思想とみなされているだろう。

Ｙは教師という職に汲々としてしがみつく気はさらさらなかった。ただせっかく就職した場所を自分の不手際で去らざるを得なくなるという事態はどうしても避けたかった。それは彼の誇りがゆるさない。とりあえず先生方との接触を可能なかぎり最小限にするという方針をうちたてた。非常勤講師という身分柄それはむずかしいことではなかった。好みの問題としても先生と名のつく方々との接触は歓迎するところではない。性格的にも人との交際をこのまないし上手でもなかった。なんの役にもたたない当たりさわりのない会話ができないのだ。

六

幸か不幸か、とにもかくにもＪ高校にかよいはじめた。自分の受けもち時間がすむとそそくさと学校をあとにした。小心な彼はそのことに初めはひっかかるものがあった。居残ってもすることもないし「どうせ講師だ」、という目で見られているので彼の行動など大方には問題視されなかった。帰宅の汽車の待ち時間はもっぱら喫茶店で過ごした。学校への時間調整も喫茶店をつかった。例によって駅周辺の喫茶店は総巡りした。似たりよったりでとくに「ここだ」というものがなかったが二軒の店がきまった。その日の気分でそのうちのどっちかにした。Ｔ都では大学や教授連中に失望したことでおおいに勉強の意欲はそがれた。それでも一時はそれなりに読書に力をいれていた。が英語の勉強は種々の事情がかさなってあまりしてない。そこでまず買いためていた英文のペーパー・バックを手に取ることをはじめた。おもに小説類である。小型の辞書を片手に英語の本をひらいた。いわば衆人環視の、という喫茶店で英文の本を読むことに当初は相当の抵抗を感じた。それにはすぐになれた。無論、ぼーっとしていることもおおかった。

生まれ故郷の喫茶店も全部まわった。自転車で天気のいい日に出かけた。やがて一軒が行きつけの店となった。それは市の中心街にあった。街にはホテルと名のつくものが一つだけあった。三階建てである。高さはひくいが奥行きがふかく、道路に面した正面は三十メートル程の幅があった。一階の約四分の一が駐車場である。一階正面事務所の背後にその喫茶店はあった。事務所にちかいがわに入口があった。ドアは木組みのガラス戸だった。ドアにつらなる窓もすべて木組みのガラス窓である。しかし採光はよいとは言えなかった。色白で小柄な女性が一人で働いていた。やや胴長である。それがかえってセクシーなのだ。鋭角的な顔の相当の美形である。相当の知性も感じられた。年はわかい。Yより二つ、三つ年下のようである。Yのような若者たちが喫茶店にひかれるのは、しょせんそこに働く女性に魅かれるのだ。彼女によって彼はかなり動揺したようである。

「ポチの家」という店名である。その店に頻繁にかようようになった。下駄ばきで歩いて行った。運動もかねていた。授業がない日の午後に出かけることがおおい。さすがにそこではペーパー・バックをひらきにくかった。文庫本をもち込んで一時間半ほど過ごして帰った。時間が時間だけに知ってる人に会うことはまったくなかった。時おり三、四人の若者のグループがやって来た。にぎやいでさっと引きあげていった。彼らは彼女と同年輩にみえた。

Yは故郷に帰るにあたってある程度おもいつめたものがあったことは事実である。しかし坊主になるために帰ったのではない。結局彼の趣味は継続されてしまった。つまりなにもかわらなかった。

六

映画館はD市に中小規模あわせて五館、彼の街にも三館あった。それらで上映されるものはほとんど邦画だった。彼に言わせれば大部分が「くだらぬもの」だった。たまに上映される洋画を観にも行ったがそれもくだらぬ娯楽大作がほとんどだった。自然と映画からは足がとおのくという形になった。

夜はおおむね家で過ごした。家にはテレビが一台あった。それは居間にあった。父はおそらく生涯に一冊も「ためになる」文学書を読んだことがない。文学を軽蔑していたからではない。ただただ興味がないのである。どういうわけか政治経済にはすくなからぬ関心を示した。新聞の政治経済欄は丹念に読んだ。それについて人と語るということはめったになかった。不思議な人物である。彼のお気に入りの番組はNHKのニュース番組である。夜九時からのものがことにお気に入りである。ばんやむを得ぬ事情がないかぎり欠かしたことがなかった。Yもその時間になると階下におりた。母はかならずしも二人のおつき合いをしたのではない。全体的に民放の番組をこのまなかった。そこでおおくはその時間に三人がテレビのまえに座るという結果になった。親子三人はそのときどきに飲み物をかえて飲んだ。母が用意した。Yはコーヒーのことがおおかった。両親は緑茶をこのんだ。父の役柄いただきものがおおかった。三人では処理仕切れないほどだった。

なにかというと「飲みに行こうか」という時代だった。しかもT都でそとでの飲み癖がついている。ときどきむしょうには飲みに行きたかったが手元不如意である。そんなある日母が、「たまには飲みにでも行きなさい」と言って金をにぎらせてくれた。

彼の街にはD市のように集中した歓楽街はなかった。それでも市唯一のホテルの近辺に比較的にバーが集まっていた。そのうちの一つに同期生がかかわるものがあるということは聞き知っていた。姉を助けてバーテンをしているという。その男とは町内がことなる。親しいつき合はなかった。小学校高学年の時期は同級生だった。中学時代はクラスがいっしょになったことは一度もない。彼は高校を出なかった。D市の写真専門の技術学校にかよったようだ。Yは高校時代に彼に街で二、三度出会ったことがある。

秋半ばの美しい夜にその店にでかけた。木曜日の八時過ぎだった。バーのドアを開けてYは「あっ」と一瞬息をのんだ。T都の「ステラ」と店の規模、店内の配置がまったく同じなのだ。彼は入口にちかいカウンターにひとまず座った。バーテンの本名はカジヤマと言った。下の半分をはぶいて皆んなが「カジ君」、「カジ君」とよんでいた。彼はおしぼり差し出して、「久しぶりだなあ、元気だった?」と言った。たいして驚いている様子ではなかった。Yは「まーあまーあ。あんたも元気だった?」と応じた。あらためて店内をゆっくり見渡した。まっすぐな七人がけカウンターの奥がわに先客が二人いた。三十代前半の同年輩で飲み友達らしい。Yが目をまえにもどすとカジ君が「なんにする?」ときいた。Yはオン・ザ・ロックを注文した。彼はYが帰郷していることはすでに知っていた。カジ君はカウンターのなかの女性にYを紹介した。いかにも親しい友達だっかのような紹介の仕方だった。あとでわったことだが彼女の生年はYと同じである。丸顔で中背、すでに肥満型になりそうな兆候がでていた。髪全体をふくらませて後頭部でまとめた日本髪風の髪形である。彼女はにぎやかに客におうじてにぎやかに笑った。洗練さにはるかに手がとどかないかもしれない。しかし会話のはしばしにきらりとした知性が感じられた。とりわけYの気持ちをひいたのは本当の意味での育ちのよさ、つまり人柄のよさだった。育ちのよさが氏《うじ》によるものではないということの典型のような女性だった。（もっとも彼女についてそんなことを云々するのははやいが）。それが彼女のちょっとした言動の瞬間に彼の心をとらえた。カジ君のお姉さんはちょうど三十歳だそうだ。商船の機関部員と結婚している。店に来る客ではなく見合いだったという。晩婚である。三十になって初めて一子《いっし》をもうけた。そのためにしばらくの間店に出ないそうだ。

六

閉店は表面上十一時半ということである。最後の客を送り出して本当に店を閉めるのはいつも午前一時を過ぎるということだ。Yもいったん座りこむと長居するタイプである。十二時まえになって、「帰ろうか、もうすこしおろうか」と迷っていた。その気配を察したかのように、「久しぶりだけんゆっくりしていけば」とカジ君が言ってくれた。Yは「またくーけん」と言って勘定を求めた。カジ君はちいさな紙に金額を書いてYに渡した。彼はその数字をみて口を開こうとしたがカジ君がちいさく首をよこに振った。客はYもふくめてまだ五人いた。

カジ君の店は「みなと」といった。平凡な店名である。内装もじつに平凡なものである。

一瞬の驚きがさめてみれば「ステラ」のハイセンスにおよぶべくもない。「ステラ」のようなセンスではこの土地の人は二の足を踏むに違いない。「みなと」に三回目に行ったときに一つの出会いがあった。それはながくつづく出会いとなった。年も十二月にはいっていた。

七

Yは十二月の初めに「みなと」に出かけた。三回目である。日没から気温が急速にさがった日だった。彼は八時すぎに家を出た。室内で想像していたのよりさらに外気は厳しかった。ちょっとひるんだが自転車に乗った。

店にはいるとヨーコが「いらっしゃい、奥に座って」と迎えた。おしぼりを出しながら「そとは寒かったでしょう」と言った。Yはうなずいた。先客はいなかった。店唯一の女の子はヨーコという名である。本名である。漢字では「陽子」と書くという。この字が平凡すぎて好きでない、だから「ヨーコ」だと思ってくださいということである。ひくめの鼻、おおきめの口。彼女の売りは力のある二重瞼の目だろう。にぎやかに笑い忌憚なくものを言う。が、おしゃべりではない。頭脳の怜悧さが感じられる女性だ。カジ君は元来無口な質《たち》である。この生業を手掛けるようになってさらに寡黙になった。その方がいいと判断したのだ。

Yはこのところ鬱々として楽しまなかった。バーですこし憂さでもはらそうか、という魂胆で出かけて来た。彼は飲めば陽気で饒舌になる方である。しかし、「オン・ザ・ロック」と

七

言ったきりなかなか言葉が出てこない。酒をまえにして沈思しているというところである。こんな気分のときは来るべきではなかったかもしれないとも考えたりしていた。彼が意識しているのより彼のムードは沈鬱だったかもしれない。カジ君が「Y君なにかあったの?」と語りかけてきた。Yは「いや、べつに」とこたえてヨーコにちらっと目をやった。彼女も心配そうな表情をしている。Yの気持ちがすこしゆるんだ。やはり言葉が出てこない。けっこう言いたいことはあるけどバーで言う種類のことではないという抑制がきく。黙っているが有線放送の演歌は聴いている。彼は演歌が好きだ。とくにバーで聴く演歌が好きだ。祖母は浪花節が一番好きだったけど演歌も好きだったなあ、と考えている。祖母が思い出される。店の二人も演歌好きらしい。耳をそばだてている雰囲気がある。カジ君が「今夜は暇だけん僕もいただこうかな」と言った。彼の好みはハイボールらしい。「ヨーコ、お前ものむか」と彼は言った。「じゃ、私もハイボールもらうわ」と彼女はこたえた。Yはすかさず「ヨーコさんのは僕がおごらせてもらうよ」と言った。カジ君は彼の言葉にさからわなかった。Yは普通よりはやいピッチで飲んでいる。「Yさん、だいじょうぶ?」とヨーコがいつわりのない表情を見せる。ここでは「先生」とけっして呼んでくれるな、という彼の要望もきちんと頭にインプットしている。Yは気持ちがようやくほぐれてきたのを感じる。静かに時が過ぎた。時の刻みが意識できるほどの静けさである。「やはり来てよかったなあ」と思う。程なく彼はながく会っていない同期生のことをきいてみたりする。カジ君は必要最小限のことしかこたえない。「ああ、なるほど」と思う奴もいるし、「へえ、あいつが」と思う者もいる。

すでに得ていた情報の繰り返しである。「ああ、そげだったなあ」とおわってしまう会話である。Yは内心苦笑する。急に船の汽笛が聞こえた。遠いが腹わたにしみいるような音である。彼は反射的に壁の時計を見た。十時前だった。「今の汽笛はなんだろう」と彼は言った。「船が出港するんじゃないの」とカジ君がこたえた。「船ってこんな時間でも出るのかなあ?」とYはたずねた。「そうだよ。荷役さえすめば真夜中でも出るらしい」とカジ君は言う。最近ソ連の材木船が入港するようになった。そのことがいろいろなところで話題になっていた。とくに女の船員がいるということが話題になった。新鮮で「目から鱗」の感があった。Yも二人の白人女性が商店街を歩いているのを見たことがある。両人とも彼と肩を並べるほど大柄でしかも太っていた。「彼女らはナイロン・ストッキングとか口紅をよろこぶらしいね」といった話が三人の間でしばし繰り返された。また沈黙がもどった。ヨーコが「今夜はほんとうに冷えるわね」とぽつんと言って身をのり出した。彼は目でうなずいた。Yは奥から二つ目のスツールに腰掛けていた。ヨーコは背後のボトル棚にかるく腰をあずけてYに対していた。カジ君も入口側で小柄な身体をボトル棚にあずけている。今夜は客は自分一人かもしれないなあ、とYは思いはじめていた。十時半も過ぎたころに一人の男がドアを開けた。Yはちらっとその男を見た。同期生である。言葉はかけなかった。彼は入口側に座った。Yのスツールから三つおいたスツールである。座ると同時に「今夜は寒いな」と言った。カジ君が「ほんとに」とおうじた。彼はおしぼりで顔をおおった。そのままでしばらく黙然としていた。彼はおしぼりをかるくたたんでカウンターにおいた。カジ君が「いつものもんでえかや」と言った。「いや、今夜は寒いけん、まずストレートをダブルでもらうわ」とこたえた。彼はストレートを一気にあおった。タンブラーの水には手をつけなかった。ついでカジ君は彼のために「いつものもの」をつくった。オン・ザ・ロックである。彼はグラスを右手で二、三四回まわした。一口で二分の一ほどを飲んだ。飲みっぷりがよい。YはT都にいるRのことを思った。彼は同期生であるYにまだ気づいていない。カジ君は紹介しようかどうかと迷っているようである。Yは彼に身体を向けた。彼も身体をねじって、「おや?・」という表情を見せた。Yは「久しぶりだなあ、元気?・」と声をかけた。「ああ。あんた先生してるんだってな」と彼は言った。Yは一瞬狼狽した。

七

何時頃か一人の男が顔をのぞかせた。店を間違えたかのようにさっとドアを閉めた。二、三人の連れがいたらしい。外で話し声が聞こえた。結局、その夜の客はYと彼の同期生の二人だけだった。この時期は温暖な夜でも客はすくないという。忘年会を控えて財布の紐を締めるからだ。

どちらからともなく席を一つずつ移した。彼の名字は泉である。気まじめに見える外観によらず雄弁だった。初対面といっていいYを相手によくしゃべった。誰か話す相手を探していたのかもしれない。本人にそういう意識がなかったにしても。たぶん鬱積しているもののはけ口がほしかったのだ。Yはもっぱら聞き役だった。しかし、泉の考え方や感受性は彼にちかいものがあると感じていた(YはT・Sのことを思った)。Yの応答のなかに泉も同様のことを感じていたに違いない。それが彼を雄弁にさせたのだ。「ちかいうちにまた会おう」

と約束して二人は椅子をたった。深夜一時前だった。

二人は外に出た。自転車のハンドルを握った。彼らの目のまえを白いものが流れた。花びらのように。二人は空を見上げた。「あ、雪か」と同時に言った。初雪だった。

泉の家は駅のちかくにある。古い海産物問屋だが小売もしている。隣県のおおきな島への観光客が汽車のまち時間に立ちよるのだ。彼とYとは家が東西に真反対である。小中学校をとおしてクラスが同じになったこともない。泉は高校はD市の公立商業高校にかよった。Yはその夜まで彼とじかの接触はまったくなかった。

彼の名は美貌の兄妹の兄として有名だった。彼らは卓越した容貌のみならず学業の優秀さでも有名だった。たいして勉強しているようにみえないが成績がよい。

妹は二つ違いである。Yはもちろん中学時代の彼女を見知っている。世の中に本当にかわいい子がいるものだなあ、という程度の認識だった。彼は当時下級生の女子に関心が希薄だった。彼女はYと同じ地元の高校にはいった。彼が三年のとき彼女は一年生である。その美しさが皆んなの話題になる。彼女の名が「律」であることもまたたく間に皆んなの知るところとなる。Yはこの名前の響きが好きだった。無論、在学中に彼女を何回か見ている。なんときれいになったものだなあ、と感嘆することしきりである。形のよい高い鼻と青みをおびてすこしもの悲しさのある目。透きとおるような肌。病的な、と言ってもよい肌である。それらをかくしがたい知性が取りかこんでいる。なにかのおりに廊下ですれちがって、「はっ」

と息をのむ想いをすることがあったことは言うまでもない。がそれだけのことだ。彼はあいかわらず年下の女に興味がわかなかった。それに彼女の美的完璧性や育ちのよさがかえって彼の気持ちをひかなかった。だが彼女とたまたますれちがったり、遠くに見かけたりした後いつも胸騒ぎのようなものを感じた。

泉は「みなと」の一番の常連であるらしい。二週間に一回は顔を出すということだ。彼の一応の休日は木曜日である。だから水曜日の夜に出かけるという。たまたまYが水曜日に行く気になったので出会いがあった。

七

彼は勉強はまったく好きではなかったが成績はすこぶるよかった。負けず嫌いの気性が彼を優秀にしていた。中間期末試験前の集中力にはすさまじいものがあった。父は家業に大学の学歴は必要ではないと考えている。泉も大学なんか意識のなかになかった。父のすすめにすなおに従って隣市の県立商業高校にはいった。ところがつき合っていた普通科の二人の友が二人とも大学を目指すことになった。二年間は彼らもさほど進学のことは話題にしなかった。彼らも進路をきめかねていた。三年の新学期がはじまると決定的に進学にかたむいたらしい。必然的に進学の話がおおくなった。あまつさえ会いに行った彼が、「勉強中」を理由に追い返されたりすることがあった。彼らの「大学、大学」という言葉が刺激になった。彼の感情をそそるのだ。そこへ持ち前の負けん気が嚙んできた。「大学に行ったろ」という強烈な気持ちがふつふつと沸いてきた。その気持ちを父に伝えた。三年一学期の終了が間近という時期だった。「海産物問屋に大学など必要ない」という予想どおりのにべもない返答である。商売に「必要、不必要」ということのまえに彼はインテリに反感をもっていたのかもしれない。泉もこの点では父にくみする感情があったようだ。しかし進学したいという気持ちはたかまるばかりだった。泉と父の険悪になった感情のなかに母と妹が割り込んだ。彼女たちが泉の援護射撃をしてくれた。父もついに、「じゃ、いいわ。けど、家の商売は継いでもらうぞ」ということで納得した。先祖が築いた家業を自分の代でつぶしてしまうことが忍びないのである。よくある話だ。妹はさらに、「この店は私が継いでもいいから兄《あん》ちゃんの好きなようにしなさい」とさえも言った。

彼は半年ほどの勉強で国立大学にはいった。山脈を越えたおおきな都市にある大学である。大学にまで行って経済を学ぶということが実のところよくわからなかった。海産物問屋の経営に経済学などまったく必要のないことも自明の理である。が専攻は経済にした。父を説得しやすかったし他にこれというものがなかったからだ。インテリという群像にはうさん臭さを感じていた。しかし活字にたいする拒絶反応はなかったし文学に関心がなかったわけでもない。文学にはまあまあの興味がある。それは妹にたいする愛情からきているらしい。妹は小説好きなのだ。が、文学を勉強するなどということはさらに判りにくかった。

地方といえども時代は騒然としていた。彼もごたぶんにもれず学生運動に巻き込まれた。思想性は希薄である。不正なことに黙っておれない性格と負けん気の強さによるものだろう。それが青春のエネルギーのはけ口であったことも事実である。機動隊の学生にたいする対応は格段に厳しいものになっていた。怪我する覚悟はつねに必要だった。にもかかわらずデモに参加することには肉踊り血湧くところがあった。勤め人なら首になる行為が学生には許される。相当に激しい行動ができた。ほとんどが高卒できつい規制のなかで生きている機動隊員の反発をかうところである。だが彼らも本心では「ああゆうふうにやってみたいなあ、一度でいいから」と考えていたに違いない。一般市民の反応は「学生の立場だからできるのだ。彼らは自分の立場にあまえている」とひややかな反応と、日ごろの憤懣の発散を学生が代行してくれている、と拍手を送る者たちとの二つに分かれていた。彼はT都におけるFのようにみるみる頭角を現した。Fとは別のセクトである。Fたちのセクトは考え方に抽象的なところがあって地方に浸透していなかった。泉がかかわっていたのは行動の過激さで名を売っていたセクトである。思想の前に行動があるセクトである。走りながら考えるというスペイン人的な一派だ。彼にはFのような強烈な思想性はなかった。さきに述べたとおりである。

七

三年の秋に全国的に大規模な闘争があった。「国際反戦デー」とからめた首相の同盟国への訪問阻止闘争だった。T都でもこのとき学生側から重傷者をふくめておおくの怪我人と逮捕者がでた。泉のいる都市でも機動隊との激しい衝突があった。彼は先頭で果敢に機動隊と対決した。逮捕されて十二日間の拘置所暮らしを余儀なくされた。その間黙秘をとおした。が同時に、彼は学生運動に向いていないという結論にたっした。もうすこしこの閉ざされた空間での生活がつづけば発狂するかもしれない、と思った。場合によっては何年間も牢獄生活を送らねばならぬ革命家(もしなったとすれば)には生まれついていないと思った。解放されてから退学までの決意と行動は迅速だった。十二月には帰郷して年末のいそがしい家業を手伝っていた。父は彼の退学ついておおくを問わなかった。母も妹もふかくたちいってたずねなかった。泉はこの間の事情について母と妹にいつか話すことがあるだろうか、と思った。

Ｙは自分をごまかして先生になってしまった。どう理屈をつけてもこの感情を克服することができなかった。実はごまかしているということがどういうことなのか判らないところがあった。確実なことは彼がひくく評価している職業についてしまったことは自分をごまかしていることだと思った。自分が侮蔑している人間たちの仲間入りしていることは自分をごまかしているのだ、ということだった。彼が出た大学の教授どもの程度のわるさには唖然とするものがあった。世に出て自分の真価を問う自信はないが世間的には多少は尊敬されたいという根性の人間が大学にのこるのだ。そのうえ「教授、教授」と言われているうちにひとかどの人間になったかのような錯覚におちいる。結果として鼻持ちならぬ人間集団を形成している。高校教師とはそういう人間たちをさらにレベルをさげて地方に大規模に拡散した集団というにすぎない。とりわけ、二十二、三で安全地帯をあゆもうとする人間にたいするＹの軽蔑感は彼自身にも処理しきれぬところがあった。世の中すべてがこういう小人ばかりだったら彼の嫌悪感もこれほどのものではなかっただろう。ところが高校時代から人類の理想のために身命を投げうって活動している若者たちもいるのだ。彼らは人間のダイヤモンドだと思っていた。

Ｙはもちろん教育を否定しているのではない。しかし高等学校が受け取る少年少女たちは人格としてはすでにほぼ出来上がった人間たちである。高校に人格の涵養など求めるのは人間知らずでかつ無責任な親たちのたわごとである。普通科高校の役目は知識の切り売りにすぎない。予備校と同等の役目をしているにすぎないという形勢になりつつあった。教育というものの真の意味で、他者が一人の人間の人格形成にかかわれる度合いは年齢がさがるほどたかい、接する対象の年齢がひくいほど先生という職業に価値がでてくるのではないか、と彼は考えはじめていた。幼稚園の先生が社会的にはもっとも重要であり、たずさわる者のがわからすれば一番意味があるのではないか、と考えはじめていた。以上の結論とは関係はないが、彼は高校教師という職業は女性にゆずるべきだと考えている。これは高校教師の仕事は知識の切り売りだから女でいいということで無論ない（高校以下は男の先生も必要だと思う。家庭は基本的に男女の親で構成されているからだ）。女性蔑視の社会で彼女らの職業選択の幅はせまい。それに彼女たちは肉体労働に適していない。たいして肉体の強靭さを要求されないこの職業こそ女性にゆだねるべきだ、とも考えるようになった。野球の監督など部活の部門で女性に不向きなものがないわけではない。もともと現職の教員が監督やコーチをするということこそおかしな話である。そんなことをしていたのでは先生としての本業がおろそかになることは当然のことだ。そういう特殊な専門家は外部から招くべきであると彼は以前から考えていた。

七

Yは J 高で講師として働きはじめてから二か月をへずしてやめる決心をした。はじめる前からやめることはきまっていた。それでもなお一応つとめてみる、というのが彼の優柔不断な性格がもたらす結果である。彼の一番の怒りは、自分自身に向けられていた。自分の胸奥の声にいざというときに従うことができない自分を責めていた。なんの才能もない普通人の彼が、自身の真の気持ちに忠実に生きることがなかったらただの人間の屑になってしまうのではないか、という猛烈な反省があった。これが自分をごまかしているということの実態かもしれない。知的世界にたいするこだわりはなかなか払拭しにくいものがあった。が、自分をごまかしているという強烈な想いにはなおさら打ち勝てぬものがあった。やめると決めると、つぎに大工になるという決意にはなんの逡巡もなかった。彼は物を造ること、高尚に言えば創造することを尊敬していた。それに男の世界へのあこがれ。この職人世界を祖母がたかく評価していた。この世界に彼がついていけるかどうかは勿論不明である。しかし、「とにかくやってみるしかない」という心境になっていた。知的分野への欲求もその気になれば多少はみたせるのではないか。要は自分の意志次第だとも結論していた。こうきめると即刻やめたかったが父の顔を丸つぶしすることはできなかった。とりわけ採用してくれた学校に迷惑をかけたくなかった。そこで来年の新学期をまえに退職する心づもりでいた。

父母にどう切り出すかが問題である。がそれほど心配はしていなかった。母は「そうかい」と言ってすこし悲しい顔をするだろう。父はYの先生としての就職に彼がもてるコネを最大限に利用した。そうすることが彼の義務だと考えたからだ。そのことを恩に着せて息子に云々する人間ではない。市役所でも仲間や出入りする業者のためになることは彼のできるかぎりのことをした。それが仕事だと心得ているからだ。盆暮れのささやかな贈答品はすなおに受け取った。そんなことでごたごたするのはあほらしいと考えていた。しかし、自分からなんらかの見返りを要求するなどということは絶対になかった。公務員たる者、当然と言えば当然である。あまりの公平無私さと無欲さに薄気味悪がられている節さえあった。彼はそんなことには「我関せず焉《えん》」である。一方、Yの公務員嫌いはたぶん父を見てきたことにも一因があるかもしれない。要するに覇気がない。今日もあれば明日もある、という生き方の典型である。話柄はそれるが通常の家庭におけるような父と子の愛情交換はY父子の間ではほとんどなかった。だからといって冷たい関係ではなかったということにYは今になって気づいた。父は家のなかでいるのかいないのかわからないような存在だった。そのことが婿養子としての彼の立場を楽にしていた。彼には「婿養子だから」という特別な意識はない。巧まずしてそうなのである。そんな彼の態度でかえって楽だったのは祖母や母の方である。亭主関白の時代にあって亭主を関白にしておく必要がない。Yは大学在学中に一回だけ帰省した。祖母の初盆のときである。そのとき自分の両親がなかなかいい雰囲気で生きている、と感じた。それ以降、そのようなことは彼の意識のなかにはほとんどなかった。が、故郷に定着して父と過ごしているうちに父にたいする尊敬感が次第に芽生えてきた。この尊敬感を母も持っていたのだ。尊敬感は愛の強固な基盤のひとつではないかと彼は考える。

　Yの父には野心というものがない。人を押しのけてはやく「長」の付く役職にたっしたい、などという意識は金輪際ない。そういうところが物足りないと思われるところだ。彼が最高部所たる課長になったのは自然の成り行きだった。きちんと仕事をこなしていたらなるべきものになったというにすぎない。若いときに人生を見切ってしまったのだろうか。彼のおおきな取り柄の一つが人の噂話にいっさい耳をかさないということだろう。ましていわんや、他人の尻の穴をなめてまわるような卑劣な行為は彼の思いもおよばぬところである。上司やまわりにそういう行為をする人間がおおいので、彼のこの性格は部下にことに人気があった。そういう低劣な行為の好きな人間は非常におおい。彼らからはかえって憎まれた。双方の反応にたいして超然としている。なにかを語らせれば語るべきものをなにも持っていなかったに違いない。しかし、聴衆のまえで滔々《とうとう》と人生論を展開する宗教家や教育評論家などより人生の達人だ、とYは考えるようになった。生まれながらの人生の達人だったのだろうか。

泉と初めて「みなと」で会った夜から一週間後にYはふたたび彼と会った。木曜日の午後である。木曜日は本来、泉の定休日だが店が年末の一番いそがしい時期である。彼は休日返上で働いていた。彼の昼休みを利用して店のそばの喫茶店で会った。一時間少々そこにいて内容のない話をしてわかれた。おたがいの趣味のことなど当たりさわりのない話題だった。彼の趣味は映画を観ることだという。彼は高校のときから父母や学校の目を盗んで映画を観てきたそうだ。Yより年期がはいっている。故郷に帰ってからもYには映画を観たいというつよい欲求があったがそれを果たさずにいた。くだらぬ映画しか上映していないからだ。ところが泉によると隣県の県庁所在地にかっこうの映画館があるという。ある百貨店の最上階でもある五階にあって、その名もずばり「名画劇場」と言うそうである。洋画専門の名画座である。彼は向こう一か月間の上映映画のタイトルをまえもって電話で調べている。Yは正月興行のタイトルを聞いてぜひ観たいと思った。年が明けた五日にいっしょにそれを観に行くことを約してその日はわかれた。

泉の家には大型のライトバンが一台あった。それは商用のものなので私用には使わないという。正月五日の午前十時前に「ポチの家」で彼らは落ちあった。泉は店の名は知っていたが来たのは初めてだという。律が贔屓の店なのだ。そこですこし時間を調整して渡船場に向かった。渡船場は東西二か所にあった。西の渡船場は東よりはるかに規模がおおきく駅にちかかった。「みなと」や「ポチの家」からは非常にちかい。そこから小型のフェリーが出る。甲板に二、三台の乗用車を乗せることができた。フェリーは対岸のバスの運行時間に合わせて離岸する。

七

彼らは海峡をわたった。海峡にそってながい半島が身を臥《ふ》せている。半島は国立公園の一部である。半島の裾をバスが走る。曲がりくねったせまい道を走るのだ。県庁所在までの所要時間は約一時間。鉄道でD市経由で行くより格段にはやい。

この半島をバスで走るのはYにとって初めての経験である。が、海峡を越えてこの半島にわたったことは少年時代の彼に数限りない。半島のことを彼の地元では「むこーやま」とよんでいた。少年のときに「向山」にわたるのは東の渡し場からで、渡し船は手漕ぎの木造船だった。友達との栗ひろい。いつもほとんど成果のなかった祖母や母との茸狩り。半島にそっての魚釣り。半島の山を越えた海での海水浴。その場所での近所の友達や部活の仲間とのキャンプ。キャンプの帰りにいただいた、とある民家の井戸水のおいしかったこと。

県庁の所在地の反対方向に一つの町がある。半島のはずれである。そこは民謡で名高い観光の地でもある。わたった地点から約十キロの土地である。その町の入口におおきな岩があった。ライオン・ヘッドという名の岩である。その岩まで中学のとき五回は行っている。二、三の友と磯釣りして歩いているとその岩に到達した。しかし県庁所在地の方向にはあまり足をのばしていない。Yは半島ぞいにバスが走っているというあまりにも当然な事実さえ知らなかったような気がした。

正月三が日は晴朗でおだやかな絶好の正月日和だった。五日はきりりと晴れて異常に温度がひくかった。道々、天にみなぎる光が凝固しているように見えた。光の底に海がある。海が視界にはいる風景はいつもYにこころよい。まして彼が初めてとおる道である。しかも高校生になってから半島にわたったことがほとんどない。当然景色は新鮮である。が、見えた光景は心をすっとおり過ぎた。泉との会話に意識が集中していたからだ。泉もYも饒舌ではない。しかし何事にたいしても自分なりの意見を両人とも持っている。会話はたるむことがない。話題は話題をうむという状態であっという間に目的地についた。

「名画劇場」は予想通りのせまい空間だった。観客は予想に反してすくなかった。観たかったものはイタリア映画だ。二本立てである。一本はそえものというところ。映画館を出て二人は近辺をすこしぶらついた。それにしても寒い。とりあえず目にとまった喫茶店にはいった。Yはコーヒーとトーストを注文した。泉も同じものを注文した。それから今観おえたばかりの映画について必然的に会話が向かった。
Yはながいあいだ「白皙《はくせき》の哲人」という言葉が頭から離れなかったことがあった。彼のあこがれの人間の一タイプであったからに違いない。それは中学二年のとき音楽室でおぼえた言葉である。若い男の音楽教師が、黒板の上方に額に入れて飾られているドイツの作曲家の風貌にたいして使った言葉である。「白皙」という聞いたこともないむずかしい字は黒板に示された。今、泉と対座していてその言葉が脳裏にあざやかによみがえった。まさにこういう相貌を「白皙の哲人」というのではないか、と思った。しかも彼は美しい。Yはこれまでの生涯にこれほど美顔の男を見たことがない。それだけで圧倒されてしまうという気がした。しかし彼には美男子意識はまったくなさそうだ。ましてにやけたところなど微塵もない。感受性の鋭さと内面の深さが彼の美貌をさらにきわだたせている。彼は自覚していないかもしれないが、彼の存在そのものが周囲を圧倒するものがあった。Yは「美」がもつ力をあらためて肝に銘じた。

七

Yは自分の行動について他人に助言を求めるタイプではない。しかし泉には先生という職業をやめることは一言《ひとこと》伝えておく必要があると思っていた。それを伝えると、「それはええなあ」と彼はすかさず反応した。Yはこの言葉を予期していたという気がした。「で、やめてなんするの?・」と問い返してきた。「大工なるつもりだ」とYは答えた。「それもええなあ」と彼は言った。つづいて「なんだったらつく先を紹介してもえーよ」と言った。Yは果敢な行動力をかいている、そのうえどうも根はのんきな楽天家であるらしい。そんことをきめるのは随分さきのことだ、くらいにしか考えていなかった。彼が返答に窮していると、「ただし、相当にむずかしい人間らしいよ」と言った。同じ町内で泉と小中学校の先輩後輩になるという。父親同士も知りあいである。がとくに親しいつき合いではないという。でもその大工の噂はしばしば父の口から耳にするということである。

その大工は親方とか棟梁とよぶにはわかすぎる気がする。とりあえずハラさんということにしておく、と前置きして一風かわった大工さんのことを話した。

彼は地元の水産高校の漁労科にはいった。漁師になるつもりだったのだろうか。が一学期をへずしてやめてしまった。英語の先生と衝突して大啖呵を切って教室を飛び出したのだ。「なんて言ったの?」とY。「あんたはなんか小説でも書きそうな気がするなあ」と泉。「それとこれとどういう関係がある?」とY。「もし彼の発言を公表すれば血の気のおおい先生にあんたが殺されるかもしれん。或いは教職員組合とかなんとかから告訴されるかもしれんしな」と彼。「まあ、はっきり言ってジャーナリズムをにぎわす有名な賞の作品くらい書けないこともないと思うよ。しかし今まで作家になるなんてことは考えたこともない。もしその気になったとしてもそれはたぶん六十にちかくなってからだね。いつ死んでもええ年だね。もっとも死ぬことと書くこととは関係ないと思うけどね」とYはしまらない。泉はしばし無言。「それにね、高校教師たちの反発をかうことはもう書いてるよ」とY。泉「え!それはどういうこと?」と怪訝《けげん》顔である。「ちょっと説明しにくいがそれが小説というものの不思議さだね」とY。泉は「そおーか」と言ったが訝《いぶか》りの表情は無論とけない。「つまり……、お前らみたいな三流人間に教えてもらわんでえーわ。自分で勉強してお前なんか足元に平伏させてやる、と言ったということだ」と件《くだん》の大工の啖呵の内容を披露した。すでに開陳しているYの高校教師感より過激である。根拠ある理屈に激情が上乗せされているだけにすさまじい。

七

彼は退学するとすぐに大工の修業にはいった。家庭内に大工職を重んじる気風があったらしい。煙草はやらない。酒はつき合いでなら飲む。家で飲むことはまずない。頻繁ではないが飲みには出る。近所の小料理屋に、である。そこにお気に入りの女性がいるらしい。陽気な酒でけっこうにぎやかだという。ごちゃごちゃした趣味はいっさいない。唯一の趣味が英語の勉強である。彼のえらいところは自分の啖呵を実践したことだ。大工の仕事は八時間でおわることはまずない。どんなに遅く帰宅しても一時間の英語の勉強はかかしたことがない。今では英文を読む力は相当なものだという。まわりの者は彼を「イジン」とよんでいる。「偉人」と「異人」とひっかけたネーミングであるらしい。

自分の言葉に責任をもつ人はきわめてまれである。ときには大言壮語するがそのことに裏付けがある。言ったことはかならず実行する。さいわい「総理大臣なんか俺でもなったるわ」と言ったことはない。それは「ちょっと無理かな」と思っているからではない。この世でもっとも軽蔑している人間の部類に属しているからだ。知事だとか大臣だとかいう出世主義者どもを本能的に軽蔑している。世間がこんな連中をありがたがる理由がまったくわからない。こんな下司どもをありがたがってるから世の中は一向よくならないのだ、と息巻いている。一聴、過激に聞こえるがまことにもっともな意見である。泉が「なあ、そうだろう」と言うのでYはふかくうなずいた。一介の大工から予測もできない発言を公然と許しているのは彼が一城の主であることと職人としての腕である。腕は抜群で一流中の一流だという。自分の言葉に忠実なごとく仕事にも忠実である。くわえて、「儲けよう」という意識が希薄である。「ぜひ、あんたにうちの家を建ててもらいたい」という人々の熱烈な要望をことわるのが頭痛の種だそうだ。独り立ちして約五年。現在丁度三十歳。両親は結婚させたがっている。本人にはその気がない。親は一生独身でとおすのではないかと心配しはじめている。

つい最近、絵描きが聞いたら鳥肌が立つだろう問題発言をした。身内の者に二、三人の知人をまじえて自宅での忘年会の席のことである。文化勲章受賞者のことがどんなはずみか話題になった。体制側の政治家や官僚は舌先三寸で世間をまるめこんで生きている最低野郎どもと思っているから十把一絡げに「あいつら」だ。彼に、体制非体制反体制などという概念はない。とにかく世のお偉方が嫌いなのだ。徹底した生まれつきの反権威主義者である。絵描きは自分と同じで腕に技術をもっていると考えている。従って「その人が」という言葉をつかって、「『その人』が絵がうまいのと俺が大工がうまいのとどこが違うんだ」と言ったということだ。「あんたはどう思う?」と泉がたずねた。Yの返答は「納得できるところがあるなあ」とやや消極的である。全国の高校教師を敵にまわして、さらに絵描きまで敵にまわすのは、あまりにも無謀だという判断が瞬時にひらめいたのかもしれない。「彼の意見はもっともだと思うよ」と泉は言った。「問題になっているのは芸術性ということだろう。俺は日本の伝統的家屋に非常に芸術性を感じるなあ。黒瓦の広壮な家を前にして立っていると自ずから襟を正したくなる芸術性と、なによりも威厳と厳粛さを感じるね。あんたそんな経験ないか」とたたみかけてくる。「俺はかねがね世界で一番美しい男は、或いは男の姿は、と言うべきかもしれんが、和服で床の間を背にして端座している男だと思うね。もちろん日本人にかぎることはないがね。それはつまるところ和風家屋は内部もきわめて芸術的に美しいということの所産なんだよ」。Yはそんなこと考えたことがなかった。言われてみればそのとおりである。彼の見解にまったく同意した。「みなと」で初めて言葉をかわしたときから彼はYをかなり越えた地点にいると判断していた。「しかも、もともと絵画や彫刻は建造物内部の装飾品だったんだろう。いつの間にか主客が転倒してしまったということだ」。「それに、もうすこし現実的なことをつけくわえれば扱っている物の価格が圧倒的に違うね。失敗した絵を破り捨てることは簡単なことかもしれんが家の建築に失敗は絶対に許されない。一庶民の一生の夢と全財産がかかっているからだ。俺は画家より大工がえらい、というような比較論をやっているのじゃないよ」。「それはわかるよ」とYは相槌をうった。この話題はそれ以上進展しなかった。

七

時代は大工をふくめて職人が払底していた。職人を一段ひくく見る社会状況があった。大工のなり手がない。それは今日でも基本的にかわっていないかもしれない。Yもそんな社会の風潮に引きずられて大工になることを躊躇した面がたぶんにある。現時点でハラさんは職人をやっと一人確保していた。仕事はやまほどあるのだが職人が集まらない。彼は「むずかしいぞ」という評判が業界で確立している。ますます人を集めにくい。本人はなぜ他人が「あいつはむずかしいぞ」と言うのか全然理解できない。当然のことを言い、当然のことをしているという意識しかない。腕はよいが自分が特別だという認識はほとんどない。皆んなやる気があれば同じことができると考えている。問題は気持ちのもちようだと彼は主張したい。彼のように意志強固でない若者にこれはつらい。小言らしいことはなにも言わぬが正しいことははっきりと言う。まじめな者ほど彼の存在そのものに重圧を受ける。一時なんとか自分もふくめて四人のこともあったらしい。人の出入りがあって今は二人である。

唯一の従業員は高校中退者である。いろいろな職種を転々としていたがある人の口利きでハラさんのところで働きはじめた。紹介者をはじめ彼を知っている者たち皆んなが「半年ももたんぜ」と言っていた。にもかかわらずもう三年ちかくにもなるという。神経のずぶといところのある若者らしい。年齢は二十三歳だという。

「まあこんなところだが、なんだったら紹介してもえーよ」と泉は言った。Yは「これだ」と心中にさけんだ。が、「考えさせてもらうよ」とこたえた。

彼らが帰宅したのは夜七時を過ぎていた。厳しかった日中の寒気は相当程度にゆるんでいた。その夜Yは床のなかで考えた。高校時代の友F、大学の同級生R、バー「ステラ」のママ、恋人同士のような交際をしたT・S、すべて優れた人間だった、人間として一流だった、と。ここにきて泉とつき合いがはじまった。ハラさんとの関係がはじまることは彼にとって既定の事実である。なんのとりえもない彼がこのような人々に出会えたことに身が引き締まる想いがした。彼ら、彼女らに共通していることは心のいさぎよさである。たとえて言えば、作家になることはできないかもしれないが、だからといって腐っても批評家を目指さない人間の精神である。

八

二月の初めのある夜、夕食のテーブルにつくとすぐにYは学校をやめることを口に出した。なかなか口にできない言葉だった。父は晩酌をまえにして座っていた。すでにちびりちびりやっていた。母も席についてYが来るのをまっていた。父はYの言葉に反応を示さなかった。空いた盃に酒をゆっくり満たした。それに口をつけたがすぐにしたたに置いた。母もなにも言わない。「久しぶりにお前も飲むか」と父は言った。同時に母が椅子をたった。「すこし熱めの燗にしてな」と父は母の背中につげた。「で、なにをするつもりだ」と彼はたずねた。「大工になるつもりだけど」とYはこたえた。父は「うーん」と言ったきり。盃を指ではさんでなかを見詰めている。彼は毎晩一、二合の酒をたしなむ。ぬる燗である。母は二つの盃をテーブルにおいた。燗ができた徳利を父のまえにおいた。父は「さあ」と徳利を手にとった。Yは盃をさし出した。母も盃をとって父の方に向けた。父は「お前もや?・」と言った。わずかに彼の顔がほころんだ。「つく先の心当たりはあるのか」と父はたずねた。「ああ、ある」とYはこたえた。

泉の父親をとおしてハラさんに話をつけてもらった。むろん事情を知った父も間にはいった。面接のようなものは必要ないという。ただ、勤めるようになるまえに一度作業場に来てくれ、ということだった。学校の卒業式の一週間まえの夜に彼の自宅に電話した。Y自身が電話した。「できれば午前中に来てもらいたい」という以外になんの注文もなかった。簡潔な応答だった。

ハラさんの作業場は街の西部にある。泉の家もYの家から真反対の西にある。ハラさんの作業場はさらに西方にあった。かなり南よりでもある。Yのところからみると西南西という位置である。泉の家のすぐ西側をとおる線路をこえて相当の距離を行かねばならない。まわりはほとんど畑だ。娘二人をたてつづけに嫁がせねばならぬ農家が売りに出した土地だった。ハラさんが知人の紹介で買ったのだ。つい最近ようやく作業場が完成した。まだ電話は引いていない。Yはその場所に出かけた。高校の卒業式の五日前の午前である。

ほそい道に接して土地がある。三百余坪あるという。道に接するがわがせまい。東西にながい土地だ。それに応じて作業場も東西に細長い。Yが想像していたのよりはおおきな建物だった。せまい道に面したがわはほとんどシャッターで占められた開口部である。シャッターは降ろされていた。道から見て左側、つまり南側の中央にもひろい開口部があった。Yはそこからなかにはいった。建物の北東の隅に焼却機が備えつけてあった。そこで木屑が燃えている。建物の内部は意外に暖かかった。左右にわかれた形で二人の大工が働いていた。左手にいるのがハラさんである。Yは彼に向かって「こんにちは」と言った。ハラさんは作業の手をとめてこちらを見た。彼はちょっと苦笑したように思えた。もう一人の大工も手を休めてYにちらっと視線を走らせたがすぐに作業にもどった。ハラさんは手にしていた鉋《かんな》を材のうえに置いて、すたすたとYに近づいて来た。彼はYの顔を真正面から見た。一瞬、間をおいて、「ご苦労さん」と言った。ハラさんの第一印象は「やさしい人」というものだった。泉の話から厳しい感じの人物を想像していたのだ。

八

身体は中背である。痩せぎすで肉体に無駄がない。丸っこい顔に丸っこい頭。ひろい額にも丸みがある。生え際には若禿げの兆候がうかがわれる。目もくりくりと丸い。澄んだ瞳にはなみなみならぬ輝きがある。この瞳の輝きに意味がありそうだ。Yは角張ってとがった容貌を想像していた。この顔の丸っこさがやさしいという印象をあたえる一つの要因かもしれない。表情もにこやかである。Yは泉の、「本人は自分がむずかしいという意識はまったくないらしい」という言葉を考えた。しかしなにか違う、という印象がどうしてものこる。それは気概と言えるものかもしれない。「俺はハラタスクだ」という人間としての気概である。それが初対面で誰にでも感じられる。彼の丸っこくにこやかな外面の芯として人の心にのこる。

彼は、「とくに話すこともないし忙しいので立ったままでごめんな」と言った。ついで、「ええ身体しとるなあ。大工にはもったいないくらいだ。大学出らしいがなんかスポーツでもやっとったの」となかなか愛想がよい。Yは「いや、べつに」とありのままをこたえた。ハラさんは「ほんと」と言った。「もったいないな」とでも言いたかったようである。「忘れんうちに言っとくけど、お父さんがわざわざ来られて『よろしく』ということだった。お母さんからも家に電話があった」と言った。「そうですか、よろしくお願いします」とYは頭をさげて母が用意してくれたカステラの折りをわたした。「卒業式がすみ次第出て来るということらしいな」と彼は確認した。「それでよろしいでしょうか」とY。「ええよ」とハラさん。Yは「なにを用意すればいいのでしょうか」とたずねた。「あんた用の道具はこっちで揃えておく。ただし代金は給料からすこしずつ引かせてもらうよ。用意してもらうものは作業着と地下足袋くらいかな」とこたえた。「仕事自体はそんなにむずかしいものではない。だんだん機械化もすすんどるしな。ただ労働時間が一般よりはながいことは我慢してもらわにゃならんな」とやや本題にはいってきた。「それに女気がないな」とつけくわえて破顔した。Yはもう一人の大工に目をやった。彼はわずかにうなずいたように見えた。仕事をしながらハラさんとYのやり取りは聞いていたらしい。Yもこの重大問題は考えつくしてきた、と言ってよい。考えつくした割りには平凡な結論にたっしていた。「まあ、しかたない」ということである。蛇足的につけくわえれば「当面、女がすべてではないし、まあなんとかなるだろう」ということのようである

「仕事は八時半開始なんで、まあ八時二十分くらいに来てもらえばええ。なるべく六時におわるようにしとるがそれを過ぎることがほとんどだ。日曜日は原則として休み。祭日は余程の

ことがないかぎり出てもらう」と歯切れがよい。「給料は普通の月給取りよりえ。労働時間のながさを差し引いてもえはずだ。無論最初から一人前の大工とおんなじ給料はださんよ」と話をしめくくって、「なんか聞きたいことある?」と言った。「別にありません」とYはこたえた。「たぶん地下足袋を履いてとおいところから自転車で来るのは最初ちょっとつらいと思う。慣れるまで作業着の着替えはここでしてもらってえ」と言った。作業場の北西の隅にスチール製の椅子と机が一組おかれていた。その横に囲いがしてある空間があってちいさなドアが見える。弁当を食べたり一服したりする畳部屋らしい。そこで着替えるということだろうとYは理解した。「じゃ、今日はこれでえわ。お父さんお母さんによろしくな」と彼は言った。Yは「はい。よろしくお願いします」とふかぶかと頭をさげた。「こちらこそよろしく。期待しとるからな」とハラさんは言った。

八

Yはいい気分で自転車を飛ばした。すべてのもやもやがわずか数分のことで解消したことが信じられない。事実彼は新しい世界にはいるのだ。その現実よりなにか根本的なものがかわった、という気がしてならなかった。それはゆっくりコーヒーでも飲みながら考えてみようと思った。彼は全力でペダルをふんだ。空気の冷たさがまったく気にならなかった。

「ポチの家」にはいった。午前十時まえだった。モーニング・サービスをとっている客が二組いた。彼らの死角になる場所に座ろうとしたがそれは無理だった。若いママがいつもより美人に見えた。さらに美人に見えたと言ったほうが正確だろう。(彼は彼女の名前をいまだにきちんと知らない)。とにかくコーヒーを一口、二口飲んでから考えみようという魂胆である。オーダーしたコーヒーが運ばれてきた。彼は微量の砂糖をいれてカップに口をつけた。なにが根本的にかわったのだろうか。たかが職業をかえることでなにかが根本的にかわるということがあり得るだろうか。Yの思考は停滞して前進しない。頭は相当に酷使した。そこで、めずらしいことにコーヒーの追加注文をした。気分のよさも手伝ったのだ。結局最高に気分がよい原因は、自我を意識するようになってからのYのみじかい人生で、自分の気持ちに本当に忠実に初めて意をけっして生きようとしているからではないか、という結論にたどりついた。あっけない結論である。

学校の卒業式は三月初旬の水曜日にあった。Yはその翌日の木曜日から大工として働きはじめた。彼にとって記念すべき日である。二十四歳の再出発だ。大工になる年齢としては遅いほうだろう。しかしまだ青春の真っ只中である。

最初の日に、Yは言われたとおりに八時二十分程に作業場についた。ハラさんは焼却機に背を向けて両手をうしろにまわして立っていた。Yの顔を見ると「おはよう」と声をかけた。Yも「おはようございます」と言って頭をさげた。ハラさんはYの方に歩いて来て、「こっちに来て」と言った。彼は北西隅の囲いに向かった。Yもそのあとについた。案の定そこは四畳半の畳部屋だった。「ここに弁当をおいといてよ。着替えもここでしてもらう」とハラさんは言った。そのときもう一人の大工がはいって来て、「おはようございます」と言った。ハラさんが「そういえば彼を紹介してなかったなあ」と言った。「家《うち》のマルヤマ君、俺はマル、マルといっとるのであんたもマルさんと呼べばえーじゃないの」。「なあ、マル?・」と顔をマルさんに向けて言った。彼はうなずいて「よろしく」とYに言った。「よろしくお願いします」とYも言ってかるく頭をさげた。

八

壁に空のハンガーが二本かかっていた。Yは手早く着替えて作業場に出た。まっていたハラさんが彼に三本の鑿《のみ》と一丁の鉋をわたして、「今日はまずこれを研いでもらう」と言った。「工場のうしろに研ぎ場がある。しかし今日は寒いけんなかで研いでもらう。水だけくんで来てちょうだい。バケツはそこにあるから」と彼は言った。Yは工場の裏にまわった。そこは草が枯れそぼっている空き地である。相当の家を一軒建てるのに十分な空間だ。彼はそれ専用らしい小型のバケツに八分目ほどの水をみたして工場にもどった。東側、シャッターがおりたところのちかくに三台の砥石が無造作におかれていた。それはシャッターを背にして研ぐようにおかれていた。彼は説明をまつまでもなくその三種の砥石がどういうものかわかった。Yの家には大工道具一式がそろっていた。大工を生業としない家にしては不似合いなほどの高品質なものがそろっていた。祖父が庭いじりや大工仕事が好きだったからだ。父は横着というのではない。が彼の義父が関心があったものにいっさい関心がなかった。母にたのまれてYはけっこう大工仕事をしていた。自分が意識しているのよりはるかに少年のときから大工仕事になれ親しんできた。大工仕事は嫌いではなかった。鑿も研いでいる。鉋の刃も立てている。研いだ刃を台に入れてからの調整の繊細な手つきなど見事なものである。「肥後の守《かみ》」にいたっては絶えず研いでいた。研ぎ、というものが意外にむずかしいということも知っていた。力を入れて回数をかさねればいいというものではない。近所の友達と砥石を交替でつかいながら研ぎくらべをしたことが何回かある。友達の研いだ「肥後の守」の方が刃の立ちがつねに鋭い。なにかこつがあるなあ、と思っていたものだ。

　慣れてはいるがあまり自信のないことからはじめなければならない。ちょっとひるんだ。まず一番ちいさい八分鑿から研ぎはじめた。面白い仕事ではないが研ぎだすと熱中してくる。十時の休憩までに三本の鑿を一応研いだ。研いだ刃を親指の爪にあてたり木屑にあててみたりした。なんかしっくりしない。つまりよく研げていない。少年の日の経験が強烈に思い出されてあせり気味である。「休憩にしよう」というハラさんの声が聞こえた。十時過ぎだった。

　マルさんが焼却機のうえのおおきなやかんを取った。彼が最初に畳部屋にはいった。そこには小振りの円筒形の石油ストーブがある。マルさんはやかんをそのうえにおいて火をつけた。中央には小型の座卓もあった。隅にはちいさな食器戸棚もあった。そのうえにはトランジスター・ラジオがおいてある。テレビはなかった。マルさんがインスタント・コーヒーの瓶をテーブルにおいた。Yはもって来たビスケットの缶をさし出して、「もらい物でわるいですが」と言った。ハラさんは「ありがと。マルよばれよう」と言って缶をマルさんにわたした。「明日からは自分用のコーヒー茶碗と湯飲み茶碗をもって来たほうがえな」とハラさんが言った。それぞれが好みの量のコーヒーの粉末をカップにいれた。ハラさんは大目の砂糖をいれた。Yは極少量の砂糖をいれた。「あんたコーヒーの通じゃないの?」とハラさんがひやかした。ハラさんがコーヒーに口をつけてからYはコーヒー・カップをとった。

昼までかかっても三本の鑿の研ぎは完成しなかった。自分で納得できない。昼休みにマルさんがお茶の用意をした。日本茶である。ハラさんは「明日からはお茶の用意はあんたにしてもらうからな」とYに言った。Yは昼休みにいろいろと聞かれるのではないかと構えていた。なにも聞かれなかった。自分が半日した研ぎのことについてもなんの言及もなかった。「せまいところだけど楽にしてな」と彼は言って横になった。マルさんは部屋を出た。彼は焼却機のまえに腰をおろして暖をとっている。Yは壁に背をもたせてラジオを聴いた。聴きながら午前のことを反芻していた。

八

午後も研ぎをした。三本の鑿はまがりなりにも研ぎおえた。鉋の刃にかかった。彼は素人だが鉋の研ぎのほうが大事でありむずかしいということは知っていた。三時の休憩にもハラさんはなにも言わなかった。Yは「一日中こんなことをしていていいのでしょうか」と問うた。「ええよ。大事なことなんで。いろんな意味でな」とハラさんはこたえた。ハラさんの言葉がすくない分、「ばっちり」観察されているな、という意識は強烈だった。休憩のあとも鉋の刃を研いだ。納得がいく刃にならない。なんど研いても得心がいかない。しかしもうあせりはなかった。言葉にうまくまとまらない。が何かを学びつつあるという実感が芽生えていた。そのことを手をとめてじっくり考えてみたいと思った。それはできなかった。研ぎつづけるよりなかった。研ぎながら考えていた。五時四十分ころに、「マル、今日ははやめに切りあげようか」とハラさんが言った。マルさんはうなずいたかもしれない。言葉はださなかった。三時の休憩から終業まではあっという間だった。着替えをすませてYは「お先に失礼していいでしょうか」とたずねた。「勿論。ご苦労さんだったな。明日もよろしく」とハラさんは言った。Yはマルさんにも「おさきに失礼します」と頭をさげた。

自転車を飛ばして家に帰った。玄関の戸を開けて「ただいま！」。母が出てきて、「お帰り」と言った。彼女はYの姿を上下にしげしげと見た。「風呂がわいているけどはいる。でも木のえー香りがするなあ。風呂で流してしまうのがもったいないくらい」と言った。Yは一風呂浴びて夕食のテーブルについた。母は盃二杯の酒を飲んだ。夕食には赤飯が用意されていた。「赤飯なんて久しぶりだなあ」と父は顔をほころばせた。Yもつられて笑った。父が感情をこんなに鮮明にだすのはめずらしいことだった。母もうれしそうだった。

最初の日曜日には一日中家にいた。外に出る気にまったくなれなかった。朝寝坊して遅い朝食をとるとまた眠ってしまった。眠りが心地よく目覚めると充実感があった。泉に伝えたいことがあるような気がした。

二人はYの三回目の休日のまえの晩に「みなと」で会うことにした。九時に落ちあうことにきめた。彼らが会うのは約一か月ぶりである。Yがさきに「みなと」についた。土曜日にしては店はすいていた。カウンターのながい部分に客がいた。男二人連れである。Yよりかなり年嵩にみえた。Yは奥の三人がけのカウンターに座った。彼のオン・ザ・ロックがまだ出来ないうちに泉がはいってきた。ヨーコが満面笑みで彼をむかえた。二人の男たちが彼女の笑顔が向けられた方向に振り向いた。納得したようである。泉の行くところ何処でも女の

八

頬はゆるむだろう。「久しぶりだなあ」と泉は一声かけて座った。「元気?・」とYは言った。泉は顔にあてたおしぼりのしたから、「まあ」と言った。オーダーはいつものものである。Yも泉もほとんど「つまみ」なしで飲む。

二人は出された物にしばし無言で口をつけた。Yはそうアルコール類を必要とするタイプではない。家ではまず飲まない。やはりバーの雰囲気が好きだ、と言うしかなさそうだ。無論、ヨーコやマスターが好きである。彼らが「好きだ」というYの気持ちが「雰囲気」構成の重大要素である。それにバーで酔った気分がとてもよい。感情が開いてくる。が、ウイスキーの味そのものはあまりわからなかった。からいだけだと感じていた。今夜はウイスキーにうまさがあることが感じられた。こう感じたことが以前にもあったなあと思った。当然T都の「ステラ」においてのことである。記憶をたどってみたがその状況が思い出せなかった。彼は「まあ、いいか」と心のなかでつぶやいた。

泉が「仕事はどお」と口を切った。「この段階でもう『気に入った』と言っていいと思う。挫折するおそれはまずないね」とYはこたえた。「そー、それはよかったなあ」と泉。「俺も大工になりたいくらいだ」と独り言のようにつけくわえた。ヨーコが泉を見つめた。泉はそれに気づいていない。彼女の横顔がいやでも目にはいる。すぐそばである。その顔が彼の気持ちのなかで焦点をむすんでいない。憂鬱そうな美貌がさらに憂鬱の色をこくしている。Yは言葉がでかけたがそれをおしもどした。ヨーコが相手している男たちがたちあがった。四つの目が鋭く泉を見おろした。泉はまったくそれに気づいていない。彼の意識はうちに向かっている。今夜はなにか屈託がありそうだ。立った二人に「ありがとう。また来てね」とヨーコが言った。すこしばつが悪そうである。その客たちとの会話が上の空だったからだ。すぐに一組の男女がはいって来た。わかい。女の方がカジ君の知りあいらしい。カジ君がめずらしくにぎやかにその女に対応した。

「なんというか……、夢がないなあ」と不意に泉が言った。自分の口から出た言葉に驚いているようである。Yは泉の横顔を見つめた。自分は夢なんてことを考えたことがあるだろうかと自問した。とくにないのではないかと思った。喫茶店でぼけっとしているときになんか漠然としてあこがれる、という気持ちになったことはしばしばあった。人生にあこがれる、というのだろうか。T都の喫茶店「津村」で煙草をくゆらせながら感じたあれである。明日はなにかよいことがありそうだという根拠のないときめき。いつも有線のバック・グランド・ミュージックが流れていた。ライト・クラシックだった。しかしそれは夢というのとは違う。夢というものはその言葉のイメージと違ってもっと現実的で具体的なものではないだろうか。たとえば有名な建築家になりたいといったような。ただ泉はそんな厳密な意味でその言葉をはっしたのではない。たんに「毎日がおもしろくない」と言いたかったに違いない。

「今夜はむずかしい話なの」とヨーコが割り込んできた。「あんたはまだ知らんかもしれんがYは大工さんになったよ」と泉が言った。ヨーコはあまり驚かなかった。Yが職業をかえることは予測していたようだ。「まだ二週間ちょっとなんで」とYはすこし赤面して言った。「俺も大工にでもなりたいなあ」と泉は今度ははっきり言った。「そお」とヨーコがこたえた。

八

それ以上なにも言わなかった。カジ君に向かって、「Yさんは大工さんになったそーよ」と言った。カジ君は「ほー、おめでとう。僕も大工さんにはあこがれるなあ」とわずかにYたちに身体を向けて言った。まんざら冗談でもなさそうである。わかい男女のカップルがYたちの方に目を向けた。会話を小耳にはさんでどっちがYなのかさぐっているようである。泉が彼らに向かってかるく右手をあげた。カジ君が笑いをおさえながら「だまされたらいけんぜ」と言った。二人はその意味が解せぬようだった。

「ヨーコ、あんた毎日が楽しいか」と泉が言った。「店に出ているかぎりけっこう楽しいわね」と彼女はこたえた。泉は他の返答を予期していたようだった。ヨーコが「泉さん今夜はどうかしたの」と切り込んでくる。「べつに。ただYが思い切って大工になったことになんか刺激されるんだなあ」とこたえた。「そんな大袈裟なことではないけどな」とYは言った。「あんたみたいな大店の跡取りが大工になるのとわけが違うよ」。「うーん」と泉。「私が男だったら何になっていたでしょうね」とヨーコがつぶやいた。すこし声をつよめて、「もちろん家が金持ちだったら大学に行ったでしょうね。大学を出て何になるのかしら。ちょっと考えられない。考えたこともないし」。カジ君が「政治家になって女大臣にでもなれば」とちゃちゃをいれたが彼女はそれを無視した。「高卒だったら私も大工さんになったかもしれない」と言った。それから、「私すこしお祝いしたいけど、いい?」と言った。Yがなにかを言うまえに泉が「勿論、ええよ」と応じた。彼はYに顔を向けて「そーだろう?」と言った。Yはうなずいた。カジ君が目を向けて、「僕も祝わせてもらいます。なんか複雑な心境だけどなあ」と言った。そして、彼はわかいカップルに目をもどした。

ヨーコが新しいオン・ザ・ロックのグラスを二人のまえにおいた。「まず私のから受けてね」と言った。しばらく沈黙がつづいた。ヨーコが「マスターいい?」と言った。「ええよ」とカジ君がこたえた。彼女は自分のためにオン・ザ・ロックをつくった。それをYに向けてかるくあげた。なかなかポーズがきまっている。Yもグラスをとってそれに応じた。また沈黙がもどった。泉が「飲んで堅い話をするのは好きではないが……」とぽつんと言った。「今夜は堅い話してみましょう。泉さんの本音みたいなものも聞いてみたいし」とヨーコが言った。泉がヨーコにまっすぐな視線を向けた。ヨーコはその視線をしっかり受けとめたが目をはずして、「聞いてもしかたないか」とつぶやいた。泉はそのつぶやきに反応しなかった。オン・ザ・ロックのグラスを手でもてあそんでいる。「空けてしまいなさいよ」とヨーコが言った。泉はグラスをあけた。「なんと言うのかなあ……」と泉が口を開くと、「夢がないということ」とヨーコが引き取った。「私なんか夢なんて考えたことがあるかしら」とつづけて言う。「なんか胸がむせるようなあこがれのようなものは感じたことあるけど」。Yは「その気持ちわかるなあ」と思ったが口には出さなかった。「たとえば泉さんのような美男子と結婚することは憧れなのかしら夢なのかしら」。泉が「おいおい、本当に話がむずかしくなってきたなあ」と真顔で言った。目は笑っている。ヨーコは、「泉さんに本音をはかせようとして私の本音が出たみたい」と言って爆笑した。皆んなつられて笑った。わかい二人連れが席をたった。彼らも顔をほころばせている。カジ君が「また来てな」と二人を送り出した。

八

カジ君がよってきた。つくったばかりのハイボールを手にしている。「いよいよ身内同士になったし今夜はとことん飲みますか」と言った。「それはいいわね」とヨーコ。「もっとも、僕はむずかしい話は苦手だけん聞き役にさせてもらいますよ」とカジ君。泉が「こう構えられると話しにくいなあ」と苦笑した。「あんたえらい黙っとるなあ。なんか話せよ」とYに矛先を向けた。「泉さんずるい」とヨーコが泉の腕を指先でついた。彼女は笑った顔が一番魅力的だ。Yはここで黙っていては男がすたると思ったらしい。「僕もヨーコさんの感じ方わかるような気がする。ただし憧れと夢の違いなど僕に判断できる問題ではないがね」とまた泉に振った。彼は「内容的にそんなに違いはないのじゃないの。違いは用法上のことだけみたいだなあ。どっちにしてもたいして差はないな」と一件落着の形である。「そーだなあ」とYは賛同した。ヨーコは思案しているふうだったがなにも言わなかった。カジ君はボトル棚にかるく身体をあずけている。有線の演歌を聴いているようである。内心、「坊ちゃんどもが幼稚なたわごとをしゃべっているわい」と思っているのかもしれない。

「しかし、夢がないなんて贅沢な悩みだなあ」と泉が話題をぶり返した。Yは彼の頭のなかにV戦争のことがある、と即座に感じた。その感じはあたっていた。「でも、こんなところであの人たちのことを話題にするのは不謹慎だなあ」と泉はつづけた。「そんなことないよ。T都では若者たちが酒を飲みながらV戦争のことを喧々諤々やってたよ」とYは言った。泉が「Tかあ。俺はまだ一度も行ったことがない。都会はええだろうなあ」と方向をかえた。「そーね」とヨーコが相槌をいれた。カジ君が「僕もまだだもんな」と言った。「Tを知ってるの結局はYだけか」。「それだけでも他《ほか》の人よりしあわせね。そうでしょうYさん」とヨーコが言った。Yはあいまいにうなずいた。「なんか今夜は酔えんな」と泉が言った。「なんか今夜は泉さんがぐちっぽい」と言ってヨーコが笑った。泉は苦笑して「そーだなあ。そろそろお開きにするか」と言った。「まだえがな」とカジ君が言った。時刻は真夜中にさしかかっていた。Yは言いたいことを言っていないという欲求不満を感じていた。そもそも泉となにを話してみたかったのかは最初から不明確なのだ。一種の高揚感が泉に会いたい、と思わせただけのことかもしれない。「Tだとこの時間からでも行くところはなぼでもあるんだけどなあ」と言った。「いいわね。今夜なんかちょうどそんな感じの夜ねえ」とヨーコ。「もっともマスターは現実派だからさっさと帰って寝たいのかもね」。「そおだなー」とカジ君はさからわなかった。

急に、思いつめた表情でヨーコが言った。「ねえお二人、これからちょっといっしょに歩いてくれない」。「なんだよその顔は」と泉が言った。ヨーコはそれにこたえず、「ねえ、お願い」と言った。「今夜でなくてもそんなことといつでもできるじゃないか」と泉が言った。「そうかもしれない。でも、今夜いっしょに歩いてもらいたい」。「Y、ええか?」と泉が言った。ヨーコがきっとした目でYを見つめた。Yはうなずいた。「お祝い」ということで支払うべきところは泉がはらった。「マスター、あとかたづけお願いね」とヨーコが言った。「ええよ」とカジ君はこたえた。

桜の季節にはまだすこし間のある夜だった。気温はかなり低い。酒のはいった身体には寒気はそれほど感じられなかった。月はなかった。鮮やかな星がふかい闇のなかにあった。

彼らは「みなと」のある場所から本通りに出た。本通りを東にむかった。三人は無言である。港町の深夜の静けさは絶対的静寂としか言いようがない。海が音を吸収してしまうのだろうか。それは宇宙の重みと通底する静けさで、暗闇のなか、眠れずに床にある者の魂に問いかけてくる。下駄の音がいやに高くひびく。

つとヨーコがYの右手を握った。身体をよせて、「木の香りがするようだけど。気のせいかしら」と言った。Yはうなずいたが言葉はださなかった。泉がヨーコの右手をとった。彼らは無言で歩いた。三人の青年は海に向かって歩いた。市の東端、道のつきるところに海があった。遠浅のおだやかな海である。

九

ヨーコは隣県の山村に生まれそだった。寒村の貧しい農家の娘が高校にすすむことがまだむずかしい時代だった。しかし、彼女は頭脳明晰のみならず大兄弟の末っ子だった。わずかな田畑を受け継ぐ長男をのぞいて兄や姉はみな家を出ていた。せめて末っ子のヨーコを高校にいれてやろうではないか、と家族の意見が一致した。ヨーコもそれをつよく望んだ。ながい距離をあるいて駅に出た。汽車をおりるとバスに乗る。往復約三時間をかけて学校にかよった。県庁所在地にある公立の商業高校である。学校を卒業すると同じ土地の会社に就職した。建築関係の会社の事務員である。その会社は建築と名の付くものは選り好みせずなんでもこなしていた。土地では知られた企業だったが給料はやすかった。会社と安アパートの行き来以外にほとんどすることがないという毎日がつづいた。時間は不安なほど着実に過ぎていく。何かがたりない、何かがかけている、と思う日々が過ぎていく。それは恋ではない。恋はしたいが足りないものはそれではない。そんな単純なことではない、ということはわかる。それが実際になんであるかは彼女にはつかめなかった。もっとも燃えるような恋をすればこの空虚感はみたされるかしれないとは思った。二年先輩の男をすぐに好きになった。建築士の資格取得を目指している青年である。上司におもねるのでなくて礼儀正しい。てきぱきと仕事をこなすが後輩にたいして威張ったところがまったくない。理想的な男性である。彼はヨーコと同時入社の女の子にあっさり取られてしまった。「やはり女は顔か」という、彼女にとって永遠の問いをつぶやいてくやしがった。

たしかに二重瞼のおおきな目をのぞいて美人とは言いがたかった。当時はショート・カットだった。丸くておおきめの顔に似合っていなかった。平均の上背で肩幅がひろい。がっしりとしたという印象を人にあたえる。聡明さと気の強さはその表情からくみ取れた。すこしでもつき合えば人柄のよさと感覚のこまやかさもすぐに感じられるのだが。会社の同期の男とごくたまに飲みに行ったりするが、妥協して相手をえらんでいることをおたがいが知っている。交際に進展がない。彼女も進展させようという意志がない。男は彼女の身体を知りたがった。ヨーコは受けつけなかった。肉体関係は結婚を前提とすべきだ、という考えを強固でないにしても持っていた。だが、セックスにたいする興味も現状を打開するなにかをしてみたい、という衝動もともに強烈だった。もっと現実的な問題は事務が嫌いでかつ苦手なことである。これは高校時代から自覚していた。普通高校出でも女子に求められるのは事務職だろう。「結局、救いがないなあ」と極端に落ち込むこともあった。

そんなときに、バー「みなと」への話がもちあがった。カジ君の祖先が属する島のネットワークをとおしてである。隣県の県庁所在地にもそのおおきな島の出身者がおおいのだ。夜の世界は殷賑をきわめていた。ホステスの確保が非常にむずかしかった。しかもそのことに命運がかかっているのがこの世界である。人の顔を見るたびに「どこかええは子おらんか」というのがこの業界にたずさわる者たちの口癖にさえなっていた。喫茶店に勤めることすら白い目で見られかねない時代だった。高給ではあるとはいえ酒場に勤めるには一大決心が必要だった。ヨーコもある偶然の人間関係から誘いを受けてまよった。父母や兄姉に相談できる筋のもので勿論ない。「お前をバーに勤めさせるために高校に出したのではない」と激昂することは必定である。相談する人は誰もいない。孤立無援という感覚のなかで結局自分一人で決定しなければならない転身だった。孤立無援という感覚と世間がこの業界を見る目がかえって、「やってみるか」という気持ちにさせた。勝ち気な性格が勝負にでたのだ、と言えばやや大袈裟かもしれないが。職場が港町ということもやってみる気を助けた。「ちょっとおもしろいかも」と思わせたのだ。

九

この土地に来て四年が過ぎた。マスターのカジ君は小柄で細身である。ヨーコは見かけが堂々としたところがある。根はどうも図太いところがあるらしい。カジ君がときどき「喰われ」そうな気配がある。彼は訥弁という部類の男で現実的かつ冷静である。老成したところさえある。お客が気持ちよく飲んでまた来てくれればいいのだ。雇用者と被雇用者といった馬鹿げた観念にこだわりがない。ヨーコを大事にしていることが見受けられる。はたから見ていればなかなかの名コンビである。しかし、なによりもこの土地柄が彼女の性に合ったのだ。

この国では人のタイプを言うのにK都型とT都型という分け方が定着している。Yたちの土地はT都型に輪をかけたところがある。友達の声が玄関で「おーい、おーか（居るか）」と聞こえた。「おー、おーぞ」という返事がおわらぬうちに当人が目のまえに立っている、というところがあった。そんな友人関係がよろこびであり自慢なのだ。口と腹が違う面従腹背の人間を嫌悪し軽蔑する土地柄である。家庭間の人の行き来も相当に自由だ。「家に遊びに来いよ」。「うん、そのうちかならず行くよ」という会話がすぐに成立して実行される。

泉とYが「みなと」でたまたまでくわして中学時代の同期生として親交をはじめてから五か月になる。が、彼らはおたがいの家にあがり込んだことがまだ一度もない。Yは泉の妹、律の存在を恐れていた。この恐れがなにに由来するのか彼自身にもわからぬところがあった。兄と同様にすこし愁いのある美人で頭脳明晰ときている。泉や律のような頭脳明晰で美貌の人たちが憂鬱な表情や愁いをふくんだ顔の持ち主であることがそもそも彼には納得できない。律は本来ならなんとかして近づきたい女性である。しかしその魅力の完璧性がかえって怖いようなのである。勿論、泉の妹であるということにたいする配慮もある。妹をまき込んだことで泉との関係を損なうようなことになりたくない、という気持ちはたしかにおおきい。がやはり基本的にはなぜか怖いのだ。からからと明るい妹なら、「ちょっとよってみようかな」と気軽に出かけられたはずだ。一方、泉にはもっと現実的な事情がある。夜八時に店を閉める。風呂にはいって夕食をすますとどうしても九時を過ぎることになる。もうよその家を訪問するという時間ではない。Yのさそいに「うん、そのうちにな」と言っているがなかなか腰をあげない。

九

Yの父はその立場の割りに交際範囲がすこぶるせまい。それでも相当の届け物が盆暮れにある。のみならず、父の留守中にとれた魚とか野菜をとどけてくれる人もおおい。公的にそれなりの地位にたっしていたし公明正大に自分の勤めとして人の世話をやくからだ。もちろん祖父の代からちょっとした生鮮食料品をとどけつづけている人もいた。届けた人物が酒好きであれば母は一品の酒の肴を用意してコップ酒をふるまう。「ごっつおさん、ごっつおさん」と言って酒をすする人の顔を見て母もしあわせである。相手が老齢なほど彼女の幸福感はますようである。下戸の人にはその人の好みに応じて茶を提供する。その場合は彼女もいっしょに飲む。もらい物の菓子をつまんで世間話をする。とても楽しそうだ。母はあまりテレビを観なかった。昼メロのごときは観たことはほとんどないだろう。楽しみのすくない人間である。そんななかで、彼女は人に御馳走することが好きである。彼女のおおきな楽しみらしい。その母がぜひ一度泉さんを夕食に招待しなさいとしきりにすすめる。

とくにYが母の言葉に引きずられて泉をせきたてたわけではない。が、「一度御両親にも会っておきたいし近いうちにお邪魔するよ」ということになった。五月の末の土曜日、彼は家の仕事をはやくに切りあげてYの家に向かった。日中は汗ばむほどだったが夕方にさわやかな風がたった。台所の窓を開けておくと寒いほどだった。

六時過ぎに「今晩は」という声が玄関でした。居間でまっていたYが彼を台所に案内した。泉は台所にはいると、「お邪魔します」と丁寧にお辞儀した。「いつもYがお世話になっていますす」と母が言った。彼女は椅子を離れてたっていた。父は中途半端に腰を浮かせて頭をさげた。「ここに座って」とYが椅子を指した。Yは彼に向かいあって座った。泉は剛胆さと繊細さが縒《よ》りあった鋼のようなところがある。Yもその縒りがない人間ではない。泉の縒りはきつい。縒りの見せる断面の角度も鋭くきらきらしている。かなり緊張しているようである。父はすでにちびりちびりやっていた。父の晩酌には母が毎晩簡単なおつまみを用意する。食事の妨げにならない程度のものである。その夕べ、その用意はなかった。泉が座ると母は、「どうぞ」と銚子を彼に向けた。泉は盃を取って両手で受けた。それから母は「お前もどぉぞ」と言った。彼女が二人につぎにおわると、「じゃ、乾杯しますか」と父が言った。予期していないことだった。Yはちょっと胸をつかれた。母もそうだったらしい。

父は市役所の彼の立場からすると人づきあいが非常にせまい、ということは先ほど書いた。変人という評価が定着してしまった。その地位の割りには来客がすくない。それでも来客がないことはない。「去る人は追わず」は言わずもがな、来る人を拒まないからだ。妻が客を招くことを好きなことも知っている。

九

厳冬盛夏の季節をのぞいて母が来客に供するものはきまっていた。完全に祖母のやり方を踏襲したものである。メインは五目鮨。これは、五目鮨を嫌いな者はいない、という発想が前提になっている。それに茶碗蒸し。祖母が「ムラヤマの蒲鉾、ムラヤマの蒲鉾」と言って好きだった蒲鉾。板付きではない。すと巻あるいはす巻と言われるあれである。たまに来客があると祖母はこの蒲鉾を自ら求めてきて土産として持たせものだ。その蒲鉾の五切れ。山葵《わさび》はついていない。すまし汁。自家製の季節の漬物。そのおりおりの一品の煮物である。以上六品はどんなお客にたいしても同じだった。簡素なものだ。工夫がないと言えば、ない。彼女はこの献立をかえることができなかった。それは客にたいしてと同時に、彼女の母とその思い出に供するものだったからだ。母は総じて料理が上手である。とりわけそのすまし汁は絶品と言えるものだった。むろん祖母直伝である。とはいえ祖母の死後、母がもっとも研鑽をかさねたのはこのすまし汁である。が結局、祖母が母の舌に覚えさせたものに行きついてしまった。それは味があるようでない、ないようである、といういわば幽玄の世界にただよう味である。食前酒的な酒を一区切りして、「さあ食事にしましょう」ということになった。和食の作法では箸をつける順序がそれなりにあるらしい。それを知らぬ者は十人中十人が汁物から手をつける。今、泉が椀に口をつけて汁を含んだ。注目の一瞬である。Yはじっと注視している。母は知らぬふりをきめこんでいるがやはり注目している。お客にたいして失礼だ、と思いながら注目してしまう。父は妻と息子が息をつめていることは知っている。泉はそんなことにまったく気づいていない。含んだものをすぐに飲み込まなかった、わずかに首をかしげたようである。Yは「わかったかな?」と心配である。泉は異常な静寂に気がついた。はっと顔をあげてYを見た。Yは「にこっ」とした。泉もわけがわからぬままにそれに合わせた。

Yの父と母は結婚してもう四半世紀が過ぎている。その間一度も父は「あれが食べたい」、「これが食べたい」と言ったことがないという。息子からみれば信じがたい話である。彼は結構「あれが食べたいな」という気になる。栄養の面からも「これは食べておかねば」と考えたりする。父の言動を知れば知るほどわからない人物だ、という結論にたっすることがある。しかしまた、なにか並みはずた人間だという感触はつよくなる。農家出身なので基本的に野菜が好きなようである。「今日の大根はうまいな」などとまれにではあるが言うので味覚音痴ではない。しかし味は5が最高点とすれば3以上であればいいのである。Yにもようやく最近彼の秘密がすこしはわかってきた。わかったことは単純なことである。皆んなが簡単に口にすることを口にしないだけのことなのだ。「あれが食べたい」と思ってもそれを言葉にしない。事実としては単純なことである。が、凡人のよくするところではない。それはもって生まれた才能かもしれない。或いは、自己主張や自己表出の意欲を完全に放棄した人間にたいする天のご褒美なのだろうか。

父が「それじゃ、私は失礼する。どうぞごゆっくり」と言ってたちあがった。父は居間にはいった。「じゃ、われわれも二階にいこう」とYは泉をさそった。母が「そうしなさい」と言った。Yたちも椅子をたった。

九

二階にあがって二人は胡座をかいた。泉は首をめぐらして「ええ部屋だなー」と言った。Yはそれを社交辞令として受け取った。およそ没個性の空間だからだ。飾りらしいものがいっさいない。没個性が個性のような部屋である。「南側がまだほとんど畑なのがええよ。これから暑くなってくると特にええね」、と泉の発言に直接には応じなかった。「ところで、お父さんの身体のおおきいことは聞いとったけど本当におおきいなあ。百八十センチ以上あるんじゃない」と泉は言った。Yはぎくっとした。「その割りに中身がない」という噂も耳にはいっているだろう。「うん、そうかもしれんな。僕より高いことはたしかだね。いずれにしても変わりもんでね」とYは話題を先取りした。「おやじには贅沢な生活とか質素な生活とかといった概念がないんだよ。もちろん食べ物でもこれが身体にええとかあれがわるいとかというようなことも考えておらんようだ」。「すごいな」と泉が言った。Yもあらためて「そうだなあ」と思った。「じつに自然に生きとるんだけど自然に太るんだなあ」。「アハハ」と泉は笑って、「お母さんは想像していたような人だったなあ」とつづけた。Yはそれにはなにも言わなかった。「あんな人を母にもったらえなと思ったね」。Yはなにも言わなかった。「もっとも、俺のおふくろもええよ。あんたのお母さんとたくさん共通点があるかもしれん」。Yは「そうだろうな」と思った。が、口には出さなかった。「今度はあんたが家《うち》にこにゃいけんなあ」。「律も会ってみたいと言っとるし」。

泉は机の上の灰皿に目をとめた。「あれ、あんた煙草すうの」とたずねた。その灰皿はT都で買ったものである。通りすがりの店でふと目にとまった南部鉄の製品でふかい鍋型である。鍋焼きうどんの鍋を小型化した形である。禁煙してからもその物に愛着があって机のうえに置いているのだ。「以前はかなりすっとった」とYはこたえて、「そういえばあんたもすわんなあ」と言った。「俺も以前はかなりすっとったよ。しかし学生運動で逮捕されたときにきっぱりやめた。逮捕のこと話してないよな」。Yはうなずいた。がなんとなく知っていたという気がした。「もっとも禁煙なんてそんな大袈裟なことではないがな」。Yも同感である。高校の講師のときに強いて自分に負荷をかけてみようと思い禁煙に挑戦した。父もすわないし、「やめよう、やめよう」という意識がずっとあったからだ。それが意外に簡単なことでがっかりしたほどである。ただ内部で完全に禁煙していないという感じがあるのでむずかしいところがあるものだ、ということは理解している。

「仕事はどおー」と泉が問いかけた。「結構、僕にあってると思うよ。まだ仕事のむずかしさなんかわからんけど、とりあえず一生懸命身体を動かすことだけは心がけてる」。泉は無言。「とにかく毎日疲れてぐっすり眠れるだけでもこの仕事の最大の取り柄だと思うなあ」。「うーん」と泉は言った。「しかし疲れかたにも種類があるもんな。俺なんか毎日結構疲れとるけど寝つきがわるいなあ。もっとも大工さんとでは疲れの量も違うだろうけどなあ」と泉は憂鬱そうである。「飲む? 日本酒ならあるよ」とYは言った。「また今度にするよ」と彼は応じなかった。「寝酒にウイスキーのストレートをすこしひっかけとる。ストレートはこわいところがあるよ。このままつづけておればアル中になるかもしれんと思わせるところがあるな」。「あんたは僕と立場が違うからなあ」とYは言った。「僕も最初の一か月は逆の立場で気をつかったよ。二人の足手まといにならんようにということでかなり心理的に疲れたね」。母がかるくノックして引き戸を開けた。部屋にははいらずに廊下に膝をついて、「泉さんコーヒー飲まれますか」と言った。泉はYにちょっと目を向けてから「いただきます」とはっきり言った。「紅茶もありますよ」と母。「コーヒーで結構です」と泉がこたえた。母がおりると「夜コーヒーを飲んでも大丈夫」とYが聞いた。「大丈夫だよ」と泉。「もっとも僕もそんなことまったく気にしておらんけどなあ」とYは言った。しばらく彼らはコーヒーが就眠を妨げる、という巷間の話がほんとかどうかを話題にした。これはよく話題になるが不思議なことにいつも結論が曖昧なのだ。熱くなった割りには「そんなことどうでもいいじゃない」ということになるらしい。「ところでハラさんは相当面白い人物らしいけど、どお?」と水を向けてきた。これはYが語りたくてうずうずしていた話題である。しかし彼には人の噂話はよくないという自制心がある。が、「ま、個性的な人だな」とのってしまった。「僕もよく気がつく方かもしれんがそれ以上だね」。「よく言えばきちんとしている、わるく言えばこまかいところがあってね」。泉も「ほほ」と身をのり出してくる。母が盆をもってはいってきた。それをしたにおいて「すこし寒くないかえ」とYに言った。「いや、ちょうどええよ」とYはこたえた。泉もうなずいている。「そおかい」と母は言った。泉に向かって「じゃ、ごゆっくり」と会釈して出ていった。泉は彼女が階段をおりる足音に耳をかたむけている。Yが「冷めないうちにどうぞ」と泉にすすめた。泉はカップに顔をちかづけて「あれ、本物のコーヒーなの」と驚いている。「もらいもんだよ」。「そーかあ。家《うち》なんか本物のコーヒーなんかいつごろ飲みだすやら」と自嘲気味である。「下手にいれた本物よりインスタントの方がうまいよ」とYはなぐさめた。「やっぱり本物はうまいなあ」と泉はYの慰めを無視した。Yにとって皮肉なことに母のいれたコーヒーはこれがまた優れものなのだ。Yはここでハラさんの噂はやめにしようと思った。しかし彼のために一言《ひとこと》いっておきたいことがあった。「ただね、人がきちんとせんことはほとんど気にならんらしい。自分というものが実によくわかっている人だ」。泉はYの心理をさっしたらしい。「ほーお」と言ったきりだった。が、それで引っ込まなかった。「マルさんという人間もかわっとるらしいね」と矛先をかえてきた。Yはハラさんを変わりもの扱いするのには抵抗を感じる。マルさんについては同意せざるをえない。「しかしあんたもかなりかわっとると思うよ」と泉がかさねた。自分ではまったく納得できなかったがしばしば同じことをYは人に言われた。「もっとも俺も変わりもんということで評判だからな。俺に言わせれば今の世の中では変わりもんの方がまともなのよ」。Yは「そうかも」と思ったが話題をそらせた。「いずれにしても二人とも悪気というものがまったくないね。気を使ったのは一か月ほど。今はのびのびと働かせてもらってるよ」。「それが一番だなあ」と泉。「まったく」とY。泉が「いずれにしてもハラさんと一杯飲んでみたいなあ」。「僕もあんたと彼を引き合わせたいと思っとった。おりがあったら話してみるよ」。「うーん、たのむ」と泉が言った。

深夜を過ぎても話はやまなかった。Yはかつて F と夜を徹して話しあったことを思い出していた。高校時代の夏休みのことである。F は早熟な天才肌の読書家だった。文学関係で頭角を現すのではないかとYはひそかに期待していた。が、学生運動の闘士となった。社会の現状にコミットせず安全地帯で、「私はもっと根本的なことを問題にしているのだ」とのたまう高名な小説家の発言を怯懦な卑怯者の詭弁であることを身をもって示しているのは彼と彼らである。革命にまさる芸術などありえない、ということを存在のすべてを賭して表明しているのは彼と彼らである。世界の欺瞞と偽善と不正と不公平に武者震いして、じだんだを踏んで戦っているのは彼と彼らである。Fが「やあ、元気」と今にも部屋に入って来そうな気がしてならなかった。一方、それがYの願望にすぎないことも痛いほど認識していた。彼と自分の間にあまりにもおおきな距離ができてしまったことをあらためて認識していた。しかし、いつもYの心のどこかに彼がいることもさらに認識していた。彼の精神と彼の行動にいつも自分がよりそっていることを認識していた。Yは彼の無事を心から祈った。彼の心身に損傷がくわえられないことを心から祈った。「おい、どーした」と泉がひくく言った。Yははっと我にかえった。哀惜の想いが彼の魂をつらぬいた。

あの高校の夏のころから七年の歳月が経過している。それは思い違いのように思えた。その事実をYには信じがたく思えた。

Fとの場合と同様、Yは今夜も聞き役のことがおおい。それでも話題が映画のことになると負けてはいなかった。大工になって泉といっしょに隣県の県庁所在地に映画を観に行けなくなった。それが大工としてのＹに唯一つ残念なことだ。彼らのその夜の会話にむずかしいものがなかったわけではない。Ｖ戦争の話も当然でた。この国の現状と将来についても話題になった。一口に言って、話題は話題をよんだ。がもっとも深刻なものは個人的な問題にゆきついてしまう。とくに泉の話が深刻である。それは彼の人間的資質と時代状況の両方に起因するものだ。

　隣市に最近デパートができた。非常にはやっている。デパートと称してはいるが既存の二つのデパートとはあきらかに形態がことなっている。スーパー・マーケットなのだ。巷では急速に巨大化しつつある、ある大手スーパーの系列だという噂がながれている。その真偽のほどはさておいてスーパーであることは誰の目にもあきらかである。現在のところ二つのデパートも長大な商店街も、やや陰りが感じられるが生協も競合しながらともに繁盛している。しかし多少ともこの業界にかかわっている者には時代がおおきく変貌しつつあることは体感できた。卸売業は衰退に向かっていた。泉の父は泉の大学進学には消極的に反対した。が、彼が在学中の三年たらずで業界は急速に変動した。もし息子が就職を希望したら賛成しただろう。幸か不幸か息子は退学して帰郷した。泉の父はＹの父より五歳ほどわかい。その気になればもう十年やそこらは楽に働けるだろう。微々たる収入だが小売もしている。自分の手で祖先から受け継いだ店に終焉を迎えさせてやってもいい、と考えていた。もっとも終焉はまぬがれがたいことだった。そこに泉が帰って来た。彼は状況をすぐに把握した。「俺も大工にでもなりたいなあ」という独白は本音にちかい。それには無論、閉塞状態の現状打破のために行動を起こしてみたい、という動機と同時に現実的なものもふくまれている。どうせ転職するならわかくて有利なうちにした方がいいのではないかと考える。一方この店の終焉を父とともに見届けてもいいという気持ちもある。その場合確実に困窮するだろう。しかし路頭にまようことはないだろう。もしそうなれば死ねばいいのだ。彼の根本的な課題は、いつでも毅然と自決できる人間になれるかどうかということだ。これは店の盛衰などは関係のない彼にとってながい間の課題である。死をどう受けとめるか、につながる課題である。自分が人間であるということを意識しだした時、つまり自分が死ぬものであると意識したとき以来、彼はこの問題と対決してきた。少年のときから彼の精神から離れることのない問題なのだ。「死を見ること帰するが如し」という言葉を、いかなる留保もなく我がものとすることができないかぎり、彼は自分に勝ったと言えないと信じていた。彼の感覚と発言に鋭さがあるのはおそらくもっとも根本的な問題と対決しつづけているからだろう。

九

秋になってヨーコが結婚した。

その土曜日はすこし肌寒い夜だった。Yは泉をさそったが「都合がわるい」と言う。理由は言わなかったのでYもたずねなかった。一人ではやめに出かけた。彼は勢いよく「みなと」のドアを開けた。ヨーコがちいさく「いらっしゃい」と言った。カウンターはすでに満席状態だった。男ばかりである。一つだけ椅子があいていた。奥の壁際である。Yの一番好きな場所だ。「こいつあ奇跡だなあ」と胸のうちにつぶやいてスツールに座った。ヨーコがおしぼりを取ろうとした。カジ君が「ええよ」と言ってそれを制した。彼はYのまえにおしぼりをおいて、「いらっしゃい。いつものもん?」と言った。どうもお客は軟式野球チームの連中らしい。そう言えば、今日から明日にかけて大会があるということを小耳にはさんでいたような気がする。家で一風呂浴びてかるく夕食をとって来たという雰囲気である。皆んなござっぱりとしていて血色がよい。たまたま今日負けたチームが二組かちあったらしい。負けたチームにしては話に屈託がない。話題にたあいがない。よく言えば微笑ましいということだろう。T都のバー「ステラ」の話題には内容があったなあ、と思う。酒を飲みながら内容ある話をだまって聞いているのがYは好きだった。こうしてここでほっておかれると「ステラ」のことを思う。あれやこれや、あの時この時の諸々のことが思い出される。それは何年もまえのことでもあり、昨日のことでもあるように思われる。彼は次第に思い出にのめり込んでしまう。店内の話し声がとおい街角の騒音のように耳にひびきはじめる。不快な響きではない。何かなつかしい過去につながる響きだと思った。それがなんであるかわからない。彼はそのことにこだわっていた。それは彼が愛してやまないTという都市を象徴するざわめきなのだろうか。それとも、それは彼が経験した過去のすべてが今胸のうちでざわめいているのだろうか。

彼は「ステラ」に腰かけている。彼の右隣にRがいる。ママのふくよかな唇が目のまえである。彼女は唇をしきりに動かしている。「ママはなんて言ってるんだろう?」。「なつかしい、なつかしい、なつかしい」と言ってるのだろうか。突然、「T都にもう一度行きたい」

という突きあげる想いに襲われた。彼はつと椅子をたった。たって自分がなにをしようとしていたのかに気づいた。カジ君が「どうしたの?」という目を彼に向けた。慄然として彼は椅子に座りなおした。彼のうちなる問題が根本的に依然として解決していない、くすぶりつづけている事実がきりきりと胸をさした。それは結局、このままの自分をどうしたら受け入れることができるか。今の自分と生きる過程とをいかにして折り合いをつけるか、ということが依然として解決していない、ということなのだ。それをつきつめると、自分を手放すことを首肯せざるを得ないのではないだろうか。自己放棄にいたる過程とその結果を受け入れざるを得ないのではないだろうか。

九

十一時まえに五人の男が椅子をたった。のこり四人はすこしまよったようだ。「もうちょっと」ということになったらしい。ヨーコはたあいない話に合わせている。けっこう楽しそうである。カジ君は例のとおりである。有線放送の演歌と客の話とのどっちに集中しているのかわからない。が彼もヨーコもすでにプロだ。十一時すこし過ぎに、「じゃ、マスターおさきに」とヨーコが言った。カジ君はうなずいて「気をつけてな」と言った。ヨーコもうなずいて四人の客に、「じゃおさきに失礼します。ごゆっくりね」と挨拶した。それからYに向かっても「ごゆっくり」と言った。彼女はカウンターのしたからハンド・バックを取ってカウンターを出た。Yは目で彼女を追っている。ヨーコはドアの取っ手をとって振りかえった。彼にかるく会釈した。結局その夜、彼女はYとほとんど言葉をかわさなかった。「身体の調子でもわるいの」と彼はカジ君にたずねた。「結婚したんだよ」と彼はこたえた。Yはふーっと息をのんでゆっくりはいた。カジ君が「おや」という顔つきでYを見た。Yはグラスに手をのばして「泉は知ってるの」と聞いた。「知ってる」とカジ君はこたえた。「そおか」とYは言った。思いつめた表情で、「二人、今夜ちょっといっしょに歩いてくれない」と言った、あの夜の前後に結婚を決意したのではないだろうか。

相手はQ州N県の出身である。父は大手の石油精製会社の事務員である。平均的収入の家庭にそだった。姉一人兄二人の四人兄弟の末っ子である。姉や兄は高校を卒業して堅い職業を手にした。彼は地元の水産高校の電波通信科にはいろうとした。父母や兄姉はそれに反対した。彼には外国に行きたいという夢があった。漁船でも外国に行くチャンスがあるのではないかと思った。両親や兄姉は結局執拗な反対はしなかった。一人くらい変わり者がいてもいいと結論したらしい。遠洋に出る漁船はたしかにある。それは二級通信士の免状を必要とした。彼は電話級の免状しかとれなかった。かすかな挫折感を味わった。道がとざされたわけではないと自分に言い聞かせた。卒業と同時に漁船にのった。近海漁業の船である。職務は当然通信長である。船の基地はYたちの土地にあった。船はかならずしも基地に寄港するのではない。基地に帰るのはよくて二、三か月に一回だろうか。お盆をはさんだドックはかならず基地でする。この期間がながい。一か月ちかく基地にいることになる。彼はヨーコがこの土地に来るまえから「みなと」の馴染みだった。Yは「われわれは顔を合わせたことがあるだろうか」と聞いてみた。「ないな」とカジ君はこたえた。

九

平均的な身長で肩幅がひろくがっちりしている。ヨーコとよく似た体形である。顔が小振りなせいか実際の身長より小柄にみえる。N県の船乗りをこの土地ではおおく目にする。彼らは陽気でがさつだと思われている。彼は寡黙である。極端に、と言ってもよい。当然、他人におとなしいという印象をあたえる。「なんか包容力のおおきさを感じさせる男だ」というのがカジ君のその人物評である。馴れ合い結婚ではない。おたがいが意志を確認してヨーコは彼の籍にはいった。あわただしい結婚式だった。と言っても式らしいものはなかった。カジ君、船会社の関係者二人、それに船の仲間があつまった。食堂を借り切って皆んなで騒いだだけだ。新夫の船は一日後に漁場へ向かった。Yたちに知らせてくれるな、というのがヨーコの願いだった。

ヨーコは彼女がもともと借りていたアパートを新婚のホームとした。六畳の畳部屋に三畳たらずの板張りの台所がついている。子供が出来るまではバーに出てもよいと彼が言ったという。ただし「十一時まで」という条件つきである。彼もヨーコが酒場の世界に向いていることに気づいていた。彼女はそのことを無論自覚している。夕方五時過ぎに店にはいる。六時開店でアパートにかえるのは午前二時を過ぎることがおおかった。帰宅するとオン・ザ・ロックを一杯ひっかけてぐっすり眠った。それが一年中つづいた。当時のバーは正月元旦をのぞいて無休だった。こんな生活でいいのだろうかと自問することがなかったわけではない。しかし事務員時代のような空疎感はなかった。煩悶もすくなかった。それなりの充足感があった。とにかく店に出ていると楽しい。手を打って笑ったりはしゃいだりした。が、おしゃべりではなかった。人の話を聞くのが好きなのだ。バーは堅い話をするところではないかもしれない。日ごろの憂さや鬱憤《うっぷん》をアルコールの力でふき飛ばすところかもしれない。勿論それだけではない。人間と人生を感じるところでもある。人間と人生の縮図を垣間見る場所でもある。酒が人生を開示するのだ。だが「飲んだときは堅い話はやめようや」が、この世界の一般的常識である。それもむべなるかな、と感じる人がおおいこともまた事実である。ヨーコは基本的に堅い話が好きだったようだ。賢明な彼女はなるべくそれを避ける態度をみせた。それに堅い話はしばしば険悪な事態にいたることも経験上知っていた。いずれにしてもお客はほとんど高卒の連中である。そんな人々のなかで泉やYになにか違う肌合いを感じたことはあり得ることだ。しかし、それは彼女の二人にたいする傾斜の根本的な理由ではなかったはずだ。二人の若者のまっすぐな性格が好きだったのだ。自分と同質の肌合いにそっと身をよせていたのだ。

亭主はヨーコより五歳年上である。彼女は結婚したことについて不思議なほど感慨がなかった。彼とバーで顔が合うようになって間もなく、「私はこの人と結婚するかもしれない」と感じた。その感じがどこからくるのか自分ではよくわからなかった。追求しようともしなかった。入籍する以前に肉体関係はむすんでいた。すでに肉体関係があったことが感慨のなさにつながったのかもしれない。それらしい儀式のまったくなかったことも感慨のなさの一つの原因かもしれない。引き返しのつかない今の時点で彼女は思った、「そんなことどうで

九

もいいじゃないの」と。わきたつような幸福感はない。本当の幸福とはこういうものではないだろうか、と自分に言い聞かせる。晩秋の日だまりのなかで身体を丸めているような心地のよさがある。こういう感じがずっとつづいてくれればいいのになあ、と思う。子供は最低二人は欲しい。もし三人なら末っ子は男の子がいいなあー、と思ったりする。二人の女の子も大学に出してやりたいなあ、顔は主人に似てくれた方がいいかな、でも目はやっぱり私ね、と、取りとめもなく想いがめぐる。窓をとおして澄んだ陽射しを見ている。おだやかな秋おそい日の午後である。彼女は生きることがいとおしいと思った。今日も沖は凪かしら。

Yは何度もヨーコを喫茶店にさそおうと思ったがそれが果たせなかった。酒場の女だからというのではない。やはり彼女の顔を問題にしていたのだ。彼女は不美人ではけっしてない。しかし彼の男としての見栄を満足させるものでもまたなかった。そんな自分を嫌悪したがどうしてももう一歩つっこめなかった。つっこむ必要も感じなかった。要するにいつも一人でコーヒーを飲むよりはたまに女の子と飲んでみたい、そしてそこにヨーコがいるという程度の気持ちだった。「顔のよさは三日まで」という俚諺《りげん》の真実性も理解はしていた。ことに彼女には男女の性別をこえて人間としての魅力にひかれるものがあった。交際をつづければ容貌の美醜など問題でなくなる可能性は十分に認識していた。しかし気持ちがそこまで踏み込まない。踏み込んで考える必要も感じなかった。彼女が結婚したからかえって楽に喫茶店にさそえるかもしれないな、と今思ったりしている。喪失感の意外なおおきさにたじろいでもいる。「逃げた魚は大きく見える」というようなやすっぽい感情がないことはない。だが、なにか一つのことがおわったという想いをぬぐいさることができなかった。生きることは一方ではなにかを一つずつ失うことだ、と彼は気づいていたのだろうか。彼は声をはげまして、「マスター、ヨーコさんの結婚を祝って飲もうよ」と言った。カジ君はうなずいた。

秋が足早にとおり過ぎていた。父の父、Yの祖父が急死した。その朝目覚めたときYは鋭い冷気を感じた。まもなく冬だなあと感じる朝だった。それ以上の感懐はなかった。日中になって気温はじょじょにあがった。晴れ晴れとして空のたかい一日となった。こんな日に人が死ぬことを、どうしても受け入れがたいと彼は思った。

十

Yの大工としての生活は表面上順調に経過した。それはともに働くハラさんとマルさんの人柄におうところがおおきい。二人とも邪気というものがまったくない。言葉の裏を考える必要がないのだ。言われたことをそのまま受け取り、「しろ」と言われたことをそのまましておけばよかった。

ハラさんはおしゃべりではないが他者への声かけは積極的にした。Yがうっかりしていると「おはよー」とさきに言われたりする。マルさんからの声かけはまずなかった。こちらが「おはようございます」と言えばかるくうなずく程度である。Yはなぜか腹がたたなかった。ハラさんが「マル」、「マル」と愛情をこめてよぶ理由もじょじょにではあるが納得しはじめた。

十

マルさんの曾祖父はM時代の初期に生まれた。県中部のちいさな漁村の出身である。男四人女二人の六人兄弟姉妹の三男である。名を信吉といった。生家は代々船大工を家業としていた。浜に小屋があってそこで手漕船を造った。船造りの注文がないときには一家総出で漁もしたしわずかな田畑も耕作した。信吉が十四になったときYたちの土地にHという造船所が出来た。造船所と名乗る県下で最初のものだった。その情報が耳にはいると父は三男の意向をただした。その造船所で働いてみる気はないかと問うたのだ。二つ返事で「行く」と彼は言った。簡単な手紙のやり取りがあって信吉は一人で出かけた。五月の初めのおだやかな日和の日だった。空にはヒバリがさえずっていた。ちいさな風呂敷包み一つを握って彼は駅に降り立った。造船所から迎えの者が来ていた。下働きのおばさんである。彼女の案内で造船所と同じ町内の民家につれて行かれた。そこが彼の下宿先である。

H造船所の祖先も対岸の半島で何代にもわたって船造りを業としてきた家系である。ひろい土地とよりおおきな発展をもとめてYたちの土地に進出したのだ。働く者は社長と二人の息子、信吉もふくめて七人である。信吉は小柄で敏捷なうえに頭も切れた。時代の影響もあったろうが進取の気性にもとんでいた。造船所の仲間にかわいがられたし下宿でも受けがよかった。下宿先には彼より二つ年上の一人娘がいた。なかなかの美形である。周辺では「鄙《ひな》には稀な」という言葉さえ聞かれたほどだ。彼女が「しんさん、しんさん」と信吉をよび、信吉が「姉さん、姉さん」と彼女をしたうのに時間はかからなかった。仲のいい姉弟のように暮らしはじめた。清乃というその娘は大柄だった。小柄な信吉と絶妙な姉弟関係を外形的にも形作っていた。近所でも評判の仲のよさである。本当の姉と弟のようだと言うのである。信吉は小柄といえども背丈が次第にのびてきた。やがて、二人の間に恋愛感情が生まれた。当然の帰結として肉体関係ができた。娘の腹がふくらんだので婿養子としてその家に入籍した。信吉が二十《はたち》になるすこし前だった。最初からそうなるように仕組まれていたのかもしれない。彼らの初子は男の子だった。その子は一年もせずにこの世を去ってしまった。すぐにまた夫婦は男子を授かった。この子も長子と同じくあっけなく亡くなった。それから二年後にまた男子をもうけた。結局その子が彼らにとって唯一の子供となるのである。その子が成長するにつれてまれにみる凛質の子であることに親たちは気づいた。それは周囲も認めるところだった。信吉が初めてこの土地にやって来たのと同じ年ごろに、一人息子は医者になりたいと言いだした。自分には兄になるべき人間が二人もいたが、わけもなく死んでいたことも彼の決意の一因だったかもしれない。信吉は四十歳になったばかりだった。彼はひそかに四十を過ぎたら独立しようと考えていた。それを何処でどのように実現するかについては皆目見当がつかなかった。自分の夢より息子の夢にかけてみる気になった。息子の希望についてなにげなく社長に話してみた。先代社長は鬼籍にはいって長男が二代目社長になったばかりのときである。二代目は信吉より十ほど年上で前社長同様信吉の人柄や彼の腕、一口でいえば彼の人間性をとても愛していた。二代目は先代以上の野心家で信吉の野心もいたいほど感じていた。信吉の人柄からすればまさか同じ土地で彼と競合するようなことはしまい、とは踏んでいた。そのことは別として、お気に入りの彼をなんとか手元にとどめておきたいと苦慮していた。両者の思惑が一致したことになる。「わしが息子さんの学資を援助しよう」ということになった。「ただし、卒業したらこの土地で開業すること」という条件付きである。開業についてはそれなりに援助するということでもあった。

十

信吉さん夫婦の一人息子がT都で医師の免状を取っていよいよ帰郷することになった。彼ら夫婦は信吉さんが婿入りした家に住んでいた。せまい敷地のちいさな家だった。メイン・ロードに面してはいた。がなによりも中心地からあまりにもとおかった。息子が凱旋することになる一年ほどまえから場所探しがはじまった。各方面に顔のひろい呉服屋さんが中心である。この呉服屋はセンダ先生がそこから妻を娶ることになる家である。

Yたちの街は東西にながい。そのほぼ中央を県道が十字に横切っている。県道を中心に西側、駅に向かって商店がつらなる。信吉さんの息子、つまりセンダ先生の医院の場所は県道を東に過ぎてすぐのところにきまった。呉服屋からは二百メートルもはなれていなかった。質素な二階屋を呉服屋さんが交渉で手にいれた。信吉さん夫婦も息子に肩身のせまい想いをさせたくないと奮闘した。H造船所からもなにがしかの援助があった。しかし呉服屋さんの力がいろんな意味で一番おおきかった。

信吉さん夫婦はそこに越して来なかった。まだ船大工の現役だった信吉さんにとって仕事場にかようのにとおいからという理由である。たしかにそれは一つの理由だった。が、通常の親が感じる以上にわが子が自分たちの手をはなれたと感じていた。船大工という職業を恥じていたわけではないがすこしとおくから見守ってやった方がいいと考えたのだ。彼らにとって息子はもはやセンダ先生である。彼はこの言葉を口にするのが好きだった。ときには大声で「シェンダシェンシェイーかっ」と言って破顔することがあった。清乃さんもそばで顔をほころばせている。息子である先生は彼らの意志を尊重した。

信吉さんは貧乏人の子沢山のなかでもまれてそだった。しかも年少にして家を出た。家庭愛にかけておおきくなったところがある。彼と彼の妻と孫たちの無私のながいかかわりあいも述べたいところだ。しかし、この老夫婦にはここで一回退場してもらうことになる。

その家に住みだした当初、センダ先生は実質的に呉服屋の婿養子になったのではないか、と憮然として考えた。鷹揚な先生はそんな想いを簡単に払拭した。その屋敷にはもともと通りに面してコンクリート製のちいさな門があった。門はS半島、つまり北側に向かって開いていた。門のすぐ左手、東側に庭をつぶして医院が建造された。外観は白ペンキ塗りの典型的な木造洋館である。きわめて魅力的な建物だったが内部はせまい。待合室も診察室もこぢんまりとしたものだった。待合室にはソファーがL字型におかれていた。せまい空間に不似合いなほどおおきなものだった。糊がかたくきいたカバーがかけられていた。麻と綿の混紡らしく純白ではなかった。が、Yはそこに座るには尻のほこりをはらってから、という気がしたものだ。彼は小学生のとき三、四回センダ先生に診てもらったことがある。おもに腹痛のためである。室内で彼がもっとも魅かれたものはリノリュームの床だった。いつもうすく油がひかれていてつやつやと輝いていた。その床を見るためだけにでも病院に行ってみたいと思った。それはなにかハイカラなものの象徴のように思えた。彼は意識はしていなかったが、それは彼をひろい外部の世界にいざなっていたのだ。

先生は身体のおおきな人だった。金縁の眼鏡のしたの目は柔和である。にこやかでやさしげな人だった。その印象どおり言葉もしずかで穏やかだ。若いときから動作もゆったりと緩慢だった。それがYに信頼感をあたえた。だが、人間としての自信からくるらしい自ずからの威厳があった。Yは率直なところこの先生がこわかった。先生をささえる看護婦は一人だった。背筋がまっすぐでてきぱきと仕事をこなす年配の人だった。子供を招じ入れてもにこりともしない。この看護婦も診察室のなごやかさのなかにも何かぴりっとした空気をかもしだすのに一役かっていた。Yが本当の意味での都会を初めて感じたのはこの医院とこの先生からである。小学校の先生たちも標準語で授業をしていた。しかし幼児にむかって、「ぼーや、あーんと口をあけてごらん」と言えるのはこの先生しかいなかった。ここは説明が必要かもしれないが省略する。

十

センダ先生の奥さんはさきに書いたように呉服屋の娘である。その呉服屋は界隈で知られた老舗だった。店の四人兄妹のうちの一人娘が先生の妻となったのだ。先生の在学中に彼女との見合いがあった。H造船所の社長のお膳立てである。先生は彼女を一目見て気にいってしまった。医師免許取得と同時に結婚という話し合いが即刻できてそのとおりになった。二人の間になかなか子供が生まれなかった。当人たちよりも周囲が気をもんだ。やっと男子の誕生があった。彼は成長すると父の跡を継ぐべくそれなりの努力はした。が果たせなかった。この物語の時点で彼は魚市場の大物になっている。テーブル・ワークを嫌ってすきをみては現場に出て来て部下に煙たがられているという。五年後に女の子が生まれた。

彼と彼女が信吉さん夫婦から数えて三代目である。三代目にしてこの家系に希少種が誕生した。マルさんの母になる人である。名を弓子という。センダ先生は比較的に現実的な人間である。奥さんはやや夢想家的なところがあった。自分ではなにを夢見ているのか具体的にわからずに夢という言葉がすきだった。女の子が生まれたら「夢」という名をつけようと夢見ていた。先生は自分の子供の命名くらい妻にまかせてやろうと考えていた。自分は超エリートとして都の生活を経験してきている。妻は裕福な商家の娘とはいえ小さいな胸に夢をいだきつつ、結局それがなんであるかも言葉にできずおおきくなった。娘の命名の夢くらいかなえてやりたいと思っていた。しかしいざその時になって、ずばり「夢」では成長した子供に名前が負担になり過ぎると考えた。そう説明すると妻もあんがい簡単に納得してくれた。ついで「夢子」というやや毒気を抜いた候補が浮上してくる。だがこれは誰がみても旅芸人的なやすっぽい名前である。先生の奥さんは考えに考えた。その結果、「夢見る子」をひとひねりして「弓子」という名にたどりついた。先生の奥さんはなかなか馬鹿ではない。しかし現実にどんなことを夢見る子にそだってもらいたいのかは判らなかった。だがそれは結局、母の子にたいする祈りだったかのかもしれない。人生のどんな困難なときにも夢という生きる力のささえとなるものを心の中心にもちつづけてくれ、という。夢という言葉でおきかえられる世間のあかにまみれることのない魂の純粋さをもちつづけてくれ、という。

信吉さんの系統は小柄で多産だった。清乃さんの系統は大柄で少子系であるらしい。母系らしいセンダ先生は「威風堂々」の美丈夫である。弓子さんも大柄で色白だった。一見平凡な顔立ちだが見つづけていると人はその美しさに気づく。なによりも彼女のまわりには独特の雰囲気があった。家庭環境がよくて心の純粋な者のみがかもしだす雰囲気である。センダ先生夫妻にとって幸か不幸かその名前が含意するとおりの少女にそだった。彼女の母の時代よりもさらに外界への知見がひらけた時代だった。しかしいつの日か地中海の海岸で足を海にひたして紺碧の空に目をほそめてみたい、或いはアメリカの大草原に寝っころがって満天の星々をあおいでみたい、と夢見るには時代はあまりにもとおかった。彼女は自分がなんとなく夢見ているということさえ気づいていなかった。ほんとうの意味で夢のなかに成長していた。

十

ゆたかな感受性をもった子でもあった。ゆたかすぎるほどである。過度に事象に感応してしまうのだ。普通の人ならかるく見過ごせることにいちいち涙ぐんでしまう。物事の起承転結のそれぞれの段階で胸をふるわした。人の殺し合うがごときは彼女の理解をこえた事態である。人間同士が殺し合うことなど想像もできない。大陸ではそういうことが国家間の規模で行われはじめていた。もともと事物のよい側面しか目にはいらない少女である。くわえて生きるための防衛本能が彼女の心にあまりにも悲痛なものを排除しようとする。彼女はつとめて美しいものしか見ようとしなかったし想像しなかった。なにか現実ばなれした雰囲気が彼女のまわりにあった。世間は「すこしおかしいセンダのお嬢さん」と言っていた。センダ先生夫妻はこの子があわれでならなかった。この子がこの汚濁の世のなかでまともに生きてゆけるだろうかと思う。時代の状況は厳しさをましつつあった。世間がわが子について言ってることも承知していた。だが、人々も彼女の魂の純粋無垢さは知っていた。彼女の感受性のいわば過度な反応を笑っていたとしても、誰もが「私たちもあんな純粋な人間になれたらいいのに」と羨望していたのではないだろうか。

長じるにつれて彼女には肉体的にも特異な感受性があることが判明してきた。性的感性である。彼女は自分の性的感受性が人並みはずれたものであることにながく気づかなかった。

Yたちの土地には、女子が通う「高等女学校」がなかった。彼女は隣市の「高女」にかよった。エリートである。その学校に国語担当のある先生がおられた。四十を過ぎた人物である。弓子さんはその間は事情をくわしく知らなかったが、先生が熱烈な恋愛で結婚された、ということは聞いていた。その学校で有名な話で話が一人歩きしているきらいがあった。夫妻にはすぐに子供が出来た。男子である。彼は重度の知能障害者だった。二年後にまた男子が生まれた。また知能障害者である。三回目に妻が身ごもったとき彼らはそのことに対処するために心身を削るおもいをした。結局（という言葉はあまりにもかるいが）、二人はあたえられたものを受け取ることを決意した。信仰者的決意である。だが彼らは信仰者ではない。

一個の人間として決意したのだ。三人目もやはり男子で精薄児だった。つづく不幸によって夫婦の愛は荒廃することはなかった。非運な子供たちへの愛がかえって彼らの愛をふかめた。人を愛することの本質をまさに心身をけずりながら教えられたのだ。子供たちをはさんで彼らの愛は強固になった。強固にならざるをえなかった。おたがいが愛し合うこと以外に彼らには生きのびる道はなかった。夫妻は夕暮れに小径を手をつないで歩いたりした。それは当時としてめずらしいことだった。弓子さんはその噂の情景を想いえがくと胸がいたんだ。彼女は学校で先生の姿をときどき目にした。思慕と畏敬の念で自然に頭がさがった。先生は痩身ではなかった。背が高かったせいか細身に見えた。彼の境遇にたいする思い込みが彼を痩せて見せていたのかもしれない。彼は黒縁の眼鏡をかけていた。高い鼻と秀でた額の持ち主だった。どれだけの苦悩を濾過したのかその額は澄んでいた。彼女は女として先生をしたわしいと思った。彼女のみならず同校のおおくの少女たちは同じ感情をいだいていただろう。しかし、弓子さんは彼にたいして「なつかしい」という想いをもった。年齢的に三十ちかくも年上の男性である。「父のようになつかしい」という感情はありうるだろう。でもそれとは違う、と彼女は思った。彼のことはいつも彼女らの話題になる。が、「何かなつかしい」と思う少女たちはいなかった。弓子さんは彼女独自らしいその感情を皆んなのまえで口にしなかった。

十

最終学年にすすんだとき彼女の人生で初めての夢が実現した。思慕する先生に国語を担当してもらうことになったのだ。国語は三教科にわかれていた。「講読」、「文法作文」、「習字」

である。先生はおもに「講読」を担当されていた。学校は四年制の高女だった。最終学年は今日の高一である。弓子さんはこの年齢になるまえころから背丈が急速にのびた。もともと大柄なのがよけいにそれが目につくようになった。彼女の第一印象は色白な大女、である。肉体的に豊満なことがもてはやされる時代ではない。食料の不自由さも顕著になりつつあった時代である。彼女自身も自分の身体をもてあましていた。恥じていたかもしれない。さらに顔の表情が肉体と際立った対象をなしていた。いつも彼女自身はここにいない、何処かほかのところにいる、というまさに夢見る表情を見せていた。それに同世代の少女にくらべ表情がきわめてあどけなかった。男ならむしゃぶりつきたいと思う少女となった。

先生の最初の授業を受けるまえの夜はほとんど眠れなかった。もう眠らずに朝まで起きていようと思ったほどだ。明け方にうとうとしたらしい。母に身体をゆすられて目がさめた。時間がないのに身支度がととのわない。なにか些細なことが気になる。母にそくされて家を出た。小走りでなんとか汽車には間にあった。

「講読」は生徒たちに「読み」の力をつけさせる科目であることは言うまでもない。しかし先生の「講読」の時間は先生自身が教材を読むことがおおかった。生徒たちもそれを望んだし彼もそれでいいかなあ、と思うようになっていた。

先生の「講読」の魅力は学校中の評判だった。彼は弓子さんたち、初めて受けもつ生徒のまえで簡単な自己紹介をした。といっても、自分の姓を告げて「しっかり勉強しましょう」と目を伏せて言っただけだ。弓子さんはその声を初めて聞いた。すこし低めという以外にとくに特徴のある声ではない。が、先生が教科書を開くと教室はぴたっとしずまった。静けさが待ち受ける。先生は静寂を振り切るように咳払いをした。それから彼は教室の生徒たち全体に目をそそいだ。先生が読みはじめる。即座に少女たちは引き込まれる。間もなく少女たちはふかい精神的世界に浮遊しだしたことを感じる。聞き惚れるのだ。彼女たちの魂は先生の精神の深みにゆっくりと降りて行く。彼の声にはかくしがたい寂寥感がともなっている。それが彼女たちを魅きつける。弓子さんはこんな澄明な寂しさと精神の深さを人間の音声に経験したことがなかった。それは少女たちの共通の認識だったはずだ。彼女たちはこの声は先生の魂の告白だと思っていたのではないだろうか。彼女たちは先生の心の底にある悲しみにさぐりを入れていたのではないだろうか。そこから何かをくみ取ろうとしていたのではないだろうか。多感な彼女たちはさきの見えない困難な時期に、生きるささえになる何かをさぐっていたのではないだろうか。

　弓子さんは間もなく身体の中心が先生の声に感応することに気づくようになった。自然に性器が濡れてくる。心の指がうっとりと彼女の性器を撫でる。夏休みが終わると机のうえで人差し指を動かしていた。指の動きあまりに激しいとそれを机のしたにかくしてした。ときどき絶頂にたっしてそれをかくすのにさらに苦労した。女性の身体構造は精神的快感が性的快感を誘発するように出来ているのではないだろうか。大なり小なり生徒たちは先生の授業に肉体的快感を同時に得ていたに違いない。弓子さんの場合はそれが強烈だったただけのことだ。

彼女は身体がおおきいので席はつねに壁ぎわにあった。彼女の反応は同級生にしばらく気づかれなかった。先生は当然気づいている。見かねて「センダ君」と声をかけて彼女の注意を喚起する。先生の声に忘我状態の肉体が反応する。腰がくだけた。彼女は椅子からずり落ちる。こういうことが二、三回起きるとさすがに同級生たちも彼女の異常さに気づいた。軽蔑と羨望が半ばの感情で彼女のことを噂した。弓子さん自身も自分が性的に敏感過ぎるのではないか、と思いはじめた。弓子さんはまごついていた。自分という人間にまごつきはじめていた。彼女は自分の身体にたじろいていた。

とうとう弓子さんが一番おそれていた日がやってきた。それは卒業の日である。卒業は国民学校ですでに経験していた。とても悲しかったがほとんどが会おうと思えばまた会える人たちとの別れだった。彼女はその悲しみをかなり短期間で克服した。先生との別れは永遠の決別になるはずである。もし先生から、「そばで女中として働いてくれないか」と要請があれば快諾しただろう。それは彼の妻となることと同様にあまりにも非現実なことである。彼女は別れのつらさのへの対処の仕方を生涯にわたって工夫した。その方法は見つからなかった。些細な別離にもいつも心を傷めた。

卒業式の一週間まえから毎日泣いていた。前夜は一晩中泣いた。同級生が「どうしたの?」といぶかる表情で卒業式に臨んだ。二百名ほどの卒業生と二年と三年の在校生が講堂をうめている。彼女らは制服に身を正して起立している。父兄の出席もあった。かなりの数である。先生方は講堂の右壁際に威儀を正していた。その場で弓子さんは自分が意外に平静なのに驚いていた。式が進行するにつれてまわりにすすり泣きが起こった。彼女は泣かなかった。先生方の中ほどにいるかの先生に意識のすべてが集中していた。彼女は叫びだしたい思いで彼を見つめていた。やがて、先生が左の人差し指を眼鏡のしたにいれて目尻をぬぐった。同じ指で右目の目尻もぬぐった。左目から一筋の涙がつっと頬をつたった。と同時に弓子さんはしゃがみこんで嗚咽をこらえた。すぐに彼女は立ちあがった。彼女は壁に向かって同期生の間を数歩縫った。仲間に腕を取られてわれに返った。彼女は顔をおさえて便所にかけ込んだ。壁にすがって号泣した。駆けつけた担任の先生が彼女の肩に手をおいて拍子を取るように肩をたたいた。彼女の泣き声は激しくなるばかりだった。先生は彼女を壁からはがしてしっかり抱きしめた。袴姿の小柄な先生の肩に顔をうずめて弓子さんは泣きつづけた。

十

あの困難な大戦の時期に弓子さんは思春期を過ごした。センダ医院も閑散としてほとんど客はなかった。なんとか一家三人が食べられる程度だった。兄は戦地に駆り出されていた。一家最大の関心事は彼の身の上だった。彼のことは行住坐臥、彼らの頭から離れることはなかった。しかし息子のことを父と母は話題にすることを極力さけた。場合によってはその話題が弓子さんを一晩中眠れなくさせた。センダ先生は当初から「馬鹿な戦争をしたものだ」という判断力はもっていた。時がたつにつれて息子の無事な生還のむずかしさを感じていた。彼は妻にそのことを告げた。彼女は「覚悟はしているつもりです」とこたえた。彼女も娘と同じ高女の出である。世間の勇ましいかけ声とは違うなにかをうすうす感じていた。

楽しみはなかった。ちいさな窓口の受付を弓子さんが受け持つようになった。ながく看護婦さんが兼任でこなしていたものである。事務も引き継いだ。それらのことがなんとかつつがなく弓子さんに日中を過ごさせた。夜に夕食をかこむときが彼女にとって一番楽しいときだった。丸いちゃぶ台をかこんでの粗末な食事ではあったが。食後、父からT都の話を聞くことがとくに好きだった。センダ先生にはそこは超エリートとして遇された場所である。ほとんどがよい思い出ばかりである。血気盛んな青春時代の思い出話でもある。時代もよかった。先生自身も話すことが楽しいのだ。彼は妻となる人との見合いは休暇帰省中にこの土地でした。その後彼女とその母が先生をたよって三泊四日の日程で上京したことがある。弓子さんの母もT都のことは実際に多少は知っている。彼女も夫の話にすこし口をはさむことがあった。弓子さんは両親の話を「うらやましいなあ」と思って聞いた。物理的にも灯火管制で暗い世の中だった。夕食後のわずかな団欒のときくらい楽しい話をすることに先生はつとめた。しかし彼は弓子さんと彼女の将来についてほとんど語ることをもっていなかった。それがつらかった。もっとも夢が必要な時代に夢を語ることなどできない状況だった。皆んなはやめに床についた。弓子さんは寝床のなかでなにを夢見ていたのだろうか。夢をいだくということさえなんのことかわからぬ時代である。兄の無事を祈りつづけていたことは確かである。もっと確実なことは弓子さんは自分の身体を扱いあぐねていた。

この国があの大戦に負けた年、弓子さんは二十《はたち》だった。彼女はまさにSという時代とともにあゆんだのだ。一家の心労の中心だった長男も敗戦の翌年に帰還した。弓子さんは敗戦後一年目に結婚して一子をもうけた。マルさんである。

十

相手はセンダ医院に出入りしていた銀行マンである。彼は土地の旧制中学を卒業すると土地の銀行につとめた。戦争に駆り出されたが幸運にも生還してもとの職場に復帰した。弓子さんのことは当然よく知っていた。もし無事で帰ったら彼は最初にすることをきめていた。それは弓子さんをお嫁にもらうことである。帰郷した翌日彼はセンダ医院を訪れた。簡単な挨拶をすますとあらたまって彼の想いを伝えた。ほとんど土下座せんばかりだった。先生はその態度にいささか驚いた。弓子さんはその青年に熱烈に望まれたのだ。

人にはそれぞれ夢がある。弓子さんがもっていたかもしれない漠然としたロマンチックな夢だけが人間の夢ではない。当時は腹一杯しろいご飯を食べてみたいというのが日本人大方の夢だったはずだ。弓子さんの夫になる男にも夢があった。彼の活動している分野でできるだけ出世することである。その種の夢は「夢見る少女」的外見を呈さない。彼はてきぱきと実務的である。彼を好意的に見る人たちは、「小気味よいほどだ」という評価をくだしていた。センダ先生は彼が自分の娘に適している人物かどうかについて不安があった。兄は「弓子にはあんな男の方がかえってええじゃないの」という意見である。先生も「なるほどそおか」と思うところがあった。一番決断がつかなかったのは母親である。彼が長男でないこと、従って嫁ぎ先で舅姑《きゆうこ》との軋轢で涙を流す必要のない相手であること、それに社会的評価がたかく収入も人並み以上である銀行員であること、が彼女に決断させた。

もっとも迷いがなかったのは弓子さん自身ではないだろうか。とにかく結婚したかった。なにがなんでも結婚生活を経験してみたかった。しかも相手は容姿容貌もどこに出しても恥ずかしくない人物である。強いて言えば国語の先生のようないわく言いがたい雰囲気がない。それは先生のような経験をへてきた者のみがもち得る雰囲気である。そんなことは弓子さんも百も承知していた。あの時代状況のなかでも甘い新婚生活を夢見たこともまた事実である。しかし彼女を結婚に一番駆り立てたのは生にたいする渇望である。困難な時代に彼女には沸き立つような生にたいする渇望があった。それは勿論、性にたいする渇望でもあった。それは彼女自身が嫌らしいと思うほど強烈なものだった。弓子さんは相変わらず自分にまごついていた。精神と肉体のアンバランスに戸惑っていた。なにか不吉なものさえ感じていた。おおきな好奇心にともなうおびえだった。

結婚にさきだってセンダ先生夫妻はひろい土地を弓子さんたちに買いあたえた。はやめの財産分与というところだ。土地は海にちかく、農業用水路に面していた。彼女たちには当時用水路という認識はなかった。それは彼女たちの土地にある唯一の川という認識だった。川幅は五メートル程である。土地はその川にそって走るせまい道にせっしていた。二百メートルも東にくだると砂浜に出た。潮の香りのする地域だった。あたりはほとんど畑だった。彼女夫婦は結婚と同時にその場所に家をたてた。三間の平屋である。おおざっぱに言えば道に平行して六畳の部屋が三つ並んでいるというものだ。飾り気のない粗末なものだった。が食べることがやっとだった人々に比べて、きわめて恵まれた結婚生活をはじめたことになる。

弓子さん待望の性生活がはじまった。それは弓子さんにとって想像以上にすばらしいものだった。彼女の反応もまたきわだっていた。結婚生活半年が過ぎるころからアクメの後に嗚咽することがはじまった。絶頂に達するまえからひそやかなしゃくりあげがはじまる。絶頂を過ぎてさめざめと泣いた。弓子さんは嗚咽のなかで自分を取りもどす。自分にもどって泣いたことを恥ずかしくもあり誇りにも思った。夫はむろん弓子さんが初体験の相手ではない。女郎屋というものが存在した時代である。数人の商売女との交渉はもっていた。寝物語にその方面のことをその道のプロから多少は聞いていた。戦後雨後の筍のように出版されたエロ本も結構読んでいた。性交時に芳香を発する女性のことは書いてあった。「それはあり得ることだ」と彼も思った。よさに泣く女の話は聞いたこともなかったし読んだこともなかった。彼はすばらしい女に出会ったことになる。

十

彼は弓子さんより二つ年上だった。身のこなしがきびきびしていてなかなかの好男子である。酒場でももてた。しかし弓子さんとかなり違うメンタリティーをもっていた。それでも弓子さんのように過度な感受性の人を軽蔑していたわけではない。そのような人間になろうとしていなかったし結果としてそういう人間になっていない。そのことになんの不満もなかった。自分が目指している方向性からするとそれが正解だったと考えていた。やはり行動として表面に現れるものは繊細さの欠如である。他人の心情を思いはかる素質にかけていた。そんなことにかかずらわっている暇はないと考えているのでなおさらである。彼は弓子さんの人となりを知っていた。彼の性格と相当にことなるものであることは十分に承知していた。

それが結婚におおきな支障になるとは考えていなかった。彼は彼女の身体に惚れたのだ。男だったら誰でも彼女を抱いてみたいと思っただろう。一方、弓子さんに漠然とした不満がなかったわけではない。なにかが違うなという気持ちがなかったわけではない。が日々をはつらつとして過ごした。セックスがうれしくてたまらなかった。夜が明けると夜が来るのがまち遠しかった。そして、マルさんが生まれた。

信吉さん夫婦は曾孫であるマルさんの顔を見てから亡くなった。信吉さんが先に逝った。半年もせずして清乃さんがあとを追った。申し合わせたような死に方だった。弓子さんには初めての肉親との死別である。でも彼女にとってさいわいなことがかさなった。一つにはわが子が生まれていたこと。さらには祖父母がともに当時としては天寿を全うして、弓子さんの息子を見て死を迎えたこと。彼女は彼らの死にたいして目をつぶる努力を必死にした。悲しみのなかで何かがガタッと一回転したことを痛感した。公私ともに時代が一回転したのだ。泣いてはおれない、と彼女は思った。

弓子さんはマルさんを文字通りなめるように育てた。夜のみならず昼の生活も楽しくてしかたないものになった。よろこびの結果としてこんなにかわいいものが授かるありがたさに怖さえ感じた。がやはり、よろこびの結果だからこそこういう宝物を授かるのだと思った。わが子をおぶって毎日のようにセンダ先生のところに出かけた。挫折した兄は魚市場に職がきまり結婚したばかりだった。マルさんがセンダ先生にとって初孫なのだ。先生は町で有数のインテリである。過度な愛情の表出をおさえた。そのぎこちなさが弓子さんの目をうるませた。彼女の母は愛情をだし惜しみすることはなかった。弓子さんと競うようにマルさんを慈しんだ。弓子さんの兄嫁は物静かでひかえめな女性だった。弓子さんのやめたあとの「受付窓口」の仕事を教わりながらやっていた。学歴はなかったがそれを気立てのよさでおぎなっているという女性だった。彼女は弓子さんを世間の噂だけでも好いていた。実際にせっしてますます好きになった。マルさんは愛情まみれで幼年期を過ごすことになる。

十

弓子さんの家のまわりにほとんど人家はなかった。午前中はマルさんは一人でひろい屋敷のなかで過ごすことがおおかった。午後はかならずと言っていいほど母とともにセンダ医院に出かけた。そのうちに本家で女の子を先頭に二人の男子がつぎつぎに生まれた。マルさんは生来おとなしい子だったがやはりお兄さん格ということになる。本家の幼児たちは、「兄《あん》ちゃん」、「兄ちゃん」と彼が来るのを待ちあぐねていた。

日のながい春や晩夏の日曜日の夕暮れには親子三人で浜辺によく出かけた。砂浜にはまだたくさん貝殻が打ちよせられていた時代である。弓子さんもマルさんも桜貝がとくにお気に入りだった。弓子さんは暮れなずむ風景のなかで手の平の桜貝をまえにして涙ぐんだりした。夫は苦笑しながらそんな彼女を眺めていた。彼も息子を愛していた。しかしいつも教育者としての目で息子を見ることをやめなかった。知性がまさった愛である。弓子さんは馬鹿な人間ではないが知性的にふるまうまえに感情が動いてしまう。彼らは下駄をすてて打ちよせる波とたわむれたりもした。静かでしあわせなときが過ぎた。

ところが、順風満帆のマルさんの日々に晴天の霹靂のごとき事態が突きつけられた。それは母が夜中に泣いているということである。彼が小学校二年の夏休み、ある熱帯夜のことだった。夫婦はマルさんを隣の部屋にうつした。それはなんの効果もなかった。境は障子が仕切っているだけだからだ。心理的にかえって彼らには逆効果でさえあった。彼らは毎晩一回から三回マルさんを悩ますことをした。週末には四、五回もそれがあることがあった。さいわいなことにマルさんはまだ幼かった。隣の部屋が気にはなるが熟睡してしまう。夫は妻の身体に触ることを自制できなかった。そもそも自制するという意識はきわめてうすかった。弓子さんは触られるとかならずその気になった。奥手であったと自称しているYなど思いもおよばぬ大問題を、マルさんは小学校低学年の段階で突きつけられたことになる。人間がセックスをするという大欠陥をもった存在であることを考えるように強いられたのだ。マルさんにはそのものの実態は勿論たしかでなかった。両親が夜中に隠さねばならない何かいやらしいことをしているということはだけは理解できた。それはマルさんにとって問題がおおきすぎた。思考の対象としては彼の手に負えない種類のものだった。

親子が川の字形に寝るという習慣や家屋の仕組みとその貧弱さのゆえに、この国の幼児のなかにマルさんと同じ問題をかかえて成長した子がおおい可能性はたかい。愛し尊敬する母が発する身も世もないよがり声に悩まされた子供たちもいたことだろう。それにくらべれば嗚咽する母は子供にあたえる精神的衝撃はちいさかったかもしれない。弓子さんはよろこびの代価のおおきさをひしひしと感じていた。自分がこういうものであることのうれしさと悲しさを同時にあじわっていた。女の業というようなものも感じていた。人一倍情愛のふかい彼女はとにかく彼を力いっぱい愛することだ、と考えた。唯一のたのみは「大きくなったらいずれかはわかってくれるだろう」ということにつきた。その「いずれかは」の年にわが子がたっするのには十年程の歳月が必要だろう。それを考えると弓子さんは頭をかかえ込んでしまう。結局母子に救いだったことは弓子さんがふかくわが子を愛していただけでなくそんな自分を好きだったことだ。この混乱のなかで彼女は女学生のとき国語の先生に、「なつかしみ」の感情をいだいていたことを思い出していた。

十

マルさんの幼少年期は子供たちが群れて遊ぶ時代だった。しかし彼の家のまわりには人家がすくなかった。生来おとなしい子でひろい屋敷で一人で遊ぶことになんの苦痛も感じなかった。午後には毎日のように本家に母とともに出かけたことはすでに書いた。小学生になって下校するとかならずセンダ先生の家によった。母もそれをよろこんだ。自分の尊敬する父の影響をすこしでもおおく受けてもらいたかったのだ。従兄弟たちも彼をまち受けていた。父親は仕事のために夜八時まえに帰宅することはほとんどなかった。あの夏の夜の一夜から表面的に何事もかわってないようにみえた。だがマルさんは次第次第に無口になった。従兄弟たちと遊んでいる最中に手をとめて虚空をにらんだりして彼らを驚かせた。母親や父親にさわられることを極度に嫌った。肉体的距離が次第に心理的距離にもなった。弓子さんは兄の挫折の過程をよく知っていた。「しっかり勉強しなさい」とマルさんに言ったことはない。父親は彼にひとかどの者になってもらいたかった。世間的に自分以上の大物になってもらいたかった。勉強についてはかなり口やかましかった。マルさんは馬耳東風をきめこんでいる。

「お前聞いているのか」と、父はときには叱責する。すると彼は無言で家を飛び出してしまうこともあった。弓子さん夫婦はマルさんを気むずかしくした原因を知っているだけになすすべがなかった。誰かに相談できる筋合いの問題でもなかった。センダ先生夫妻はマルさんの変化に気づく。「なにかあったのか?」の問いかけは勿論あった。その問いに弓子さんたちは答えることができない。彼ら夫婦は成り行きにまかすしかなかった。

マルさんはなにか根本的な大問題を突きつけられた、という意識からのがれることができなかった。時にはワッと叫び出したくなるような気分になった。自暴自棄になりそうなことがあるが、本来のやさしい性格が彼を安全圏に引きとどめていた。それに「いざ」というときに彼の防御本能が思考を停止した。判断停止の茫漠した状況のなかに自分をゆだねた。学校の先生からいつもぼっーとしたところがあって集中力にかけている、という評価を受けつづけた。弓子さんとは別の意味で本人はここにいない、という印象をしばしば人々にあたえた。それでも地元の普通科の高校にはいった。

なんとかマルさんは二年なった。担任は地理の先生である。健康で子沢山が自慢のようだった。マルさんはそもそも子沢山ということが気にいらない。そのうえ道徳的説教がおおい。健康で子沢山であることが道徳的にも秀でているかのような口ぶりである。彼が最も反発を感じる大人である。無口で自己表出を嫌っていたマルさんは言葉での反発はしなかった。身体で不快感をありありと示した。担任は二学期のある日、マルさんの家をわざわざ訪ねて彼の危惧を弓子さんに告げた。先生は単純で善良な人だったのだ。担任がマルさんのことを心配しておられると弓子さんは伝えた。マルさんは「じゃ、学校やめるわ」とあっさり言った。彼はやめるきっかけをまっていたのだ。こういうことがありうると予測していた弓子さんのあきらめははやかった。彼女は自分が傷つきやすいのでいつも最悪の事態を予測してそれに備える習性が身についていた。父親は「そーか」と言ったきりだった。非常にきっぱりとした男らしい性格なのだ。それにずっと以前から息子は彼の手のとどかないところで生きている、と認識していた。聡明な彼は騒ぎだてがかえって問題を複雑にすることも知っていた。結果としてマルさんは家庭内の愁嘆場も見ることなくめでたく高校を中退した。

十

マルさんは大工という職とハラさんに行き当たるまでに四つ五つ勤め口をかえた。同僚と喧嘩したわけではない。仕事に落ち度があったわけでもない。結局、人と距離をおいて接することに原因があった。それが同僚との間に壁をつくる。そのことについて上司からしばしば注意される。「わかったか！」と言われてもかるくうなずくだけである。「わかったら『はい』と返事しろ！」ということになる。センダ医院の先生の孫であることもマルさんに逆風として働いた。身体が大きいこともマイナスとして作用した。他人の利点や美質をすなおに、「いいなあ」と受け取る人はまれである。ほとんどの人々にそれは妬みと憎しみの対象となる。上司にとって彼はなにかのっそりしてふてぶてしい男にうつるらしい。ときどきマルさんは言いたいことが山ほどあるという気がしたがそれを言葉にしない癖がついてしまった。両親を憎んでいたわけではない。両親を苦しめるつもりもない。センダの祖父母が心を痛めていることも知っていた。人間に夜の世界があることも、それを全面的に肯定できるか出来ないかは別として納得していた。正常な人間なら誰でもすることである。彼の両親だけの特殊な行為ではない。そんなことはすでに自明のことだ。ただ、あまりにも幼いときに人間の全体像を見せられてしまった。それが彼の成長に強烈な影響をあたえた。自分のあずかり知らぬことで苦しめられている、という想いにいつもとらえられていた。弓子さんと同じ想いである。彼の資質は両親の血をひいて優れたところがあった。感受性も弓子さんの子だけに相当なものである。その感受性が彼にかえって災いをしたのかもしれない。いずれにしても自分のために周囲を苦しめている事実に彼も苦しんでいた。そういうときに大工の話がもちあがった。彼はそれまで大工なることなど考えたことがなかった。

客観的に言えば結局、「人間とはなんであるか?」という誰でもが投げかけられる問いをマルさんは幼いときに突きつけられたのだ。それもまことに特殊な形で。彼も成長するにつれて彼の問題がその問いに帰着することも当然認識するようになった。そこにたどり着くまでの道程はながかった。なにか自分には手に負えない問題を突きつけられているという混乱のなかで、両親にたいする不潔感のなかで、彼は彼をとりまく者たちから愛されているという意識はきちんともっていた。自分も結局は、両親を好いているという中心になるものにはなんの変化もなかった。両親をはじめまわりとの接し方がうまくいかなくなっただけだ。この軋轢が彼の外面的生き方にじょじょに作用した結果もおおきい。彼は困難なときに彼の一番中心にあるものにすがった。それを大事なよりどころとした。彼の心のもっとも中心にあるものを大事にしつづけた。それにすがりつづけたのだ。それは、かわることのない親子の愛情だった。運命的なあの夏の夜からも彼の心にありつづけた両親への愛だった。普通の環境にそだった子供たちよりその中心が純なままでのこった。彼は一番大事なものを守りとおした。それは日常の立ち居振る舞いでは認めがたいものだった。それは多分、芸術分野での表現でのみ彼本人も他人も認め得る魂の幼い純粋さだった。センダ先生の妻、弓子さんの母、マルさんのおばあさんの夢は実現したのだ。弓子さんからマルさんへ引き継がれたのだ。どんな個人的社会的状況にも汚れることのない魂を、伝え引き継いで行くこと以上のおおきな夢が、人間とってあり得るだろうか。

十

マルさんがハラさんに出会ったのは彼が二十《はたち》になったばかりのときだった。当時、自分がどのような人間なのか明確にわかっていたわけではない。が、一つだけはっきり理解していたことは、自分が根性の曲がった人間でもないし根性のきたない人間でもない、ということだった。弓子さん夫婦もそのことははっきり知っていた。だから、息子が何回仕事に失敗しても本質的なところでは安心していた。ハラさんは彼が自分と同じく高校中退者であることに、「お前もや」と親近感をいだいたかもしれない。それはあり得ることだ。それがハラさんが「マル」、「マル」と愛情をこめてよぶ理由ではない。ハラさんはそんな小物ではない。彼はマルさんの心根のよさをすぐに見抜いた。さらに、無愛想でぶっきらぼうな外面のしたに彼が守りとおして来たものも見抜いていた。本人自身が気づいていない魂の純粋さに彼の慧眼が到達していたのだ。マルさんはハラさんの自分を見る目が今までの誰とも違うと意識していた。

ハラさんは腕がすこぶるよい。彼がなにも言わなくても、「ああならないといけないなあ」といっしょに働く者は思う。彼を目標にして努力する。従って仕事上の忠告もほとんどない。聞かれれば出し惜しみすることなく丁寧に教えた。先輩ぶった説教の類は嫌悪していた。そのうえまだ若いハラさんに諦念のようなものがあった。人間の性格は高校入学時までに出来てしまっている。その年齢をこえた人間に忠告をしてもなんの意味もないと考えていた。腕はいいし説教はない、しかも独身である。くわえてどうも当分結婚しそうにもない様子である。マルさんにはもってこいの上司にめぐりあったことになる。

マルさんの趣味はオートバイをブッ飛ばすことである。それ以外になんの趣味もなかった。その爽快さを人に語ったことはなかった。ハラさんやYにならば話してもいいなあ、と思う。

十一

「ポチの家」の若いママの名は「辺」と書いて「ほとり」と読む。

海にあこがれていた彼女の父は男の子が生まれたら「海」という名前をつけることにきめていた。初子が女の子だった。そこで海辺から辺の一字をとってわが子の名とした。彼の妻や妻の両親はこの変わった名前に賛成ではなかった。が結局婿養子の意見をいれた。せめて「辺」という漢字でなく「ほとり」にしたらと彼らは主張した。父はそれを拒絶した。彼らは婿と起居をともにするとすぐに彼を変人と規定していた。変人にふさわしい名前のつけ方かもしれない、と自分たちを納得させた。ずっとのちの話だが、男たちがにやにやして「ほと」、「ほと」と彼女を呼ぶことに彼女は気づいた。彼女が本名を簡単にあかさない理由である。結果としてYは彼女の本名をつかみかねていた。「ばかばかしい。『名前を教えてくれない』、と言えばいいじゃんか」と泉はあきれている。

十一

辺は山村の出身である。Yたちの地方を裏と表に分かつ巨大な山脈が東西に横たわっている。その山脈から肋骨のように山々が南北に下降する。山麓と山麓の間のせまい平地や山の斜面を耕作して人々は生きてきた。辺は山脈の北側に住む者たちの一員として生まれた。

彼女の母は二人姉妹の妹の方である。器量よしの姉妹として話題のすくない田舎の話題になっていた。四つ違いの姉がつよく求められて先に家を出た。西に五キロ程離れた村に嫁いだ。どうせ婿養子を取らねばならぬ、かならずしも婿をもらうのは姉でなくてもよい、というきわめて合理的な親たちの判断である。辺の父となる人物は東に七、八キロばかり隔った土地からやって来た。男三人女二人の五人兄弟で男三人の一番下である。二人の兄は戦争の体験をした。彼はさいわい兵役を免れた。長男は海軍の兵士だった。自分が海軍を志願した。海への強烈なあこがれがあったからだ。あこがれは果たしたが終戦も間近になって戦死した。南の海に船もろとも沈んでしまった。男の憧れと男のささやかな夢が海の底に眠ってしまった。次男は無事に帰還した。

辺の父は終戦の年にちょうど二十《はたち》だった。マルさんの母、弓子さんと同世代である。彼は二十二歳のとき結婚した。仲人が介在しての結婚である。辺の母は二十になったばかりだった。二年で子供をもうけた。辺である。マルさんは辺より一つ年上になるはずだ。

泉が初めて「ポチの家」に行ったのは、ある正月の三が日が明けたころのことだった。Yとそこで待ち合わせをしたのだ。隣県の県庁所在地に映画を観に行くためである。泉の彼女にたいする第一印象は「なかなか知的ないい女だなあ」、だった。彼はYほど喫茶店好きではない。たまに喫茶店に行ったとしても彼の家から一軒隣の駅側にある店を利用する。そのうえYのように、ちょっといい女の子がいるとすぐに夢中になるタイプでもない。泉はその正月明けから辺の店に行ったことがなかった。しばしば「みなと」に顔を出してカジ君やヨーコのそばにいることで満足していた。自分の欲望のちいささに気づいていなかった。欲望のちいささは彼の美貌に負うところがおおきいかもしれないが。辺の店と彼の休日が同じだったことも行きにくくしていたのかもしれない。ところが、ヨーコがその年の秋に結婚した。Yほどではなかったが心に説明しにくい空虚感が生じた。彼自身もそのことにすこし驚いた。ヨーコの飾らず、つくらない率直な人柄に自分が思っているより惚れていたのだ。「みなと」へ足を向ける回数もわずかだが減った。

年がかわった。昼休みにすこし足をのばして辺の店に行くこともあるようになった。仕事をおえて九時過ぎに出かけるようにもなった。オン・ザ・ロックを二、三杯ひっかけてさっさと家に帰る。

十一

ヨーコは店に出るまえによく辺の店によった。辺の店は「みなと」にちかい場所にあった。ヨーコは誰にでも気さくに声をかける。辺にも「お客さんを連れて家《うち》にも来てね」と言っていた。辺が最初に「みなと」にいっしょに来た男は泉である。

辺は泉にたいしてなにか抜き差しならぬ感情をもった。今までどんな男にたいしてもいだいたことがない感情だった。

彼女はわかいながら喫茶店の仕事がながい。かなりの数の男を心身ともに知っている。ふしだらというのではない。そのことにこだわりがないし重要性をおいていない。彼女は自分が考えている以上に精神的なのだ。つき合ってきたすべての男にたいして、「私の方が上ね」と思ってしまう。男にとって小生意気ないやな女だ、ということになる。交際がながつづきしない。そんななかでも交際の継続をもとめるのは男の方だった。辺は去る男を引きとめたことがない。彼女も世間の男女のすったもんだを見聞《みきき》している。「自分はすこしおかしいのかしら?」と思いはじめていた。彼女には幸福になろうとする意欲がかけていた。その意欲は山間の貧しい村において来たのだ。

女のがわが夢中だから進展ははやい。泉の美貌に魅かれない女はいないだろう。彼はその美貌に奢っているところがまったくない。なにかをそぎ落としたという感じ、なにかを捨ててしまったという感じがあった、若いのに。ヨーコなどは「今様源氏ね」と言ったりして相手にされない憂さをはらしている。オン・ザ・ロックをまえにして沈痛な面持ちでいる彼を、「なんであんな顔をしているのだろう?」とヨーコはいぶかる。が見とれてしまう。カジ君はそんな彼女を「むりもないな」と思っていた。

水曜日の夜遅く二人はよく「みなと」に顔を出すようになった。泉はそのことをYには言わなかった。Yが辺を好きなことを知っていたので自然にことが伝わることをえらんだ。休日には二人でバスに乗って隣市に出かけたりもした。泉は二十代の半ばを越していたが結婚についてはほとんど考えたことがなかった。父母がそのことで動き出している節があった。親として当然のことだがありがた迷惑だと思っていた。しかし辺が結婚してくれと言えば応じてもいいと考えたこともあった。彼はそんな自身の通俗さを激しく拒否した。俺が問題にしているのはそんなことではない、と自分に向かってわめいていた。ではなにを問題にしているのだろうか。彼は自分の感性と頭脳に自信をもっていた。Yのように凡庸さを苦にする必要がなかった。またYのように「現在の自己に満足」云々の問題意識もなかった。大体において今ある自分を受け入れていた（彼のような秀逸な人材が現状に安住していることは一つのおおきな謎である）。彼が問題にしているのは人間が死ぬものだ、ということである。後にも先にも一回だけそのことを話題にしたことがある。大学時代にある先輩の女性と飲んでいたときのことだった。「その若さでそんなこと考えるなんておかしいわね」と彼女に言われた。彼はほんとうにおかしいのだろうか。

あまりにも陳腐なたとえだが生と死は貨幣の表裏である。死がなければ生という概念もない。生物にとって死は絶対的必然である。だからこそ、「永遠の生命」などというたわごとが考えだされるのだ（もし僕が神だったら広島に投下された原子爆弾を抱きとどめただろう)。「死を見ること帰するが如し」という境地。ここに達することが泉にとって最大の課題である。ということは彼は死を恐れているということだ。勿論、死を恐れない人間はいないだろう。結局、彼はその恐怖を誰よりも問題にしているということになるのだろうか。

死は人間にとって栄光である。死を意識できる生き物であることは人間の特権である。それがなかったら人間文明はあり得ないだろう。そんなに大上段に振りかざすこともないか。

人間に死ぬということがなかったら日々の生活さえ無意味だろう。孫たちを見る祖父母の眼差しの慈しみも、自分たちと彼らとの別れがちかいことを知っているからだ。子供たちの笑い声がささくれた心になぐさめであると同時にせつないのは、それがつかの間のことであることを知ってるからだ。若人の恋が真剣なのもそれが生きていればこそだからだ。生きていることのもっとも鮮烈な証しだからだ。下積みの人間たちがなんとか持ちこたえていられるのも、驕り高ぶる者たちにも許されている時間はたかが数十年だ、と知っているからだ。

泉はそれらのことをなんの躊躇もなく受け入れていた。しかし死をすなおに受け入れられなかった。彼は死を恐怖する自分を許せなかった。彼は人間として優秀で男としていさぎよい。肩で風を切って歩いているように見えるところもあった。が、彼が一番問題にしているもののせいか、何かもろさ、はかなさが彼に感じられた。それがまた女ごころをそそるのだ。

辺は泉にどうしようもなくのめり込んで行く自分を意識していた。「私も普通の女なのだ」と複雑な気持ちで安心もしはじめていた。しかし彼女の魂はふるえていた。「いっしょに死のう」と言われればためらうことのない男に初めて出会ったという気がしていたのだ。

また夏が過ぎようとしていた。おそい夏の夜のことである。泉は九時過ぎに「ポチの家」に行った。先客はなかった。まっていたかのように、「店をしめて海に行ってみましょう。今夜は暇だから」と辺は言った。彼女はガスの元栓をしめ、明かりをけして泉をそとに促した。秋のちかさを感じさせるくっきりとした月が空にあった。二人は無言で海に向かった。「すこし寒いくらいだなあ」と泉が言った。「そーね」と辺がつぶやいた。彼女は彼の腕をとった。身をよせて、「でも、ほんとうにいい月ね」と言った。泉はうなずいた。月の光で雪のように白い砂浜が目にはいってきた。うすい鋼を思わせる海が月光のしたでうねっている。

浜辺で二人は履物をぬいだ。砂のうえに座った。砂にわずかに昼のぬくもりが感じられた。彼らは海を見た。大きなうねりの波が打ちよせて砕けた。小さな音とともに月の光りが砕けた。波はよせて砕けてひいて行く。しゅわっと砕ける波の音のなかに深い静寂がつづいた。泉は時が音もなく流れる実体であることを初めて感じていた。静寂に深さがあることも改めて感じていた。彼は辺の存在をひしひしと意識していた。今夜はなにか特別の夜だ、と意識しはじめていた。しゅわっと波は砕ける。

「私ね、父の顔を知らないのよ」、とながい沈黙のあとにぽつりと辺が言った。「そうだろうな」と泉は思った。が言葉には出さなかった。彼は彼女が母子家庭の出であることはすでに知っていた。「父はね、私が三つになるまえに家を出てそのまま帰らないの。だから私は父の顔を知らないのよ」。静寂がもどった。辺は、「やはり、やめとこーかな」と言った。「話しにくいことを無理に話す必要はないよ」と泉は言おうとした、が言葉にならなかった。深みをました静寂がつづいた。泉は静寂の深さに手を入れつつあるのだ、過ぎ行く時に触れつつあるのだ、と思った。「父はねえ、こんな月のいい夜に死んだと思うの」と辺が言った。同時に、彼女は泉の膝のうえに仰向けに身体をあずけた。腕を両脇に投げ出して遠い目で月を眺めた。泉は彼女の顔を見つめた。突然、彼女の眼から涙があふれた。彼女は身体を離して涙をぬぐった。彼女は自分に驚いていた。小学校に入学した夜、母にかぶさって胸が裂けるほど泣いたことがある。父はもう帰って来ることはないと悟ったときだ。まわりから「かならず帰る」と言いつづけられていた父が帰ることはないと確信したときだ。母も娘をだきしめて声を殺して泣いた。そのとき以来、泣いたことがないという気がしていた。辺はしばらく膝をかかえて砂を見つめていた。つと照れたような笑顔を泉に向けて、また砂に目を落とした。指先で左から右に砂を切った。ながく同じ動作を繰り返した。

十一

彼女の父は戦死した兄と七つ違いである。兄は評判の勉強好きの秀才だった。彼を知る者たちは彼の勉強好きをあわれんだ。なんとか彼の望みをかなえてやろうとした。しかし皆んな貧乏だった。彼のために何をどうしたらいいのか皆目見当がつかなかった。彼はなんとか旧制中学にはいりたかった。結局それは実現しなかった。夢というほどのものではなかったにしても彼は学校の先生になりたかったようだ。彼には外の世界に激しい憧憬があった。その象徴のように海にあこがれた。このせまい小さな世界を脱出したかった。長男というしがらみを捨てできるだけ自由に生きてみたかった。辺の父はこの兄からつよい影響を受けた。身体つきも「兄《あん》ちゃんにそっくりだ」とよく言われた。辺の父はこの兄と一心同体のように感じていた。たまにとどく兄からの軍事郵便を暗記するほど読んだ。その兄が終戦間近に戦死した。このことは彼にこたえた。海水の侵入する船室に閉じ込められている夢をしばしばみた。船が沈んで行く。沈んで行く船室の水のなかで目が覚めた。夢のなかで彼は思った、「なんでワシにこんなことが」。

兄の悲劇とそれにともなう怖い夢にもかかわらず彼も海にあこがれた。それは小さいころからのあこがれだった。彼は結婚するまえまでの生涯に一回だけ海を見ている。一泊二日の修学旅行に行ったときのことだ。山を越えて南におりきったところにある都市に行ったのだ。そのとき初めて車窓から海を見た。すぐにはそれが海とは気づかなかった。風にそよぐおおきな桑畑だと思った。「ああ、あれが海なのか」と意識したときのよろこびと解放感は忘れることがない。兄のあこがれを実感したのだ。この一回きりの体験が彼の内部に強烈にのこった。農作業をしているときに海の景色が胸いっぱいにひろがる。すると居ても立ってもおれない気持ちになった。鍬をおいて山坂を走りおりたくなった。

「『こんなところにいると、立ったまま足もとから腐ってしまうような気がする』と、父は母に言ったことがあるらしいの。母は『その気持ちはわかりすぎるほどわかった』、と私に言ったことがあるわね」と辺は言った。

十一

小学校の六年間、辺は見た目には普通の子供として過ごした。ちいさな集落に父のいない家庭が二つあった。一軒は戦死もう一軒は病死である。辺は自分が父にすてられた子だという意識に苦しんだ。が、その二軒の家の子もふくめて年下の子、年上の子が群れて遊んだ。辺も裸足で走りまわった。でも、いつか一人になっていることがよくあった。

人間のいかなる想い、人間のいかなる生活にもかかわらず時は流れ行く。時はわれわれとまったく関係なくただ過ぎ行くためにだけ存在するものだ、とさえ感じられることがある。

小学校を卒業する日がとうとうやってきた。その夜辺は、入学式の日の夜に、母にすがって激しく泣いたことなど小学校生活のあれやこれやを反芻していた。縁側の障子を煌々たる月光が打っている。辺は目が冴えて眠れなかった。母が、「眠れんのかい？」と身を起こさずに言った。辺はうなずいた。「そーお」と母は言った。やがて、「お父さんはね、私たちをすてたんじゃないと思うよ」と彼女はつぶやいた。辺は自分の気持ちを見透かされているのか、と感じた。この六年間、祖父母や母と辺の間にほとんど父についての会話はなかった。幼い辺にも自分をすてた人間のことなんか聞きたくない、という意地があった。だが、母が父をまったく恨んでいないということは感じていた。それが悔しいようでもあり救いでもあった。

「今夜はすこしお父さんのことを話してもええかい?」と母が言った。辺はこたえなかった。「私はね、お父さんの気持ちがよくわかるところがあるのよ」と母は沈黙をやぶった。「肝心なところでわからんこともおおいけどな」と彼女は言った。「なんの因果かこんな山のなかに生まれて皆んなそとに飛び出したがっているのよ。そのほうが正常なのよ。ただ皆んなそんな勇気がないのね。お父さんはそういう意味でえらかったと思うよ。でも、なぜ私たちに『いっしょに行こう』と言わなかったのか、それが一番わからんことだね。あとに残さねばならぬ私の父や母のことが心配だったことはわかるよ。でもそれは話し合えばなんとかなったことだろう?」。なぜ「いっしょに行こう」、と妻と辺に言わなかったのだろうか。

辺の父は六月初旬、ある朝いつもより早く目覚めて、「今だ」と思った。薄明かりのなかで紙切れになにか書こうとしたがやめた。妻と娘の顔に目をつぶった。彼はすべてに目を閉じた。「今だ」という以外のことにすべて目を閉じた。山坂をおりながら「今だ」、「今だ」と繰り返していた。「ワシは頭がおかしくなったのだろうか」と自問もしていた。「そうかもしれん」と思ってくだりつづけた。結局、自己の狂気を肯定できる狂気のみが一線を越えることを許すらしい。彼は村々をつなぐ道に出た。心が張り裂けるようだった。駅に向かって小走りした。駅に着くころに海辺にある都市に向かう汽車が通過することを知っていた。無意識のうちにその計算はとっくにしていた。いやそれは彼の意識のなかにきちんと刻み込まれていた。

「街に着いたときにほとんど金をもっていなかったはずだ。そもそも汽車賃さえもっていなかったと思うよ」と母は言う。「一文無しで街をさまよっているお父さんのことを思うとあわれでならなかったなあ」。「そんなお父さんを助けてやりたいと思ったことはあっても恨ん

十一

だことなんかほとんどないんだよ」。「じゃ、お母さんはお父さんを許してるの?」と辺は聞いた。「許すとか、許さんとか。ただ気持ちはわかるなあ、という感じだね」。「じゃ、それは許しているということ?」と辺は問いつめる。「どこかで許してないところもあるのかなあ。よくわからんね」と母はこたえた。柱時計がカチカチと時を刻んでいる。カチカチ、カチと時は過ぎる。辺の感覚はますます冴えていた。「許してないとすればお前のためかもしれんな」。「嘘だ、嘘だ、嘘だ」と辺は思った。そう思うよりほかなかった。毎朝、目覚めると真っ先にだきつていた者が突然いなくなってそのかわりに、その感情を言葉で表現できぬ幼さのなかで悲しみをいだかされたのだ。「私の気持ちがわかってたまるか」と辺はいつも叫んでいた。「いずれにしてもお父さんは死んでると思うね」と母は言った。「死に場所を求めて山をおりて行ったんじゃないだろうか」。辺は沈黙していた。「お前には黙ってたけどお父さんから一回だけ手紙が来たことがあるんだよ」。「いつ」。「二週間くらいあとだったかね」。「なんて書いてあったの」。「すまん。かならず迎えに行く、と書いてあったね」。「それだけ」。「うん、それだけだね」。「その手紙、今でもあるの?」。「ないね」。「どうしたの」。「川にすててしまった」。「いつ」。「お前が小学校にはいった年の五月ごろだった。その年一番のようないい日和の日だったね。川のそばでちいさくちいさく裂いたよ。封筒もいっしょにこれ以上ちいさく裂けない程にちいさく裂いてそっと川に流したのよ。きらきら光ってあっという間に流れて行った。お父さんの焼いた骨を流しているような気がして思わず手を合わせて泣いたね。泣いても泣いても涙がとまらなかった」。辺は泣いてたまるかと思った。

ようやくふくらみはじめた乳房のうえで両手を握りしめていた。「人間には誰でもあんなところで死んでみたいなあ、という気持ちはあるよね」。「最初はとにかくひろいところ、海のあるところに出たいという気持ちだけに駆られて出た行ったのに違いないね。けど、ある時期に本当の脱出の目的に気づいたのではないだろうか。すこし話がむずかしいかい?」。「うん」と辺はこたえた。彼女は犬の遠吠えを聞いたような気がした。「セトの海をこえてアメリカにつづく海に出たことはほとんど間違いないという気がするね。もっともお父さんが死んでればの話だけどね」。辺は父は生きていない、といつのころからか確信していた。生きていたのならかならず迎えに来たはずだ、ということも確信していた。「出て行ったときのように夏の初めか夏の終わりにアメリカに向かって泳ごうしたのね。もっともお父さんはほとんど泳げなかったけどね」。「そのとおりだ」と辺は思ったが言葉には出さなかった。「なぜお父さんは死のおと思ったのだろう?」と辺はたずねた。「それが一番おおきな謎だね。考えつづけているけどわからない。疲れていたのかもしれないね」。辺は黙っていた。「やはり、話がむずかしくなってきたね。ぼつぼつ寝よーか」と母は言った。「人間だから、としか言いようがないかもしれんね」と自分に言い聞かせるようにつぶやいた。

辺の小学校最終年に修学旅行があった。父たちのときと同じ都市への一泊二日の旅だった。彼女がはじめて海を見たのもそのときである。中秋の陽光に海はきらきらと輝いていた。彼女はまぶしすぎると思った。中学三年間はなんということもなく、かつはやく過ぎた。だが、彼女の胸のうちに彼女が気づいているより深いあきらめの気持ちがそだっていた。高校進学など論外のことだった。就職は既定の事実だったが彼女はまよった。父のおりたがわに行くのか、自分の村のある同県のD市に向かって行くのか。結局、彼女はD市をえらんだ。彼女には当時まったくそんな意識はなかったが夕日の美しいがわの土地をえらんだのだ。彼女はできればD市市内に就職したかった。が就職した場所は市内ではなかった。市に隣接する町だった。電気部品の下請け工場に就職した。

十一

辺は夕方その土地についた。社長が駅に迎えに来ていた。小さな荷物とともにライトバンに乗せられた。工場のうえに従業員用の住居があった。二部屋あって外階段からあがる。彼女はその一部屋に案内された。部屋の片隅に前もって送っていた一組の布団がおいてあった。「今日はとにかくゆっくり休みなさい」と言って社長は出て行った。辺は闇がおりるなかで両手を枕にしてしばらくじっとしていた。すこし寒気を感じたので立って明かりをつけた。もって来た二つのお握りを食べた。やはりもって来ていた湯飲み茶碗で水を飲んだ。それからゆっくり丁寧に布団の梱包をといた。辺はなにか新しいものの扉に手をかけているのかも、という感慨がなかったわけではない。「そんな大袈裟なことでもないなあ」とその想いをおしやった。新しい生活に向かっての恐れはなかった。彼女は出した布団をしいてそっとなでた。敷布のない布団をなでた。静かにながくなでていた。やがて寝間着に着替えて布団にもぐりこんだ。身体を丸めて目を閉じた。なかなか寝つけなかった。が興奮や気負いといったものはなかった。

あくる朝、従業員のまえで簡単に社長から紹介された。十人ほどの従業員である。社長をのぞいて皆な女性である。年配の人がおおい。皆んな近所の人たちで自転車でかよっている。一人だけ若い女性がいた。辺よりわずかに年上に見える少女である。紹介のあとすぐにベテランのそばについて仕事をはじめた。予想どおり単調な反復作業である。午前中ずっと少女のことが辺の心の片隅にあった。が彼女を目で探すことはしなかった。彼女は辺の背後になる位置で働いていた。午前中の休憩はなかった。通勤する所帯持ちの女性たちのために作業開始時間が遅く設定されているからだ。「お昼にしよう」という声があって、「じゃあ」と辺はそくされた。作業場の一隅にちいさな食堂があった。辺はそこにみちびかれた。そこで弁当をひらく者もあったが半数以上の者が自宅に帰った。食堂の入口側のテーブルの端に、丼飯が向かいあって二つ並べられていた。それに焼いた干し魚とお新香がそえられていた。その一つのまえに少女がたっていた。窓に向かって椅子の背に両手をかるくあててたっていた。辺は自然に彼女のまえの椅子の背後にたった。少女が、「どうぞ」と言って右手で椅子をさした。辺はかるく頭をさげて席についた。従業員用の部屋には簡単な自炊設備があった。が昼食だけは先輩の少女と辺のために会社が用意した。いつも同じような内容の粗末なものだった。

少女は自分の名を名乗って「よろしくね」と言った。辺は「こちらこそよろしくお願いします」と言って頭をさげた。二人はしばらく無言でご飯をかんだ。ふと、「あんたの名前なんて言うの?」と先輩がたずねた。「今朝、紹介のときなんかめずらしい名前だと思ったけど?」。「ウミベのべと書いて『ほとり』と読みます」と辺はこたえた。「ふーん、やっぱりかわった名前ね」と言って彼女は箸をとめた。「でも、いい名前ね。あたたかみがあって私好きよ」と言った。「誰がつけたの」と先輩は突っ込んでくる。「父です」とこたえて辺は身構えた。先輩は「そーお」と言って窓のそとに目を向けた。「きっとすばらしいお父さんなんだろうなあ」と男のような言い方をした。辺はたちあがって便所に向かった。洗面台のふちを両手でつかんで、「泣くもんか、泣くもんか、私は泣かない」と心に叫んだ。泣いてすむことなら泣けばいいのに。泣けば世間に負けると思っているのだろうか。自分をすてた父親に負けると思っているのだろうか。或いは自分に負ける、と思ってでもいるのだろうか。

十一

席にもどった辺に先輩は言葉をかけなかった。鋭敏な彼女はなにかをさっしたのだ。彼女も辺と似たような土地柄の出身である。彼女にも父親がいなかった。彼女の父は田舎にはまれな先進的考えの持ち主だった。当時、一把ひとからげに「アカ」と片付けられた考え方である。戦争から心身ともにボロボロになって帰還した。敗戦の混乱のなかで無念の想いをいだいて亡くなった。子孫をおおく残した以外になんのよいこともない一生だった。苦しいだけの一生だったと言うことができるかもしれない。しかし、人の想いはかならず受け継がれる。その信念がどんな困難にも屈せずに、人を真っすぐに立たせている所以である。彼女は意識することなく父の想いを受け継いでいた。他者にたいするめんどう見がきわめてよい。彼女は多数の兄弟姉妹のなかに育ったせいもあるかもしれないが、辺にも実の妹のように接してくれた。それは結局、先輩の人柄によるものだと辺は思った。中卒者の人手不足ということもあったかもしれない、また辺が小柄で美顔の持ち主だったことも理由だったかもしれない、年配の女性従業員たちもみな彼女にたいして親切だった。辺には身体の中心を他人に閉ざしているところがあった。人生の門出で心のあたたかな人々に出会ったことは彼女にとってさいわいだった。なかんずく、彼女がすぐに先輩とよびだした少女との出会いがおおきい。辺は閉ざされた扉がすこしずつ開きつつあることを感じた。土地の空もひろい。

従業員用の住居は二人用に出来ていたが辺の同居者はいなかった。階段からちかいがわに先輩は住んでいた。二つの部屋ともまったく同じ造りである。先輩にも同居者はいなかった。彼女は皆んなよりはやく仕事を切りあげた。D市の夜間高校にかよっていたからだ。バス停まで歩いて約十分。バスで市内まで三十分ばかりかかった。バスを降りてから学校までさらに徒歩で十分。計五十分ほどの時間を要した。彼女は夜遅く帰ってもなお勉強していた。日曜日にもほとんど外出しない。勉強するためである。その少女は辺より二つ年上の十七歳だった。

初めて給料をもらって最初の日曜日の午後、先輩は辺をD市にさそってくれた。彼女はその日曜日にも午前中はすこし勉強したようだ。それぞれの部屋ではやめの昼食をとって二人は一時まえに出かけた。D駅のまえでバスをおりて百メートルあまり歩く。すると右手にながくのびる商店街の入口がある。長大な商店街の雑踏を二人は歩いた。商店街がつきるあたりで脇道にはいった。O市に本社のある百貨店に裏側から行こうとした。百貨店の各階を彼女たちはさっとまわった。それから中二階風の店内の喫茶店にはいった。二人は「あんみつ」を注文した。アジアで初めてと騒がれたオリンピックがT都であった翌年のことである。この国は高度経済成長の坩堝の中にあった。が辺たちの集落でテレビのある家はまだ一軒もなかった。あったとしても受信はできなかっただろう。しかしなんとなく世間のことはわかっていた。ながい商店街や百貨店にはさして驚かなかったが人波のすごさには驚いた。

十一

百貨店を出ると、「どこか行ってみたいとこある?」と先輩はたずねた。辺は「べつに」とこたえた。彼女はこの街のことについてまだほとんどなにも知らない。「そうね」と先輩は言った。「私も最初そうだったもの。どことというあてもなく人ごみのなかを歩くのが一番いいのね」。「あんた、映画好き?」と彼女はまたたずねた。辺は映画のことなど考えたことがなかった。「私、映画が大好きなの。とくに洋画がね。はやく高卒の資格を取って一日中映画を観ることが夢といえば夢ね」と言った。「でも近ごろここではいい映画していないのよ」とつづけた。さらに「あんたにも映画が好きになってもらいたいなあ。ちかくにある映画館のまえまで行ってみる?」と彼女は言った。辺に異論はなかった。二人は三軒の映画館めぐりをした。それから先輩が「あこがれと言えばオーバーだけど前にね、私、純喫茶にとっても行ってみたかったことがあったのよ。そこは大人しかはいれない秘密っぽい場所に思えたのね。コーヒーというものも飲んでみたかったし」と言って、通りすがりの人をとめて時間をたずねた。「時間はまだたっぷりあるわね。あんた行ってみる?」と辺にたずねた。辺はうなずいた。「もっとも純喫茶なんて言葉は今は流行らないかもしれないけどね」とつけくわえた。「どうせ行くならここで一番古い純喫茶に行ってみましょう。あんまり私の好みの店ではないけどね」と言った。辺はうなずいた。彼女たちは駅の方へ引きかえした。道みち辺は「あこがれ」という言葉を思い浮かべたことがあるだろうか、と振りかえってみた。「ない」という気がした。「夢」という言葉だったら考えた。母を楽にしてやりたいという夢である。「一度でいいからお母さんの文句なしに楽しい顔を見てみたい」という夢である。

喫茶店のまえで二人はたちどまった。「ここに一番初めはいるときにはすごく勇気がいったわよ」と先輩は言った。先輩は勢いをつけてドアをひいた。内部は辺が想像していたよりもはるかに暗かった。が、いい香りが鼻をついた。彼女たちは向かいあって座った。「私はコーヒーにするけどあんたもコーヒー飲んでみるわよね?」と先輩は言った。「はい」と辺はこたえた。ウエイトレスが注文をとって去った。先輩が、「じつはね、ここでタバコをふかしたこともあるのよ」と言ってにっと笑った。白い歯がきらっと光った。辺は彼女の歯の美しさをあらためて意識した。二つのコーヒーをテーブルにおいて「ごゆっくり」とウエイトレスは言った。辺はウエイトレスの顔を見あげた。ウエイトレスはかるく顎をひいて会釈した。辺ははっとして会釈がかえせなかった。彼女は初めてのコーヒーに鼻をちかづけて香りをかいだ。顔をはなしたくない香りである。目をあげると先輩が辺に視線をそそいでいた。「最初、私もそうしたのよ」と言って微笑んだ。歯の白さが辺の心を打った。香りにくらべて味にはなじめなかった。にがくて刺激がつよいだけという感じである。なにか魅かれる味ではあった。

コーヒーをまえにして二人の少女は饒舌ではなかった。先輩が仕事のことや職場の同僚のことをぽつりぽつりと話した。自分の身の上についてもすこし話した。辺は聞き役に結果として徹していた。先輩もしいて辺の話を求めなかった。コーヒーを飲みおわったとき、こんなに人と会話をしたのは初めてだと辺は思った。彼女は口には出さなかったが心のなかで先輩と一生懸命に話をしていたのだ。「じゃ、ぼつぼつ出ようか?」と先輩が言った。「ええ。今度は私に払わせてください」と辺は言った。先輩は「なに言ってるのよ」と応じなかった。外に出るとすこし大人になったような気がした。春の陽に向かって思わず両手をあげて背伸びした。そんな辺を「おや」という表情で先輩は見た。彼女もうれしそうだった。辺はてれて先輩に目を向けて言った、「すこし買いたいものがあるんですけど」。「なぜ今まで黙っていたの?」と先輩は驚いてたずねた。

十一

彼女たちは「生協」に向かって後戻りした。歩きながらさっき飲んだコーヒーの香りやにがみが体内からそとに発散しているように辺は感じた。「生協」の各階も一巡した。それから辺は母のために洋服生地を買った。薄緑色の生地である。草色と言えば一番わかりやすい色かもしれない。郷里を出るとき「初めて給料をもらったらお母ちゃんにプレゼントする」。「そんなことせんでええよ。それよりもお前がうまいものでも食べなさい」。「いや、したい」。「そんなら洋服の生地でも買ってくれる。作るのはこっちでなんとかするから」というやり取りがあったのだ。祖父母のためにはそれぞれにタオルを二本ずつ買った。自分のためには真っ白な敷布を一枚買った。二人は「生協」一階の食堂でキツネうどんを食べて帰路についた。夕日の美しい夕べだった。

辺は安月給のかなりの部分を家に仕送りしていた。日曜毎に市内に出かける余裕はなかった。が二、三週間に一回は思い切ってD市に出かけた。先輩とたまにはいっしょだったが一人で出かけることがおおかった。先輩は日曜日はつとめて勉強に励んでいた。商店街の雑踏のなかを一人で歩くのも嫌いではなかった。一番好きなことは喫茶店で時を過ごすことである。そこでぼーっとしていることがすぐ好きになった。彼女のぼーっと度はなみなみならぬものがあった。時間のたつのを忘れた。自分がなんであるかを忘れることさえあった。初老の男か大哲学者の時間の過ごし方である。いつもよる店がきまってしまった。その店は角店でひろい道路に面したがわはガラス張りだった。当時としては明るい店内の喫茶店である。大通りにはほどんど人影はなかった。辺はおしゃべりな女の子ではないが聞かれたことにはきちんとこたえた。店のマスターも彼女がどんな素性の人間かおのずから知るようになる。ある日、彼が「家《うち》で働いてみる気ない？」と辺にもち出した。彼女は小柄でやや胴長だった。その体形がかえって男心をそそるところがあった。顔は鋭角的でなかなかの美形である。非常な色白でもあった。提案された給料も職工でいるよりもかなりいい。住むところまで手配するというので決断した。彼女が山をおりて来てから二年が過ぎたばかりのころだった。

工場での毎日の生活には不満はなかった。仲間の人たちは「ちょっと変わった子ね」と言っているようだった。「境遇を考えればしかたないかな」とも語りあっているようだった。皆んな彼女にたいして親切だった。その時期おりおりの野菜や果物を先輩と同じようにとどけてくれたりした。不満を言えば罰があたるという日々がつづいていた。しかし辺はなにか息苦しさ感じはじめていた。故郷にいたときと同じ息苦しさを感じはじめていた。倹約倹約の生活にもうんざりしていた。転身については母にも先輩にも相談しなかった。相談すれば反対することはわかりきっている。社長には会社をやめることを一か月まえにつたえた。苦労人の社長は「そうか、残念だなあ。また来る気になったらいつでも来てな、大歓迎だから」とのみしか言わなかった。彼は経験上「やめよう」、と決意した人間を説得しても無駄なことを知っている。辺はあっけない幕切れにかえって拍子抜けした。彼女はなるべく間際までそのことを口外しないようにたのんだ。「よし、わかった」と社長は言った。彼はその約束をまもった。

十一

辺が退職する三日まえのことである。四月の半ばだったが厳しい寒さの日だった。彼女は夕食にお茶漬けをかき込んだ。すぐに布団をしいて着衣のままなかにはいった。ながい間布団のなかで身体をちぢめていた。この職場での二年あまりのことや故郷で過ごした日々のことを反芻していた。結局、彼女の想いは過去にしかないことに気づいていた。うすい壁をへだてた隣の部屋の先輩のことはいつも意識していた。意識せざるを得ない存在なのだ。夜おそく彼女が教科書をめくる音さえ聞こえると思ったほどだ。彼女は高卒の資格を取った。今はここを脱出して都会に出ることを目指している。夜間大学にかようことが目的なのだ。彼女は前しか見ていなかった。そのために無残なほどの切りつめた生活をしていた。彼女はそのことを隠そうとしていたが辺は胸が痛んだ。できることなら力になってあげたいと思うこともある。それはあらゆる意味でかなわぬことだった。

辺は九時三十分過ぎに自分を励まして布団を出た。今日言おう、今日言おう、と思いながら先輩に退職のことが告げられなかった。夜気は想像以上に厳しかった。怖いほどの月明かりの夜である。辺はドアを三回かるくノックした。先輩がドアをあけた。「今晩は。夜おそくすみません」と辺は目をふせて言った。「今晩は？」と先輩は言った。辺はやはり切り出しかねた。「なんなの？　寒いからなかにはいったら」と先輩は言った。辺は「いいえ、ここでいいんです」とこたえた。「さよなら」を自分から先輩に言わねばならぬことがつらかった。やっとの想いをちいさな声でつたえた。先輩は「そう」と言って、ながくだまっていた。辺には先輩の沈黙が苦しかった。辺は月影に目を落としていた。やがて、先輩は手を差し出して、「じゃ、頑張ってね」と言った。そして、「私も間もなくやめることになると思うの」と言った。辺はうなずいて先輩の目をみつめた。

辺は先輩を心から尊敬していた。「心から」という言葉をよい意味で思い浮かべたのは初めてではないかと思った。もし「心から」という言葉を包装できるならそれをつつんで先輩に捧げたかった。しかもそれは急がなければならないと思った。

男たちにちやほやされながらときが過ぎた。たまに洋画を観るようにもなった。映画は一晩ゆっくり考えてみなければならぬほどの出費だった。先輩の言うようにくだらないものがおおかった。間もなく映画館にはまったく足をはこばなくなった。日々の生活に満足しているわけではなかったが、かつてのヨーコのような焦燥感はなかった。男にもてる女に生まれたことに感謝していた。昨日にかわりのない今日の生活にさしたる不満はなかった。時の過ぎ行くままに身をまかせていた。

十一

ところが、二十《はたち》になろうとしたときに転機がおとずれた。

半年程前に一人の客がふらりとはいって来た。非常に身なりがよい。一見して素人さんではないとわかる女性である。それから毎週きまった日に彼女は来店するようになった。彼女は辺に積極的に接近してきた。辺を引き抜こうとしたのだ。マスターとの間にややもつれがあったらしい。が女の方でなんとか話をまとめた。辺はYたちの土地にやって来た。

それは、彼女の母が結婚したのとほぼ同じ年頃のときでもあった。辺を引き抜いた女性は自分ではバーをはじめようとしていた。そのために「ポチの家」をまかす女を探していた。辺が彼女の話を受け入れた一番おおきな理由は「ポチの家」をまかされたことではない。どっちかと言えばすこし華のあるおだやかな毎日に満足していた。いまさら知らない土地に行って売上云々を心配する生活はいやだ、と思った。が結局、さそった人間の気持ちを受けて立った。ある程度のことは喫茶店のマスターから聞いて知っていただろう。しかし基本的には赤の他人にまかせようとした、その人間の心意気を受けて立ったのだ。もう一つの理由はそこが港町だから、ということがあった。ヨーコのように「ちょっと面白いかも」と思ったのではない。辺はただ、「海がある」と思った。D市も海にめぐまれた土地である。そこに住む人々はあまり海のことを意識していないのではないだろうか。辺もそうだった。D市で海が彼女の意識にのぼったことはほとんどなかった。Dの土地柄がなぜか海を想像させなかった。さそいを受けたとき、「そこには海がある」という想いが急に胸をついた。

街の対岸にひくい山並みの半島が横たわっている。隣県に属するその半島とを分かつ海峡はせまい。平均二百メートル程である。海峡にそって海岸通りがある。「ポチの家」は海岸通りを一つはいって海岸通りに平行した道にあった。きわめて海にちかい。しかし彼女は実際には海と無縁の生活をしていた。一週一回の休日にはD市に出かけることがおおかった。もと勤めていた店にはかならずよった。午後おそく出かけて飲み屋街をなんとなく逍遙することもあった。評判で知っているバーに一人ではいってみたりもした。以前につき合っていた男に呼び出されることもあった。呼び出しがあれば余程のことがないかぎりそれに応じた。そんな男たちとバーでたあない話をするのもわるくはなかった。かなりふらふらしながら夜おそく帰えることもあった。すこし気分のうっとしいときに、たまに海岸に出て海をながめた。水を見ていると気持ちが休まることは事実だった。つねに海を意識する生活にはいったことは感じていた。それはまた忘れていたことを思い出すことにもつながった。

この土地に来てから三年ちかくが過ぎた。浜辺は街のメイン・ロードがつきるところ、東方にあった。辺の住むあたりから二キロたらずの距離があった。まれにみる白砂の海浜だった。辺はこの間三、四回しかそこに足をのばしていない。彼女の郷里の周辺には泳げるほどの川がなかった。彼女も泳げない。浜辺が一番のにぎわいをみせる海水浴のシーズンには出かけたことがない。辺はそこに行ったのは初夏か晩夏の夕暮れだった。浜辺に腰をおろしてながく座っていた。彼女のために父がえらんだ一風かわった名前の由来も納得できるという気がした。しかし結局そこにいることは、思っても仕方のない父を思うことにつながってしまうことが彼女にはやはり嫌だった。

とくに愛想がいいわけではないがお客は来た。店をまかせた人はそれを見越していた。彼女と同年輩らしい三、四人の若者が週に一、二回は来てわっとさわいで帰ったりする。そういう連中を「かわいいなあ」と思ってみたり、ときには「馬鹿者たちが」と思ってみたりしていた。彼女を本当に口説こうとしてうじうじしている客もあった。そんななかの一人がYである。彼女には誇りたかいところがあってそんな素振りは見せていないつもりだった。彼女の方はお見通しだ。泉が初めてYとの待ち合わせで、「ポチの家」に来たときの彼を鮮明におぼえている。際立っていい男だからだ。それ以上に、自分ではよくまとまらないなにか決定的なものを予感した。なにか他の男たちと違うと思った。

十一

辺と泉が浜辺に来てから二時間ちかくがたっていた。真夜中の月の輝きはかわらず冴え冴えとしていた。すこし肌寒いという気温にもかかわりがなかった。大きなうねりの波は寄せて砕けてかえっていた。波の砕けるしゅわっという音が彼らの意識のなかにつねにあった。静寂の厚みと重さを泉は感じていた。

「父はこんな月夜の晩に海にはいって死んだと思うの。季節も今ごろだったと思うの。自分でかってにきめたことだけど……」と辺がつぶやいた。「ただ、父は死んだということは絶対だと思うの。アメリカに向かって泳ごうとしたのね。私と同じで泳げなかったのに」。静寂はさらに深い。「でも、苦しまなかったと思うの。死ぬことを決意した人間は死ぬときに苦しまないと思うの」。泉は「そんなものだろうか」と思ったがそれを口に出さなかった。そうありたいことは確かなことだ。

辺は彼女の二十三年を泉に吐き出してしまった。すべてを吐き出せる一人の男にやっと出会ったのだ。胸のしこりが溶けさったと感じていた。自分を解き放ってしまったと思ってぃた。彼女は肩の力が抜けたように両手を背後についた。両足を投げ出して海を眺めた。泉も海を眺めていた。「月の砂漠をはるばると月のラクダが行きました……」と辺がひくい声で歌いだした。「父はこの歌が好きでね、ときどきちいさな声で歌っていたらしいの」と彼女は言った。「でも二番は知らなかったみたい。一番もかなりあやしいものだったと母は言うのよ」。「俺もお父さんと同じようなもんかもしれんな」と泉が言った。彼は静寂の深みを突き抜けようとしていると感じていた。突き抜けたところにある透明な悲しみに触れようとしていた。砕け行くガラスの悲しみを感じていた。「月の砂漠をはるばると……」と彼は歌いはじめた。「月のラクダが行きました……」と辺が合わせた。辺の目に引き行くうねりが砂漠にかわっていった。砂漠は引く波とともに次第次第にひろがった。広大な砂漠の果てに横にのびる一筋の線が見えた。それは銀色に光っていた。辺は地平線だと思った。地平線に向かって一人の男が歩いている。父が歩いていた。ラクダをひいて歩いていた。ラクダのうえに辺を抱いた母が乗っていた。「お父さんを見てるのかい?」と泉が言った。辺の背筋に戦慄が走った。彼女は確信した。彼と自分は同じ光景を見ているのだと。彼女は泉の膝のうえにゆっくり身体をあずけた。彼女は彼の首に手をまわして唇をかさねた。泉は辺の顔に顔をかぶせた。不覚にも泉も泣いていた。何年振りだろうなあ、と他人事のように思っていた。

翌日の夜、泉はYに電話した。辺とつき合っていることを告げたのだ。「そんなこととーおに知ってるよ。あほらしい」とY。「そおーだと思おけど直接言っておきたくてな」と泉は言った。「あんたは神経が太いのか細いのかわからんところがあるな」。泉は無言。「もっともそれがあんたの魅力かもしれんけどな」。やはり泉は無言。「彼女と結婚する気にでもなったの?」とYはたたみかけてくる。「そんなことないよ」と泉はこたえた。「ところで彼女の名前はなんていうの?」。「ウミベのべの字をとって『ほとり』と読ますんだよ」。「へー、変わった名だね」。「そおだな。本人にもすこし変わったところがあるんで俺はヘンとよんでるんだよ」。「ふーん」。「もっともあんたなんかがそーよぶと怒ると思うよ」。「それはそうだなアハハ」、とたわいもない会話がつづいている。

十二

またもう一つの秋がきた。「みなと」のヨーコが店をやめた。出産に備えるためである。カジ君は一人でしばらく店をやりくりしていた。やがてわかい女の子をさがしてきた。二十《はたち》そこそこに見える子だった。きわめて小柄だが均整のとれた姿態である。みじかいスカートがよく似合った。彼女に初めて接した者は一様に、「カジ君の格好の嫁だ」と思った。事実のちにそうなった。はきはきと受けこたえした。が堅い話は苦手だった。本人もそのことを自覚していた。むずかしいことは考えずに生きてきた。ただひたすらに毎日を生きてきたのだ。生きることだけに必死にならざるを得ない極貧の家の出なのだ。人はひたすらただ生きるべきだ、という意味で純粋な人間である。蒸留水に味がないように純粋人間には味がない。しかし、物事を考えない動物はかわいい。ただ生きているという混じり気のなさが愛しい。ただ命が躍動しているという事実に心打たれるのである。カジ君もむずかしい話が苦手だ。彼は彼女の動物にちかい純粋さが好きになったのだろう。古代ギリシャ人はセックスしながら哲学したという。だが逆にセックスや家庭の形成に哲学が不要なことはたしかなことだ。

Yや泉が「みなと」でとくに難解な話をしていたわけではない。むしろ「みなと」で（仮定の話だが）芸術論や人生論を開陳しあっている輩がいたとしたら軽蔑したはずだ。皆んなしもネタがらみのたあいのない話をしていることがほとんどだった。が、二人にはその他大勢となにか一味違う雰囲気があったことは事実である。ヨーコはその肌合いが好きだったのだ。一般にはその肌合いが警戒されないまでも敬遠された。二人の雰囲気と「みなと」の新人の生き越し方がマイナス効果をたかめた。その女の子は二人にたいして当たらずさわらずの接し方をした。カジ君は相変わらずである。彼はクールで老成したところがある。Yと泉の会話は聞いているらしい。しかしけっして意見をはさんでこない。たまに「ほー、そげか。知らんだったなあ」。「ほんとか？」という程度である。マスターとしてのするべき仕事をしているだけである。彼の性格と職業が完全に嚙み合っていた。彼をまえにしてオン・ザ・ロックをすすっているとYは肩の力がぬけた。幸福は低きにあるのだ、と感じさえした。

二人の足が「みなと」に向かう回数は減った。バー全盛の時代である。行く店にはことかかなかったがどこに行っても、もう一つなにか物足りなかった。あらためて彼らはヨーコという平凡な女性のおおきさを嚙みしめていた。飾らぬ率直さと性格の真っすぐさのみならず彼女の生にたいする真摯な態度を彼らは好きだったのだ、と今さらのように気づいた。

十二

泉が一度ハラさんに会ってみたいと言っていたので、Yは彼にそのことを伝えていた。「同じ町内でよおー知っとるからなあ。ちょっと照れくさいなあ」とそのときハラさんはこたえた。そんないきさつがあってまだヨーコがいたとき三人で「みなと」に出かけたことが二回ある。最初はYと泉がハラさんを招待した形である。二回目はハラさんのお返しということだった。いずれのときもYをはさんで三人は座った。泉とハラさんは同町内というのみならず家もかなりちかい。本人同士もおたがいに顔をよく見知っていた。小中学校の先輩後輩という関係でさえある。親同士も顔見知りでときには立ち話をする仲である。この近しさがかえって二人の口をおもくしたようだ。差しさわりのない会話に終始した。ハラさんは薄暗いバーがあまり好きでないようでもあった。ヨーコには好感をもったようだ。彼女も同様だった。ハラさんはYたちよりむしろヨーコと軽口をたたいたりした。カジ君ももちろん噂では彼のことを知っていたが対面したのは初めてだった。

十二月にはいって、ハラさんが「忘年会をかねて一席もうけたい。泉君をさそってくれ」とYに言った。

Yたちの街は弓なりの半島の上にある。半島は平坦な砂地である。幅平均四キロで長さ約二十キロ。その先端に隣県の半島がT字型に対している。対岸の半島は低い山並みである。二つの半島を幅約二百メートルの海峡が隔てている。街は海峡に接して半島の三分の一を占めている。半島の中央部を人工の川が流れる。半島の奥にある大きな川から取り込まれた水である。川幅は六メートル程。砂地の土地に農業用水を通すための川だ。

街のほぼ中央に駅がある。そこが中央部に位置するようになったのは町村合併によって市になってからである。駅の西側は以前は別の町だった。従って合併まえは駅は街の西外れと認識されていた。ともあれこの物語は主にこの街が市になってからのものである。

駅から東に向かって真っすぐに道が延びる。メイン・ロードである。メイン・ロードと農業用水路は駅から二百メートルばかりのところで直角に交わる。そこには橋がかかっている。小さな橋である。T橋と称す。橋から水路はさらに約百メートル北に延びて海峡に尽きる。海岸通りの部分は暗渠になっている。

この用水路の全体としての呼称はM川である。YたちはT川と呼んでいた。その川が流れる市内の地域名に由来する呼び名である。川沿いに桜が植えられている。メイン・ロードを跨いで南北にほぼ五百メートル。桜並木のすぐ外は街路である。人々が食べ物をひろげて花を愛でる余地はない。

十二

忘年会の場となる小料理屋は用水路にそう道に接してあった。T橋の南すぐそこ、という位置である。細長い店で東がわに引き戸の入口がある。裏口は駅に向いている。ハラさんの家からちかい。直線距離にして二百メートル余りだろう。当然泉のところからもちかい。入ると右手が白木のカウンターである。左手に小部屋が三つならんでいる。いずれも三畳に満たないものである。簡単な板壁仕切りで床には化繊のカーペット。ありふれた店だがセンスのよさがうかがわれた。Yも泉もこの店の存在は知っていたが一度も出かけたことがない。彼らはあかるい和風の店が苦手なのだ。ママはすこし着崩した感じの着物がよく似合った。美人とは言いがたいが知性のたかさは顔に現れている。ちょっと手ごわいなあ、という第一印象である。話してみるとざっくばらんでおおきな声でよく笑った。年齢はもう五十を過ぎている。出身はQ州のN県である。N県の訛りはわざと残しているのかそれとも消せないのかかなり顕著である。しかし地元の言葉も驚くほど巧みである。T都生活の経験のあるYなんかより堂に入っている。こうなるまでには涙ぐましい努力があったのだろうなあ、と人に思わせる時期はとっくにとおり過ぎていた。ヨーコの亭主と同県人である。この港町に出入する漁船の乗組員はN県の出身者が圧倒的におおかった。この土地にはあまり目立たないにしてもN県にルーツを持つ人がおおいはずだ。はやい話がヨーコは望みどおりおおきな女の子を生む。その子はN県とYたちの県との混血児である。厳密にはヨーコは隣県の出身である。彼女は「私はここの者よ」と誇らしく言っているのでかまわないだろう。

結婚の経験はあるが子供はない、ということ以外にママについてはほとんどのことが不明である。N県の漁船員とのなんらかのかかわりでこの地に来たのだろう、というのは大方の常識的な推測だった。裸一貫という状態でなんとか店の開店にこぎつけた。三十をわずかに過ぎたときだった。最初の五年は相当の苦労があった。それを過ぎると経営は安定した。一人ではとても切り盛りできないという状況になった。バーという華やかにみえるところでさえ若い子は集めにくい。小料理屋で働いてみたいという女の子はいない。知りあいの年増のご婦人（おばさんと言いたいところだが）二人をなんとか口説いた。隔日交替で一番いそがしい三、四時間を手伝ってもらうことになった。ところがこのご婦人方がなかなか陽気でかつ商売上手。「やれやれ」と一息ついているところにさらなる幸運が舞い込んだ。開店からあっという間の十五年が過ぎたころだった。彼女のN県のとおい親戚の子がこの地を訪れたのである。その子は高校を卒業して就職先もきまった。就職に先だって女友だち三人でSと呼ばれるこの地方に旅行にやって来た。

桜の蕾がようやくふくらみはじめる時節だった。ある夜三人のわかい女の子がカウンターに座った。一面識もない顔ばかりである。若い女の子が来る店ではもともとない。この子たちはなんだろう、とママはいぶかっていた。三人の真ん中の子が異様にしげしげと自分を見つめる。「なんだろう？」とさらに思ったが疑問を口に出さなかった。やがて、その子が「私、ママさんの親戚にあたる者ですけど」と言った。「？？？」とママ。「Nの大坪の……」。

「ああ、大坪の……」、とここから話ははやかった。三人はママさんの家に二泊三日滞在することになる。ローンを組んで建てたばかりの平屋の家である。

ママにはひらめくものがあった。彼女の実家に電話や手紙で積極的に接触した。彼女にここで働いてもらいたいのだ。基本的には今でもそうだろうが水商売は世間の評価がひくい。親たちは絶対反対である。しかも就職がきまっている。それを棒に振るわけにはいかない。いろいろなところに義理をかくことにもなるというのである。ママはねばった。その粘りには子供のない自分が、彼女にこの店をたくしたいという願いがあった。自分の築いたものを血のつながる者をとおして後代にのこしたいという想いがあった。最終的にはママの粘りがかった。「それじゃ、とりあえず一年は就職のきまった会社に勤めさせる」ということで親たちとの話あいがついた。

十二

彼女の名はフミ子という。一年会社勤めをして仕事の大部分がお茶くみという内容に予想していたとはいえ幻滅を感じていた。水商売は社会的評価がひくいことはさきに述べたとおりだ。しかしこの「夜の世界」にあこがれる男女のおおいことも事実ではないだろうか。Y自身は大学時代にバイトの経験はないがはまり込んでしまいそうなこの世界の魅力について級友が語ったことがある。彼はその感じを十分に納得した。彼女にそんな感覚はなかったことはほぼ確実だがとにかく「やってみよう」という気になった。

平均よりかなり背がたかい。肉付きはいいが上背があるせいかすらりとした、という印象をあたえる。きびきびと運動能力のたかそうな動きである。瓜実《うりざね》の輪郭のなかに切れ長の一重の目。知的で美しい顔の輪郭と目である。椿油で整えて、後頭部でたばねている髪。黒いつややかな髪だ。なによりの特徴はその清潔感である。きれいな肌としなやかな指が男の目をひく。働きはじめた当初は身に着けるものに試行錯誤があった。今は紺の浜絣の上下と橙色のわずかにまじる赤いパンプスに定着している。この服装はとくに若いものが着用しているときざであったり浮いて見えたりするものだ。彼女はもうばっちり自分のものにしている。ママは彼女を「ふみちゃん、ふみちゃん」とよぶ。Yのように好奇心のつよい客が「ふみ」ってどう書くのか、と聞いたりすることがある。「ひょっとして『文』じゃないの」とたずねられたりもする。「いいえ、片仮名のフミでそのしたに子供の子をつけてフミ子。本名なんですよ。平凡でしょう」と繰り返してきた。「あっさり『子』なしの『フミ』とか、平仮名の『ふみ子』の方がいいという気がするんですけど親にはそういう文学的センスがなかったのですね」と言って笑っている。「でも、『文』よりはいいという気がしますね。『文』だとなんかインテリじゃないといけないという気がするじゃないですか」と言っているが本を読むことは嫌いではない。まとまった大作を読むことはしない。しかし本屋にたちよって文芸誌を立ち読みすることを楽しみにしている。気にいったものがあれば買ったりもした。この地に来てからはやいもので五年の歳月が過ぎた。この子にハラさんが「ほ」の字なのだ。彼女の方も憎からず思っているふうである。

十二月の中旬にはやめの忘年会ということになった。土曜日の夜である。「七時に」ということなのでYと泉はさそいあわせて出かけた。七、八人座れるカウンターにもう三人の客がいた。入口にちかい部屋にさきほど五人の客が着いたばかりである。フミ子がその部屋とカウンターの間を行き来している。真ん中の部屋は予約済みである。八時まえに四十過ぎに見える一組の男女が来店した。彼らはしずかに酒を酌み交わして二時間ほどで帰った。数年来の店の馴染みである。がどういう素性なのかわからない。その夜をとおしてカウンターには客の出入りがかなりあった。

十二

ハラさんはカウンターの一番おくで一人で一献傾けていた。Yたちの顔を見ると、「あとはたのむよ」とフミ子に言いのこして座敷にはいった。奥の一部屋が予約してあった。胡座をかいているハラさんに一礼してYと泉は座敷にあがった。テーブルには魚介類の鍋物の用意がしてあった。ハラさんを頭にYと泉が両側から縦長のテーブルを囲むという形である。「とりあえず日本酒でええ?」とハラさんが言った。「はい」と泉がこたえた。「冬場は熱燗の日本酒がいいですね」とYは言った。ハラさんはそれにたいしてなにも言わなかった。大振りの二本の銚子と付出しが運ばれて来た。付出しはオバイケの酢味噌である。フミ子はそれらをテーブルにおいて、「フミと言います、よろしくね」と言って手をついた。ハラさんが「フミちゃん、これが家《うち》のY君」と右手を向けて言った。「この人はY君の親友で泉君」。フミ子はかるく頭をさげて手早く鍋の用意にとりかかった。用意ができると「では、ごゆっくり」と言ってフミ子は出て行った。「泉君、まず一杯」とハラさんが銚子を向けた。泉はおおきな盃に両手をそえた。Yはハラさんの酒を受けてから「どうぞ」と銚子をもった。ハラさんはそれを受けて「今夜は楽しくやろーや」と言った。鍋を眺めながら盃のやりとりがあった。ハラさんが鍋のなかをときどき調整する。鍋はすぐにできた。「鍋はいいですね」とYがつぶやいた。「ほんとだなあ」とハラさんが応じた。泉はうなずいている。Yは一年留年したがついに生きる目標がつかめずにとりあえず帰郷した日のことを思い出していた。夜、母が用意した料理は鍋だった。台所で一人はちびりちびりやっていた父と、「ただいま」。「お帰り」の挨拶のあと、父はYに「お前も飲むか」と言った。

「ところで」とハラさんが言った。「マルもさそってみたがあいつはこういうところには絶対にこんな」と。泉が「それは残念ですね、会ってみたかったのになあ」と言った。Yもマルさんを泉に会わせてみたかった。Yが泉の盃に酒をついだ。泉はYにちょっと目を向けた。そして、「妹が来てみたいと言ってたので、『お邪魔したらええじゃない』と言っておきましたのでよろしく」とハラさんに頭をさげた。「そりゃええなあ、あんな美人といっぺん話してみたいと思っとたよ」とハラさんはからからと笑った。カウンター方面で物がぶつかる音がした。ハラさんはにっと笑って首をすくめた。断っておくがこの騒音の発信源はフミ子ではない。ママである。ハラさんは「にぎやかな方がええけん来たい人があったら連絡してよ」と言った。「じゃ、辺をさそってみようかなあ」と泉が言ってYを見た。Yはうなずいた。「『ヘン』って誰?」とハラさんが問う。「『ポチの家』のママですよ」と泉がこたえた。「ああ、その人なら知っとるよ。施工主と何回かあの店には行ったことがあるので」とハラさんは言う。「チャーミングな女だなあ。ぜひ出かけるように伝えてよ」とも言った。泉はほっとした表情で席をたった。ようやく「人語の響き」が動きはじめていた。それを縫って泉のおさえた声が聞こえてくる。実際の距離よりとおくから聞こえてくるようである。思ったより長電話である。辺が引っ張っているに違いない。Yはこういうことがいつかあったなあ、と思っていた。遠い思い出を誘うように泉の声が伝わってくる。やがてそれが喚起しているものは声と場所でないことに気づいた。この雰囲気がYに喚起しているものはまさに雰囲気なのだ。小さいころ花冷えのする日に炬燵にはいりながら、祖母と母とで待ちに待ったその年初めての桜餅を食べたこと。煎茶が苦手だったYも桜餅となららそれをおいしく飲んだ。あの時のような雰囲気なのだ。T都から帰郷した日に母と父と三人で鍋を囲んだ夕べのまさにあの雰囲気なのだ。気心が通じ合う者たちが一つのことをともにしている雰囲気なのだ。

十二

泉が電話をおえた。「終わったのか」とYは胸のうちでつぶやいた。泉が顔を出して「ぜひ行きたいが十一時頃になるけどいいだろうかと言っていますが」とハラさんに告げた。ハラさんは「あんた方さえよければ今夜は飲みあかすつもりなんで、なんぼ遅くてもええよ」とこたえた。「それはよかった」と言って泉は電話をかけなおした。彼は今度は簡単にはっきりした声でハラさんの言葉をつたえた。泉は席にもどった。ハラさんが黙って酒をすすめた。泉は冷めた酒をあけて盃を差し出した。ざわめきとママの声を縫ってフミ子の簡潔なやりとりが聞こえてくる。女人の声のこころよさをYは意識していた。彼女のてきぱきとした動きの気配も店の暖気をとおして心地よく感じていた。

九時ちかくなっても律は現れなかった。Yはあきらめてかけていたときに、引き戸を開ける音が彼の耳にとどいた。律である。彼女は長靴をぬいだ。それはYの目にははいらなかった。テーブルの端、ハラさんの正面に両手ついて「お邪魔します。よろしく」と言った。ハラさんが「どうぞ、らくに」とてれた表情で応じた。「はい」と言って律はかるく頭をさげた。それから兄のよこに座ってYにかすかに目礼した。Yも目礼を返した。「雨が降ってるのか?」泉が言った。「ええ、ちょっと」と律がこたえた。「なかにおったせいか気がつかんだったなあ」。「でも、たいした雨じゃないわ」。

律は高校時代に親しい男友達はできなかった。女友達もその年齢にしてはすくなかった。頭脳容姿ともにあまりにも群を抜いていたからだ。むろん恋にあこがれる年頃である。心をよせた同級生がなかったわけではない。がその子たちと校外でつき合うということはまったくなかった。針小棒大に噂されることを覚悟のうえで交際するほどの男友達はいなかった。教室や講堂の片隅でわずかに、人目を気にしながらおしゃべりする程度だった。学年がかわるごとに何人かの同級生と淡い交わりがつづいた。

高校を卒業した年に一通の手紙を受け取った。T川ぞいの桜が散って葉桜の季節だった。葉桜が生き生きと美しく来年の花を約束している季節だった。まさに、春たけなわの入口の季節だった。T川の水嵩もいつの間にかましていた。律は差出人の名を見て「ああ『のいし』」とつぶやいて頬をゆるめた。手紙の差出人は石野二郎というT大生である。

十二

石野は極貧の農家に生まれた。彼の村はのちに律たちの町との合併によって成立した市のなかに組み込まれた。村は隣市のDと境界を接していた。二郎の父は女一人をふくむ六人兄弟の長男だった。弟妹たちは国民学校初等科を卒業するとさっさと家を出て行った。物のわかった彼らの父は二郎の父にも家を継ぐ必要はないと伝えた。四反たらずの土地ではどうしようもないのだ。しかし彼は農業にこだわった。農はすべての基礎である、という高尚な考えがあったわけではない。この国の人々の命の基と言われる稲をつくる農家でもない。彼らからは一段低く見られている畑作農家である。だが土地が大事なものであるという意識は遺伝子のように組み込まれていた。百姓、百姓となんの根拠もなく馬鹿にされることにたいする反発心もあった。「やったろうじゃないか」という気概である。それはわずかでも土地を持つ者の傲慢さにも通じるものがあった。「お前ら土地なしが……」という気持ちがたえず心底にあった。土地は誇りでもあった。しかも労働そのものが誇りだった。俺たちは大地に足をつけて仕事をしているという誇りである。それが「なぜ誇りなのだ」と問われれば返答に窮しただろう。六月に大麦の刈り入れをおえたあと、薩摩芋用の畝《うね》起こしはかならず裸足でした。素足で砂を踏む心地よさは何物にもかえがたいものがあった。人間がじかに土を踏む大事さを考えもしたりした。この時期にはいつもうすい青空にかろやかな雲が浮んでいた。鍬の柄に手をやすめて雲をながめた。雲をながめていると胸がかすかにうずくことがあった。彼は意識していなかったかもしれない。それは「夢」というものへのうずきではなかっただろうか。

二郎の父は貧乏のくせに気位が高かった。貧乏だからこそ気位が高いのだと言えなくもないが。生計を補うために魚の荷揚げとか道路工事の臨時日雇いなどの仕事をした。種々の工事現場の下働きにもよく出た。それぞれの仕事場で悶着がたえることがなかった。もう二度と来なくてもいい、という事態に陥ることがしばしばだった。普通の大人ならたいてい我慢することにいちいち文句をつけた。言っていること自体には筋がとおっている。「あんたはアカか！」、と時どき面と向かって言われた。労働運動がさかんな時代だった。彼の村はふるい左翼党の活動がかなり浸透している地域でもあった。それらから何等かの影響を受けたということはあり得るが、実際のところはいわゆる根っからの天の邪鬼でうるさ型なのだ。そのうえ気がみじかい。言い合っているうちに「そんならやめたるわ」という言葉が口をついてしまう。本人は「しまった！」と思うが後の祭りである。せっかくの職場をその場で去らざるを得なかったことは、（比喩として言って）二度や三度ではない。さすがに自分をふかく反省する。反省は彼の発言の内容ではない。ますます家族を貧困に追いやることへの反省である。子供が学校に上がるころになると、「なんとか我慢せねば」と思う。が同じことの繰り返しである。そんななかでも妻がなんとか週末にはどぶろくを確保してくれていた。ビール瓶に三合のどぶろくを買って来る。彼はそれをまことに味わって二日で飲んだ。若造に「あんた明日からこんでええ」と言われた悔しさを紛らわすためにやけ酒をあおる余裕はなかった。真夜中に家のまえを「畜生！　畜生！」とつぶやきながら行ったり来たりしていた。「畜生！　畜生！」という言葉は自分に向かって発していたに違いない。そのうえ、「なんとかなるわ」という甘えがつねに彼にはあった。それはわずかな土地をもっていることとほとんど関係はない。おそらくそう考えねば生きてゆけなかったのだ。或いは、彼をふくめたこの国の庶民の「なんとかなるわ」主義が典型的に彼を甘やかしていた。いずれにしても、自死する勇気と覚悟のない大方の人間にとって生きのびるためにはなんらかの逃げ道が必要なのだ。生きのびることが必要なのか必要でないのかは別として。

二郎の母も農家の出である。父の村から二つ離れた村の出身である。合併してのちにD市に組み込まれた村の出である。両者の家は比較的に近間だった。彼女は一度嫁入りした女である。D市を中心にYたちの街も包含するひろい地域のシンボル的存在がある。標高千七百メートルにあまる姿の美しい太山である。その山の広大な裾野におおくの村落が点在する。それらの村の一つに嫁いだ。冬季には積雪のふかい地域だった。彼女しか知らない理由で婚家を逃げ出した。嫁いでから六か月もせぬうちのことだった。兄弟姉妹のおおい家に帰って来た。この異常な出来事はせまい地域の話題となる。「もともとすこし頭がおかしかったじゃない」から、行きつくところは「なにか身体に欠陥があったのじゃない」というところだ。まさに針の筵に座っているような日々をなんとか耐えるしかなかった。誰も知らない都会への脱出は夢のまた夢だった。さいわいに長男が貧乏なせいか心優しい男だった。十《とお》も年のはなれた薄幸な妹をふかく哀れんだ。が、どことも同じ貧乏な家で肩身をせまくして鬱々と暮らしていたのだ。そんなときに再婚の話がもちあがった。躊躇することなく話にのった。結婚したときに男は三十半ばで花嫁は三十にちかかった。すぐに二人の間に子供が生まれた。

男子である。夫の既定の方針どおり一郎と名付けられた。三年をおいて夫婦はまた男の子をもうけた。このとき夫は二郎にするか次郎にするかですこしまよった。後者の方がいくぶん賢こそうにみえたからだ。迷いはながくはなかった。この子が彼らにとって最後の子となった。三郎、四郎、五郎、末子と名を付ける楽しみは永久に失われた。

母は中背で色白の人だった。一回の結婚の失敗がつくづく応えたのか、或いはもって生まれた性質なのか最悪の貧乏にもぐち一つこぼしたことがない。当時は農作業はほとんど人の手でなされた。地に向かって鍬をにぎるきつい仕事である。農夫や農婦には腰のまがった人がおおかった。二郎が中学に上がるころには彼女はもう相当に腰がまがっていた。彼が高校を卒業する時分には顔が地面につかんばかりだった。真っ白な髪を後頭部で器用に丸めていた。見ていて痛々しいものがあった。人間の背負う人生の重さを人に考えさせるものさえあった。あまりの貧困に晴れやかな顔をしているわけにはいかない。いつも表情に憂いがあったが穏やかな表情だった。道で近所の子供たちに出会うとまがった腰をなんとかのばして、「今日は」と自分から声をかけた。「お父さんお母さんはお元気かな」とたずねたりする。彼女を知る人たちは「仏さんのような人間だなあ」。「ほんとだなあ」と噂しあった。彼女のしずかな柔順さに人間としての本物の強さをおおくの人々が認めていた。

この両親に長男は激しく反抗した。中学に上がると父としばしば取っ組み合いの喧嘩をはじめだした。母が間にはいると母を足蹴にした。それを見て二郎が長男にかかっていった。闘争は二郎と長男の間にうつった。一郎は二郎にたいしても激しく向かっていった。その激しさは長続きしなかった。自然に争いは終息して行く。父子ともに小柄である。山椒は小粒でもぴりりと辛い、を地でいっているような親子である。「お前はやくざにでもなれば大物になるかもしれんなあ」と父は長男にたいして妙な感心のしかたをしている（なっているかもしれないなあ）。

十二

彼はついに家を飛び出した。中学三年の夏休みがおわるころだった。その後音信不通である。この事態は表面的に父にはあまり衝撃ではなかったらしい。「喰わせる口が一つへった」とうそぶいている。二郎にはショックだった。世間一般のような兄弟らしさはなかったが、彼は勇敢で喧嘩早い兄を尊敬していた。母は人まえでは涙一つみせなかった。しかしむごい痛手だった。彼女の忍耐をささえていたものは子供の成長だったのだ。もともと白いもののおおかった彼女の頭髪がこの事件で一挙に真っ白になった。二郎も兄と同様父に反発を感じていた。が、母を愛していた。このことがあってから二郎の生きる目的は母をよろこばすこと、母が世間に自慢できる息子になること、となった。彼も山椒は小粒でもぴりり……のところがもちろん顕著だった。しかし母の影響も受けていた。兄よりはるかに自制心がつよい。だが自分がおかれている現状に始終いらいらしていた。

二郎が生まれたのはこの国の敗戦後四年目のことである。その一年後に国史に名高いレッド・パージということがあった。左翼への弾圧である。世間全体が日々の糧を得るのに苦労していた。二郎の家の場合はとくにひどかった。自分たちのつくっていた薩摩芋が彼らをなんとかささえていた。朝食は弁当を用意する必要から麦がおおいものとはいえ米飯だった。

夕食は米飯ということはほとんどなかった。ふかした芋かパサパサした干しうどんか水団《すいとん》である。それに切り干し。薩摩芋を一センチ程の厚さに縦切りにする。それを干し柿のように乾かして保存しておく。乾燥した芋はそのままでもおやつになった。さらには水で煮もどすのである。それをお握りのように丸めて食べた。空腹をかかえたその地域のその世代の者には忘れがたい食物となっているはずだ。そんな環境で二郎は高校に行くあてなどまったくなかった。しかし勉強はした。生来の負けずぎらいなのだ。くわえて兄の出奔以来、世間の目が彼の家庭を特殊視していることをびんびん感じていた。「負けてたまるか」根性にますます拍車がかかった。一学年百人ほどの中学で三年間成績はだんとつのトップだった。なんとか高校に行きたいと思ったが母の苦労を思うとそれが口に出せなかった。さいわいにも彼の努力家ぶりを惜しんだ先生がいた。彼が両親を説得した。おかげで高校にすすむことができた。彼には夢のようなことだった。貧乏人の優秀な子はかならず職業高校という時代はようやく脱しつつあった。が、そんな時代の制約はまだ濃厚なときだった。その先生はとくに理由はのべなかったが普通科に行くことをつよくすすめた。

中学時代から意志の強さは有名だった。高校にはいるとそれがさらに目立ちだした。ここまでやるという計画をたててそのとおり実行した。とくに数学に時間をとられた。朝の四時、五時まで起きていることはしばしばだった。そのことを「今日はかなり眠たい」。「なんで?」。「五時まで数学をやっとったので」という形で級友に知らせるのである。話してみてたいして頭の切れのよさは感じられない。しかしクラスでトップであるのみならず学年で一、

十二

二という成績である。「よく朝の四時、五時まで起きて勉強している」という彼の言葉を信じるしかない。石野意志という語呂のいいあだ名がついたのははやかった。間もなく頭の「石」の一字をはぶいて「のいし」というあだ名を考えた者がいた。このあだ名にはなにかいわく言いがたい雰囲気がある。本人は気にいっていたがあまりはやらなかった。彼があだ名でよびにくい存在であることも一因である。要するにかわいげがない。二郎自身も自分がとくに頭脳明晰であるという自覚はなかった。その本音を口が裂けても言わない人間である。一方正直な気持ちとして自分ほど努力すればこの程度の成績は誰でもとれると思っていた。思うだけならばいいのだがそれを発言するのである。「できんできんって、やらにゃできんのは当たり前だ」と当たり前のことを臆面もなく言う。父親ゆずりの因果な性格なのだ。

高校三年になると古い左翼政党の青年部にスカウトされた。秘密裏の会合にたびたび参加して「これだ!」と思った。彼がもっとも魅かれたのは同じ仲間といるという連帯感だった。生まれて初めての精神が高揚する感情だった。だがこの党のシンパと判明しただけでも就職はむずかしい。一生下積みの生活を覚悟しなければならない。さらに世間一般からその党は心のねじれたむずかしい人間の集団と思われていた。その世間の評価がかえって彼を駆り立てたところがあった。しかし、母を悲しませるではないかという想いに悩んだ。それが唯一の気がかりだった。ある夜、彼は意を決して母に告げた。「あんな、お前がわしのことを心配してお前のやりたいことをやらんよりは、わしのことなんぞなんの心配もせずに、お前がやりたいことをしてくれるほうがなんぼもうれしいだけん、な」と母は言った。

自分は社会を変革する者たちの一員であるという意識がますます彼を傲岸にした。同年輩の級友たちがなにも知らない馬鹿な「お坊ちゃん」に見えた。当然友人はすくなかった。彼はそれをまったく苦にしていなかった。その心性が彼の傲岸さをつよめたことは事実である。彼の容貌はまずまずだった。牛のようなおおきな目が特徴である。その目はたじろくことなく人の目をむかえた。おおむね見上げる形になるのが癪の種だった。小柄ながら大人びた風格さえすでにおびつつあった。

話が前後するが高校一年をおわるころには中学の先生が彼に普通科をえらばせた理由がわかってきた。T大を目指せということなのだ。T大にはいればなんとか家庭教師のバイト、その他で自活できるという確信も得るようになった。ますます勉強に力がはいった。彼の最大のライバルは律だった。

律は兄ほど勉強嫌いではない。がり勉ではないがやるべきことはきちんとこなした。それで一学年三百人あまりのなかで「のいし」とトップの座をきそっていた。「のいし」には強烈な闘争心があった。律にはそれはなかった。普通のことをしていた結果としてよい成績がのこるのである。「のいし」ときそっているという意識は希薄だった。「のいし」が一方的に対抗心を燃やしていたのだ。しかし彼には己をしっかり見る目はあった。律に一目も二目もおいていた。

Yは基本的には人間がもって生まれた資質はあまりかわりないと考えていた。自分が凡庸なのも持って生まれた資質によるのではない。自分の目的意識とそれに向かう努力が自身が思っている以上にかけているのだ、と自分をなぐさめていた。が、何事にも例外があることは熟知していた。目の当たりにする例外が泉兄妹である。泉とのここ数年のつき合いで、「あんたに勝っているのは背のたかさだけだけんな」とぼやいたことが二度や三度ではない。泉は「笑って答えず」である。

律にたいしてYはいつも危うさを感じていた。「神の嫉妬したまう子」という言葉をともなわずして律のことを考えることはむずかしかった。彼女のその危うさがまた魅力であることも認めざるを得なかった。彼女は大学進学を考えなかったわけではない。それは彼女の視野のなかにあった。が、家業が下向きであることを十分承知していた。兄以上にそのことを承知していた。兄と同時に自分を大学にかよわせるのは父母に相当の負担である。店の働き手としても頼りにされている。一歩が踏み出せなかった。世の中も猫も杓子も大学という時代でもまたなかった。

十二

律は石野二郎に返事を書いた。彼がT大生だからではない。そもそも律の家族にはT大にたいする尊敬感などまったくない。「人間の歴史を通じて尊敬に値するの者はせいぜい三十人そこそこだろう。つまり政治家でなく（奴らは彼の眼中にない）学者や科学者や芸術家で高校の世界史の教科書に取りあげられる人間だな。そのなかでも本当に頭があがらないのは五、六人かな」と意気軒昂なのは泉ではない。ハラさんである。泉もこれにちかい見解だがこうはっきり発言しない。「家は商売だからなあ。しかもそれが下向きだから……」と愚痴っている。ハラさんは彼に家を建ててもらいたい人間が引きも切らない。そのせいもあって言うことがきわめて大胆である。「T大卒なんかありがたがっているからこの国は一向によくならんのだ」とのたまう。さらには「ノーベル賞、ノーベル賞と世間が大騒ぎする気持ちがまったくわからん。何十年も同じことを研究していておればなんか画期的なことにあたりつくのは当たり前のことだ。そおーでないほうがおかしいんだ」とまでおっしゃる。凡庸平凡意識のつよいYは胸の溜飲がさがる想いで「そおーだ、そおーだ」と同意している。

閑話休題。石野からすぐに返信があった。律や二郎の在学中は高校の変動期だった。普通科、家政科、定時制を含めて千人そこそこの学校である。普通科六学級にようやく理系二学級が定着したのは彼らが三年になったときだった。二人は理系の別々のクラスにいた。律は石野と同じクラスになったことがない。噂どおりの内容の手紙だった。堅くて面白みがない。

石野は上京するとすぐにT大の党青年部に顔を出した。しかし党の大物としてのしあがる決心はしていなかった。さしあたり高級官僚を目指して世間の動向を見てみようということである。そういう意味では家庭は大事だ、がその前提に恋愛の必要性を感じていなかった。そきわめてさめた人生観である。家庭をつくる相手として律以外の女を思いつかなかった。その容貌といい頭脳といい最高の女性だと判断していた。もともと恋愛感情が希薄である。勿論、交際の間にその感情が芽生えることを望んでいたしその可能性も信じていた。律は、ただ恋愛や結婚にあこがれるそんじょそこらのミーチャン、ハーチャンではないことは言うまでもない。が石野とかなりことなる心性をもっていた。しかも律は高校時代の彼にとってはライバルだった。くわえて彼女にはT大生に世間一般のような尊敬感がない。順調にことが展開する条件はととのっていなかった。しかし頻繁ではないにしても文通はつづいた。彼女と彼の世代にしてはしごく冷静な手紙のやりとりがつづいた。

十二

律も生活の変化を求めていた。なんと言っても、彼が大人の女として初めて接近してくれた男である。それらがおおきな継続の理由である。気持ちが乗って行くというのには程とおいものがあった。彼は彼が信奉している主義のことを律には告げなかった。それを告げるといろいろな点で不利だからだ。結婚してしまえば「こっちのものだ」、という当時の世間一般の男たちが思っていたようなことを考えていたわけではない。いずれは言うつもりでいた。それは結婚の申し込みをする直前でいいと判断していた。律は彼の手紙にかなり政治的なにおいがあることは感じていた。彼女はもうすこし文学的な便りをのぞんでいた。一口に言って彼の手紙からは心のときめきが湧かなかった。相手は本当に十八歳の青年だろうかと思うことさえあった。律は漠然と自分は左翼だと思っていたが、石野の手紙の内容にうまく説明できない違和感があった。

大学の一年間、彼は一度も帰省しなかった。家庭教師の仕事がいそがしいし、それで稼いだ金で生活の基盤をつくるつもりなのだ。二年になるとバイトで得た金を母にすこし小遣いとして送るようにさえなった。二年の夏休みの終わりに彼は初めて帰省した。一週間の滞在だった。二人はD市の喫茶店で会った。石野がT都やT大の話をした。律は聞き役である。彼女は二郎が都会の生活になじめないところがあるのではないかと感じた。会ってみればやはり十九歳の若者である。彼女は彼に予想以上の好感をもった。律は「Dにちょっと用事ができたので」とだけ言って家を出ていた。帰った彼女に父母はなにも問わなかった。長い時間ではなかったが、それから三日目にまた会った。律は日々の生活の退屈していた。だが、彼女は交際を切る決意をしていた。

二人はD市の喫茶店でさらに会った。彼がT都に帰る前日である。その日彼らははやく別れた。が、暑さの多少はおさまるだろう夕方に、律の街の浜辺で会う約束をした。

彼は二駅はなれた駅から汽車で来た。駅を出て律の家のまえをとおった。彼女の店にちらっと目を走らせて、会う約束をしている浜辺に向かった。二キロ余りの道をくだった。浜に座って海とそのさきの太山を眺めていた。間もなく律がやって来た。彼女は彼が家のまえをとおり過ぎるのを見ていた。律の気配を感じると二郎はたちあがった。二郎は左手の防波堤に向かった。律は彼にしたがった。

角を取って面を整えた、縦横三、四十センチの石で出来た防波堤があった。石はゆるやかな台形に積みあげられていた。石積みの防波堤の長さは約一キロである。その先端にコンクリート製の「豆腐石」とよばれるもので出来た防波堤が、逆L字形につながって北にのびていた。素材の違う二つの堤防が接するところは一番角とよばれていた。防波堤全体は三番角まであって全長およそ三キロにおよんだ。それは美名の湾から海峡への流砂を防ぐものでもあった。防砂堤でもあったのだ。海峡は漁港として機能していたからだ。

彼らは湾がわの斜面に腰をおろした。夕暮れのなか、はるか左手に雄大な太山が望めた。

十二

海はとろりとして波はなかった。ゆるやかにうねっていた。大気はあいかわらずむし暑かった。律は何度も白いハンカチで額の汗をぬぐった。二郎が太山のすばらしさや海の美しさを話した。この土地の魅力を語るのだ。彼はけっして雄弁ではない。雄弁でないことをかえって自慢にしているらしかった。高校時代の同期生の噂もでた。それらはD市の喫茶店ですでに話したことの繰り返しであることがおおかった。律はだまってうなずいていた。たまに「そおね」とかすかに言葉をそえた。「その話はもおしたわね」とも言った。青春とは何か、生きる目的とは何か、といった本質的な話はいっさいなかった。「なぜかしら?」と律はいぶかっていた。二郎はまよっていた。そうおおくはない文通のなかで律の人間としての手強さをさらに認識していた。「この女に勝てないな」と思ってしまう。それが彼にとって彼女の魅力でもあったはずなのだが。やはり現実にはすこししんどいなあ、と思いはじめていた。T大では思想を同じくする同期生とのデートも一方ではじめていた。わずかな期間で、「これだなあ」とすなおに感じもしていた。が、初めてしげしげと間近に見る律の美貌には抗しがたいものがあった。この美しさだけのためにでも彼女を手元にとどめておきたいと考える。それができるなら他のものはなんにもいらないと思うほどなのだ。最後の日に浜辺の会合にさそったときには防波堤のことがもちろん頭にあった。

話が途切れた。二郎が仰向けになって両手を頭のしたに組んだ。律は両手をうしろについてしばらく空を眺めていた。やがて、二郎と同じ姿勢で空を眺めた。秋の気配はまったくなかった。

その日、二郎と浜辺で会うことを約束したとき律は起こることを予測していた。律の気配で二郎がたちあがったときそのことを確信した。積み石の防波堤は貧しい青年たちのデートの場所として有名だった。その真偽のほどはべつとして。律はその場所に別れのために行ったのだ。肉体の自縛から別れるために。彼女はときどき古い小説で読む「汚れなき処女」という言葉に同性でありながら激しく反発していた。高校二年の終わりころから毎晩のように自分の手を汚していた。どうしても指がそこに行ってしまう。昼日中でも指がのびだ。日に二、三度のこともめずらしくなかった。自制しようとしてもとどいた指は最後まで動きをやめなかった。終わって彼女は自分に向かって言っていた、「なにが処女よ」と。肉体の究極の形としての性を嫌悪していた。本当に傷ついた者、真に貧しい者にそれが最後のより処、唯一の救いになるかもしれないということに気づいていなかった。自瀆の誘惑に勝てない自分を嫌悪していた。「コザカ屋のお嬢さん」とよばれることに嘔吐しそうな不快を感じていた。「なにがお嬢さんよ」と自嘲していた。肉体の誘惑に勝てない自分を憎んでいた。人間が精神だけのものならいいのになあ、と思っていた。そうなら自分は自分を尊敬できるのになあ、と思っていた。それに女は処女でなければ女ではない、という社会の風潮にも反発していた。処女航海、処女林、処女峰と、処女という言葉を頭に付けてよろこんでいる世間の馬鹿者たちに怒りをいだいていた。そんなことは何物でもないとすくなくとも自分に納得させたかった。それは世間の処女性にたいする過大評価への反撃でもあった。しかし、彼女のそんな激しい思考と感情の間におおきな裂け目があったことも事実である。彼女は自分がいわゆる処女であることが重荷になっていた。自縛と世間の過大評価に疲れていた。青春と肉体のもやもやにけりをつけてしまいたかった。

急に二郎が律に身体をかぶせて口を吸った。律は口を開いた。なんの感動も快感もなかった。男のものが下腹部に熱いことは意識した。その暖かみはとてもよかった。男は身体をずらしてスカートをめくった。律はその手をおさえて自分で脱いだ。男は立ってズボンを脱いだ。男の用意できたものが目にはいると同時に目を閉じた。ことはあっけなく終わった。ほとんど衝撃はなかった。開けた右目の隅に白い星をとらえた。が、すぐに目を閉じた。星の残像が目のなかにあった。男のまだ固いものを銜えたまま目を閉じていた。右目からすっと星が流れた。何かがはっきり終わったと思った。彼女の青春が終わったのだ。彼女は一つの夢を終わらせたのだ。どんな夢だったのだろうか。それは彼女にもわからなかった。ただ夢が終わったと感じていた。そんなふうに感じる自分を意外に思っていた。自分があまりにも冷静なのにも驚いていた。

十二

ハラさんが律に向かって、「飲みますか」と聞いた。「じゃ、すこしだけ」と言って彼女は盃をとった。「残り物になってしまったけど」と言いながらハラさんはガスに火をつけなおした。そして「遠慮せずにどんどん食べてよ」と言った。「皆んなええ人だけん気兼ねすることはないよ」と泉が言った。ハラさんは「そうだ、そうだ」と言わんばかりに顔をほころばせた。律は鍋にすぐには箸をすすめなかった。Yが「晩御飯すまして来たの?」と聞いた。

「いいえ」と彼女はかすかに首をふった。わずかに鍋の物に箸をつけてまた丁寧に箸をおいた。「こいつはほんとうに食が細いんだよ。よおーこれで生きとるなあーと思うくらいなんだ」と泉がＹに言った。ハラさんは律に目を向けている。「せっかくなのにごめんなさいね」と律が言った。Ｙはあらためて律を見た。もともと憂いをふくんだ顔である。とくにかわったところがあるようには思えなかった。「じゃ、鍋を片付けてもらいましょーか」とハラさんが言った。律はうなずいた。フミ子が片付けおわるとハラさんはビールを注文して、「つまみはあんたにまかすわ」と言った。フミ子が注文の物をすぐにもって来た。ビールは中瓶である。そのあと内皮付きのピーナッツの中皿二つ、烏賊の塩辛の小皿を人数分おいて、「なんにもめずらしい物はないのでごめんなさいね」と言った。

　飲みだしてから四時間ちかくがたっていた。Ｙや泉が日ごろハラさんに質してみたいと思っていたことも話題になった。途中からはいった律は聞き役に徹していた。Ｙは彼女の存在がとても気になった。たまに泉の家によってもほとんど言葉をかわしたことがない。その律に自分という人間をみせておくべき機会だと自分を励ましていた。泉はＹにまだ話していなかったのだ。「私、Ｙさんの人柄が好きよ。人間はやはり人柄が一番ね」と言っていたことを。辺が来るまでは忘年会の席としては総じて堅い話がおおかった。しかし忘年会という名目の飲み会である。話題はあまりにも重いものにはおのずからならなかった。が結局、生に対する問題意識はＹが一番つよいようだった。「自分は凡庸である」、という自覚のある人間のあがきと言ってしまえばＹにとって酷だろう。ハラさんはとにかく三国一の大工になること、そこらの高校英語教師に負けない英語力をつけること、とせんじ詰めれば目標は単純である。「俺はややこしいことがすかんのでなあ」と自分を総括している。この明快さがYにとっては悔しいがハラさんの最大の魅力である。しかもそのことをためらわずに口にする。すべての事物にたいして白黒がはっきりしていない。が、彼に接する人々は求められていると感じる。本人はそのようであることを他人に求めていることを恥ずかしく思う。たとえあったとしてもそれを率直に言えない自分の立場のよわさがさらに悔しい。その感情を「彼はむずかしいけんな」という言葉にすりかえて自らをなぐさめているきらいがある。ハラさんを単純に尊敬できない者たちの彼にたいする感情は入り組んだものがあった。

泉はハラさんよりもすこし複雑である。基本的にはハラさんにちかい。生きることにたいする不必要な煩悶がない。大体において今ある自分を肯定している。彼の大問題は人間の死である。「たしかにこのままで死んでしまうのかと思おとたまらんほど淋しくなることはあるよ。しかしどうするというあてもないし。皆んなそうじゃないの……。普通であること、皆んなといっしょであることにも決意がいるよなー」と両手をうしろについて天井を見ながら言った。彼の思い切った本音の吐露とも言えるこの言葉は、妹の律に向かって発せられたのでないか、とYは思った。「上を目指すことには強靭な意志がいるよな」とつけくわえた。「その『上を目指す』ということは結果として有名になるということじゃないの?」とYがすかさず突っ込んだ。「『有名問題』は何度かあんたと話したことがあるよな」と彼は応じた。

「しかし……」。「『しかし』なんなんだよ」とYがまた突っ込んだ。泉はこたえない。「僕はあんたや律ちゃんみたいなずば抜けた人間がこのままではもったいなくてしようがないと思うんだよ」とたたみかけた。律はYに顔を向けたがすぐに目をふせた。「俺はあんたが俺や律をとても買ってくれてることには感謝しとるよ」と言葉をきって、「でもそれはわれわれの意欲のなさを言ってることでもあるよなあ」と言った。Yはそれにはこたえなかった。「ハラさんは有名になりたいですか?」と泉は矛先を彼に向けた。「有名なあ……」とハラさん小首をかしげた。「あんまり考えたことないけどそりゃ有名に方がええわな」と言った。「もっとも今でもかなり有名なんで困っとるんだよ」と破顔した。「たとえば会社をおおきくおおきくする、というような気持ちはないんですか」とYが問うた。「それはこの時代とこの地域ではまったく無理だなあ」とハラさんはきっぱりと言った。Yもまったくそのとおりだと思い律の顔を見た。彼女はくすっとした表情をみせた。「もう二、三人人手を確保してこうも仕事においまくられんようにしたい、というのが望みといえば望みだね」とも言った。「自己実現と有名とは根本的に違うと思うけど自己を実現したいという媒体がないんだよなあ」と泉がつぶやいた。ハラさんが「えらくむずかしい話になったなあ」と言ったが当惑はしてはいないようである。「われわれみたいに音楽とか絵画とかの天分がない者、つまり頭脳と感性だけで勝負するしかない者には小説かなあ」と言って泉はまた天井を見上げた。「しかも遅くなってもできるからなあ」。「そこだ!」とYは期待してまった。「しかし小説家になろうと思ったことなんか一遍もないなあ」と泉は言った。律が声に出して笑った。「あの原稿用紙を一字一字うめていく作業を考えただけで辛気くさくて肩がこる」。Ｙは思い切って妹を刺激してみた。「そうねえ、Ｙさんの好きらしい女革命家でも目指してみようかしら」と完全にかわされてしまった。泉が爆笑した。

十一時に辺が来た。彼女はママと親しげに言葉をかわした。ママは「ポチの家」の常連なのだ。辺自身もこの店に何度か来たことがあるのかもしれない。フミ子とも二こと三こと言葉をかわした。座敷にあがって、「今晩は。お邪魔します」と両手をついた。律がたってＹの横にうつった。そのあとに辺が座った。辺と律はどちらからともなくかるく頭をさげた。彼女たちは顔見知りである。「ポチの家」は律のお気に入りの喫茶店である。彼女と兄の間柄も知っている。「今、何時ごろかしら」と律は辺にたずねた。「丁度十一時ね」と辺は腕時計を見てこたえた。「まだええよ、俺がおるから家でも心配はしておらんはずだ。たまにはお前も飲め」と兄が妹にビールをすすめた。ハラさんが「腹へってるでしょ、なんかたのみましょうか？」と辺に言った。間髪をいれずに「お茶漬けかお握りならすぐに出来るわよ」という声がカウンターから飛んできた。「これだけ食べ物があれば十分です」と辺は言った。さらにプロセス・チーズとソーダ・クラッカーの皿が一皿ずつ、それに烏賊の燻製の小ざるが二つほとんど手つかずに並んでいた。「そんならビールでもどうぞ」とハラさんがビール瓶をもった。辺はあたらしいグラスに両手をそえた。右手でつがれたビール半分以上を一息に飲んで「ああ、おいしい」と言った。Ｙは彼女が左ききかもしれないということに初めて気づいた。「まだ雨降ってる？」と泉がたずねた。「雨はあがってすごい月が出てるわよ。明日はすばらしい天気になりそう」と辺は言った。「でも、そうとう寒くなるかもね」とつけくわえた。

「おたがい顔見知りらしいけどあらためて紹介しておくよ」と泉が辺に言った。「こちらがハラさん」と言ってかるく頭をさげた。ハラさんも無言で頭をさげた。「『これが』では悪いかもしれんがよく噂するY君」。「律、お前たちは紹介するまでもないな」と泉はつづけた。二人はうなずいてにっと目を合わせた。Yは「初めまして」と言って頭をさげた。辺が「フフ」と笑った。ハラさんも含み笑いしている。「僕もあなたが大好きだったんだけど鳶に油揚げさらわれた形です」とYは言った。「私、なぜか面食いなのでごめんなさいね。一種の病気みたい」と言ってかなりおおきな声で笑った。Yは彼女があまり笑わない人間だと思っていたのですこし驚いた。泉が苦笑している。ハラさんが「忘年会にしては堅い話がおおかったのだけどあんた堅い話は嫌いですか?」とたずねた。彼は女性にたいして概して言葉が丁寧である。「私はやっと中卒ですから」と辺はこたえた。「やっと、というのは中学もなんべんもやめようと思ったからです」。「そおー、俺も高校一年中退だもんな。似た者同士というところだね」と言ってハラさんは笑った。「大学出のお二人をまえにして言いたくないけど大学なんてたいしたことないな」とさらに忌憚なく自論を開陳される。Yも泉もうなずくべきところがあることに忸怩たる想いだ。「もっとも貧乏人が『金なんかたいしたことないよ』と言うと負けおしみに聞こえるのと同じであまり言いたくないけどな」と言葉をついだ。「私は泉さん以外で一番尊敬している……」と言って辺は泉にちょっと舌を出した。「女の人が一生懸命うえの学校を目指して努力していたのを知ってるので」。「一概に大学を否定できんということ?」とハラさんが言葉をすくい取った。「そういうことかもしれません。いずれにしても大学を出た人はうらやましいですね」。「そりゃそーだな」とハラさんがあっさり兜をぬいだ。辺はまた自分の生い立ちを思い返していた。折りにふれて執拗に思考がそこにいたる。彼女の経験は人間は考え過ぎると不幸になるのではないか、という結論のようなものを彼女にあたえていた。とくに夢を実現する財力のない人間が夢などもったら絶対にいけない、と思っていた。「夢は大きく」というスローガンは嫌いではない。その言葉に反論する理屈も持っていなかった。べつに反駁する必要もないとも思っていた。彼女が物事をなんとかふかく考えないようにすることは一種の習性のようになっていた。なにも考えずに喫茶店でぼーっとしている時間が彼女にとって最高の時間だった。それは彼女が泉と出会うまでずっとそうだった。泉との邂逅でなにが彼女にとってかわったのだろうか。彼とのつき合いでも自分自身の性格や考え方がそれほど変化するとは思っていなかった。事実そうだった。つまるところ、何かがかわったのではない。彼女のなかのもっとも良質なものが彼との出会いによって呼び起こされたのだ。それは人を愛する素質と、愛をしっかり抱きとめる彼女の勇気だったのだ。

十二

「ああいうせまい店で客商売をしていると耳学問はしますね」と辺はみじかい沈黙をやぶった。「ただ私は考えることが苦手で自分の意見というものがないので……」。ハラさんがちょっと目をむいた。「そうだなあ」と泉が引き取った。「しかし意見があればどうしても言いたくなるし」と言ってハラさんの顔を見た。ハラさんは苦笑した。「そのほうが客商売としてはええじゃないの」と泉が結論づけた。「そうかもね」と辺は言った。Yが「あなたみたいな魅力的な人と心ゆくまで話してみたいと思っていたけど、人間は長生きするもんだなあ」と言ったがあまり受けなかった。律だけが「ハハハ」と笑ってくれた。「考えたって考えなかったって一生は一生だもんな」とハラさんが言った。ここで皆んな言葉か途切れた。Yが辺と律のコップにビールをついだ。泉はハラさんにビールを向けたが、彼はかるく手をふった。

入口側の座敷の客がにぎやかに帰って行ったのは辺が来てしばらくしてのことである。フミ子が部屋の後片付けをする音がしばしつづいた。「フミちゃん、こっちはもうえーけんあなたも御馳走になれば」というママの声が聞こえた。「じゃー、わるいけどそうさせてもらいます」というフミ子の声もはっきり聞こえた。カウンターには二人の客がまだいた。二人とも落ちついた年配の男性である。間もなくフミ子がはいって来た。五本のビールをのせた盆をもっている。「これはママから」と言ってビールを膝つきでテーブルにおいた。彼女は律にかるく会釈してハラさんに正対して座った。座ると同時にハラさんににっと微笑んだ。ハラさんは照れて「フミ飲め」とビールを差し出した。彼女はつがれたグラスを一気にあけて「うまかっ」と言った。白いしなやかな指が空のグラスをぽんとテーブルにおいた。一瞬座が華やいだ。フミ子と律は初対面である。しかし「ポチの家」好きという共通項があった。「今夜はむずかしい話がおおかったじゃないですか」とフミ子がハラさんに向かって言った。

十二

「俺を見直したか」とハラさんが応じた。「そうね、私にはいつも馬鹿みたいなことばっかし言ってるもんね」とかなりなれなれしい。「ときどき『みなと』のヨーコさんの話も出たようだけど……」。「泉さんもYさんも大きな魚を逃がしたということなんですか」ときた。Yと泉は思わず顔を見合わせた。「ここはみんな筒抜けだからかなわんなあ」とハラさんが言った。「ハラさんたちの声がおおきいのよ」。Yと泉はまた顔を見合わせて苦笑した。「大体この土地の人は声がおおきいわね、しかもよく笑うし」と辺が口をはさんだ。「そのうえ言うことがかなり過激ですね」。ハラさんはこの発言を完全に無視した。「そのへんがうちの県人とよく似たところがあるのよ」とフミ子。「うちの県の血が相当にそそぎ込まれているような気がするんですよ」。「おい、おい、おい」とハラさん。「ところで、『みなと』のヨーコをご存じなんですか」とあらたまった口調で泉がたずねた。「彼女のご主人が私たちと同県人なので最近二人でときどき来られるんですよ」とフミ子がこたえた。「ああそおーか」と泉とYがほとんど同時に声を出した。なぜかすぐに「ハラさんは結婚する気あるんですか?」とYは挑発してみる気になった。「うーん、一生独身かなあー、と思っとったこともあったけど……」と言ってフミ子の目を見つめた。同席の四人の目も一瞬のうちにフミ子にそそがれた。フミ子の頬が紅潮した。

男たちはさすがに飲み疲れ気味である。フミ子がくわわって会話の主導権はがぜん女性たちにうつった。三人とも喫茶店好きなのだ。D市の喫茶店の噂がしばらくつづいた。Yも喫茶店好きである。彼女らが話題にしている店は皆んな知っていた。彼も彼女たちの会話にくわわった。泉はその話題に興味がない。ハラさんは立てた膝に手をまわして首をたれている。このあいだに酔いでもさまそうとしているかのようだ。「ハラさん、寝てるんじゃないでしょうね」とフミ子が声をかける。彼はゆっくり首を左右にふった。話題は映画にうつった。泉も話にのれる話題である。結論は「ちかごろこのへんではいい映画をしていない」ということだった。彼女たちは隣県の県庁所在地の「名画劇場」までバスで出かける情熱はないという。最終的にD市のブティックの評判になった。男性群は完全にお手上げという形である。

真夜中過ぎて一人の客が「じゃ、ママよろしく」と言ってカウンターをはなれた。もう一人の客も「ママ、俺も勘定してよ」と言った。ママは手早く後片付けをした。おえると座敷をのぞいて、「では、ごゆっくり。フミちゃんあとは頼んだわよ」と言った。「ママもあがって一杯飲んだら」とハラさんが言った。「そうすれば」とフミ子が言葉をそえた。Yたちはママを見上げてうなずいている。「私みたいなおばあちゃんがはいると興ざめになるから」とハラさんの言葉に応じなかった。「じゃごゆっくり」とふたたび声をかけて彼女は出て行った。彼女の日和下駄が道を噛むカッカッカッという音がしばらくつづいた。それが途絶えるとふかい静寂が迫ってきた。「これから本調子ということにするか」とハラさんが言った。

この青年男女によりそって穏やかな時が流れた。夜はふかい。静寂をひきずって、「こんな漢詩知ってる」とYが言った。「どんなの?」と律が応じた。「王維の詩で」、と最近ひそかに勉強している教養をひけらかそうとする。「獨り異郷に在って異客と為り、佳節に逢うごとに倍々親を思う、遙かに知る兄弟高きに昇る処、遍く茱萸を挿して一人を少くを。とい

十二

うのだけど」。「マルのこと?」とハラさんが言った。Yはハラさんに Fのことを話していなかった。「結句は有名だもんな」と泉が言った。「なんかこの詩、耳に親しいという気がしますね。高校のとき漢文で習ったのかしら」と律が言った。その言葉にフミ子は曖昧にうなずいている。辺は目を落としていた。泉はそのことを意識していた。急に電話のベルが鳴った。フミ子が席をたった。「泉さん、お母さんから」と座敷をのぞいた。泉がたった。簡潔なやりとりのあと「わかった」という声が聞こえた。座にもどると「もう二時にちかいそうですからぼちぼち失礼させてもらいます」とハラさんに言った。「そおーか、じゃ残念だがお開きにするか……」とハラさんは言う。表情にいつわりがない。フミ子が「じゃ私もいっしょに帰るからちょっとまってね」とかぶせた。テーブルのうえはそのままにして奥に駆け込んだ。彼女はコートを羽織って来て、「帰りましょう」と皆んなに言った。

白い月光が家々の屋根と道路を照らしていた。気温の低さがひしひしと感じられた。T橋のたもとでハラさんは、「じゃ、お休み。またやろーな」と言ってすたすたと脇道にはいった。メイン・ロードからV字型に西北西にのびる狭い道である。フミ子と辺は東に向かった。泉とYと律は彼女たちの後ろ姿を目で追った。二人が半ば身体をよじって手をあげた。三人は西に向かった。Yは自転車を泉の家のまえにおいていた。店の内部には一部明かりがついていた。Yはハンドルを握って「お休み」と泉に言った。「お休み。今夜は最高だったなあ」と彼は言った。Yは真正面から律を見て「お休みなさい」と言った。「Yさんも。気をつけてね」と彼女は言った。左頬がわずかに影になった律の顔にYは見入った。

帰る道すがら「この世は夢ぞ、ただ狂え」という語句をYは反芻していた。最近ある小説のなかで読んだものである。「閑吟集」からの一節だという。

青春　海の青

二〇一一年三月三〇日　第一刷

著者　萱《かや》堂《どう》光《みつ》徳《のり》

発行人　浜　正史

発行所　元《げん》就《しゅう》出版社

〒171-0022
東京都豊島区南池袋四－二〇－九
サンロードビル2F・B
電話　〇三－三九八六－七七三六
FAX〇三－三九八七－二五八〇
振替〇〇一二〇－三－三一〇七八

装幀　唯野信廣

印刷　中央精版印刷

ISBN978-4-86106-199-8 C0095